네 살배기인 내 손을 잡고 있는 엄마. 희귀 새를 찾으러 떠난 탐험 중에. 1959년.

1950년 6월 24일 결혼식 당일 모습. 엄마의 얼굴이 행복해 보인다.

훔볼프 하우스의 모습. 1956년부터 1967년까지 미라플로레스에 있던 훔볼트 하우스는 우리의 집이자, 많은 과학자들의 거처가 되었다.

1960년 리마 자연사박물관에서 찍은 부모님의 사진. 당시 두 분의 삶은 이곳에 맞춰져 있었다.

1959년 엄마가 함께한 안데스 여행. 우리는 이때부터 끈끈한 한 팀이었다.

1957년 엄마와 즐거운 한때를 보내는 모습.

1959년 야영을 떠나 불을 피우던 모습. 매우 추웠던 기억이 있다.

1969년, 팡구아나에 있던 연구실과 거처의 전경.

열대 우림 속에 있던, 전망이 특히 좋았던 우리 집.
사방이 뚫려 있는 오두막이어서 불청객도 많았다. 1968년.

1969년에 엄마는 빵을 굽기 시작했다. 자급자족의 시작이었다.

나는 엄마와 종종 나무로 만든 보트를 타곤 했다. 보트 위에서 균형을 잡으며 노를 젓기란 생각보다 쉽지 않다. 1969년.

1970년 정글에서 새를 관찰하다 포즈를 잡은 엄마.

아빠는 새로운 방식(사진)으로 우리의 새로운 환경을 체계적으로 기록하기 시작했다.

1972년 12월 22일에 개최된 졸업 기념 댄스파티에 참석한 모습. 비행기 추락사고 하루 반 전의 사진이다. 이 사진을 볼 때마다 그때 댄스파티에 참석하겠다고 조르지 않았다면, 그래서 비행기를 좀 더 일찍 탔더라면, 엄마와 나는 어떻게 되었을까를 늘 생각한다.

Panorama Desolador de Muerte y Destrucción

Comenzó el Rescate de las Víctimas del Avión LANSA

Lágrimas, Dolor y Resignación Tras el Rescate de los Cadáveres

Fotos: Jesús Scollo, *Enviado Especial de LA PRENSA*

En Balsas de Plátano Negro Son Trasladados los Cadáveres Hallados Entre los Restos del LANSA. La Fúnebre Caravana Camina Hacia el Poblado de Pucalpa, Para el Reconocimiento de los Cadáveres.

La Libreta de Registro que Contiene los Datos Técnicos del Vuelo. En un Marco de Hondo Dramatismo se Realizó el Sepelio de las Primeras Víctimas en el Cementerio de Pucalpa.

La Angustiosa Espera de los Familiares Mientras Continúa el Rescate. Un Niño es Vacunado Contra Posibles Brotes de Epidemia por la Llegada de los Cadáveres.

내가 비행기 추락사고에서 구조된 후 게재된 신문 기사. 당시 기자들이 내게 접근하는 것을 정부에서 막았기 때문에, 사고 비밀을 덮으려 구금되었다는 소문이 난무했다.

무려 20~50미터 높이로 자라는 팡구아나의 나무들. 이 나무들이 받쳐주었기에 나는
3000미터 상공에서 추락하고서도 기적적으로 살아남을 수 있었다. 2010년.

다큐멘터리 촬영 중 발견한 사고 비행기의 잔해들. 계기판, 비행기 문짝, 바퀴 등이 비교적 잘 보존된 채 발견되었다.

추락사고 후 유명인사가 된 나. 놀랍게도 신문에 컬러로 들어간 삽화가 바로 나다. 아래는 정확한 주소 없이도 내게 전달된 수백 통의 편지들 중 하나.

추락사고 희생자들을 기리기 위해 푸카이파에 세운 추모비. '희망의 날개'라고 적힌 검은색 글자가 선명하다.

하늘에서 떨어졌을 때, 나와 많은 시간을 함께해준 위험한 동반자 카이만 악어.
2010년 세보나강에서 촬영.

내가 가장 좋아했던 새 중 하나인 개똥지빠귀.
어릴 때 내가 길렀던 아기 개똥지빠귀의 이름은 '핑시'였다.

팡구아나 숲에는 놀라운 보석들이 많은데,
그중 하나가 다채로운 나비들이다. 2009년.

내 목숨을 구해주었던 새, 호아친. 호아친의 울음소리를 듣고
근처에서 민가를 찾을 수 있다는 희망을 품었기에 나는 앞으로 전진할 수 있었다.

루푸나 나무의 아름다운 모습. 50미터 높이까지 자라는 루푸나 나무는 팡구아나의 랜드마크다.

내가 하늘에서 떨어졌을 때

삶, 용기 그리고 밀림에서 내가 배운 것들

내가 하늘에서 떨어졌을 때

율리아네 쾨프케 지음 김효정 옮김

WHEN I FELL FROM THE SKY

흐름출판

짧은 생을 페루의 새들에게 바치고

너무 일찍 내 곁을 떠나간 엄마에게

율리아네는 비행기를 떠나지 않았다.

비행기가 그를 떠났을 뿐.

– 영화감독이자 작가, 베르너 헤어조크

1971년 크리스마스이브

페루의 수도 리마에서 푸카이파까지는 비행기로 겨우 1시간 거리다. 1971년 12월 24일 오전에 이륙한 비행기의 처음 30분은 전혀 이상할 것이 없었다. 승객들은 저마다 한껏 들떠 있었다. 다들 집에서 보낼 크리스마스를 기대하며 행복한 모습이었다. 머리 위 선반에 선물을 빼곡히 채운 승객들은 이륙을 위해 자리에 앉았다. 이륙 20분 후 샌드위치와 음료로 구성된 간단한 아침식사가 나왔고, 10분 뒤에는 승무원들이 식사 뒷정리를 했다.

그러다 갑자기, 비행기가 폭풍전선을 만났다.

이런 경험은 난생 처음이었다. 조종사는 뇌우를 피하기는커녕 지옥의 먹구름 속으로 똑바로 돌진했다. 환한 대낮이 밤처럼 깜깜해졌다. 비행기의 작은 창으로 사방에서 맹렬하게 번쩍이는 번

개가 비쳤다. 동시에 보이지 않는 힘이 우리가 탄 비행기를 노리 개처럼 마구 흔들기 시작했다.

머리 위 선반이 열리고 물건들이 와르르 떨어지자, 승객들이 비명을 질러댔다. 가방, 꽃, 상자, 장난감, 포장된 선물, 외투 등 의 잡동사니가 마구잡이로 쏟아져 내렸다. 샌드위치 쟁반과 가방 이 공중에 날아다녔고, 반쯤 마시다 남긴 음료가 머리와 어깨에 튀었다. 순식간에 벌어진 아수라장에 모두가 겁에 질려 울부짖 었다.

1971년 크리스마스이브에 비행기를 타기 몇 주 전, 나는 학교 친구들과 여드레 동안 여행을 했다. 페루 남부 아레키파에 도착 했을 때, 나는 할머니에게 이런 편지를 썼다. "비행기 타는 건 정 말 신났어요! 리마를 떠날 때 비행기가 심하게 요동쳐서 멀미를 하는 친구들이 많았지만 저는 조금도 불안하지 않았어요. 오히려 흔들리는 걸 즐겼다니까요." 철이 없어서였는지 그때는 비행 중 에 나쁜 일이 생길 수도 있다는 생각은 조금도 하지 못했다.

엄마는 비행을 좋아하지 않았다. "쇠로 만든 새가 하늘을 나는 건 정말 부자연스러운 일이야." 조류학자인 엄마는 이 현상을 남 들과 다른 관점에서 봤다. 게다가 엄마는 언젠가 비행기를 타고 미국으로 가다가 엔진 오작동으로 간 떨어질 뻔한 경험을 한 적 도 있었다. 다행히 비행기가 하나의 엔진만으로도 별 탈 없이 착 륙해 무사했지만, 그때 엄마는 진땀깨나 흘려야 했다.

"무사히 지나가야 할 텐데." 엄마의 목소리에서 불안감이 느껴졌지만, 나는 이상하리만치 두렵지 않았다.

그 순간 오른쪽 날개에서 눈부시도록 흰 섬광이 번쩍였다. 날개를 강타한 번개 빛인지, 폭발인지는 알 수 없었다. 다만, 그 이후로 내 시간 감각은 깡그리 사라졌다. 이 모든 일이 몇 분에 걸쳐 일어났는지 찰나에 불과했는지 도무지 감을 잡을 수 없었다. 그 환한 빛에 눈이 멀 지경이었다.

섬광이 번쩍이자마자 비행기가 덜컥대더니 앞코가 가파르게 아래로 쏠리기 시작했다. 얼마나 가파른 하강이었는지, 비행기 후미 창가 좌석에 앉아 있던 내 눈에 복도 전체와 조종실 입구까지 보일 지경이었다. 지진이 일어났을 때처럼 모든 물리 법칙이 유예됐다. 아니 지진보다 더 심했다. 우리는 빠른 속도로 하늘에서 땅으로 곤두박질치고 있었다. 겁에 질린 승객들은 비명을 지르며 누군지도 모를 존재에게 살려달라고, 도와달라고 소리쳤다. 앞으로 꿈속에서 수없이 듣게 될 터빈의 윙윙대는 소리가 나를 집어삼켰다.

그때 온갖 소음 사이로 엄마의 차분한 목소리가 선명하게 들렸다. "이제 다 끝이구나." 지금 생각해보면 그 순간에 엄마는 곧 무슨 일이 일어날지 알고 있었던 것 같다.

반면에 나는 상황을 전혀 파악하지 못하고 있었다.

나는 큰 혼란에 빠졌다. 두 귀, 머릿속, 아니 내 온몸에 비행기의 요란한 포효가 메아리쳤다. 비행기 앞부분이 수직에 가깝게 앞으로 쏠렸다. 그 순간, 사람들의 비명소리가 잠잠해졌고 윙윙

대던 터빈 소리마저 지워진 듯 싹 사라졌다. 엄마는 옆에 있지 않았고, 나 또한 더 이상 비행기 안에 있지 않았다. 여전히 좌석에 묶여 있었지만, 3000미터 상공에서 나는 혼자였다. 그리고 하늘을 가르며 추락하고 있었다. 3000미터 높이의 하늘에서 지상으로…….

그를 처음 봤을 때 내게 천사가 찾아온 줄 알았어요.

– 율리아네 쾨프케

베르너 헤어조크가 제작한 다큐멘터리 「희망의 날개」에서

자신을 구조해준 이에 대해 설명하면서.

차례

제1부

1971년 12월 24일,
슬픔의 그날

제1장 새로운 인생

비행기 사고로 고공에서 추락해 간신히 살아남은 내가, 어떻게 아직도 비행기를 타고 다닐 수 있는지 의아해하는 사람이 많다. 모두가 알고 있는 것처럼, 나는 페루 다우림 위 3000미터 상공에서 추락하는 무시무시한 사고를 겪었다. 하지만 그게 끝이 아니었다. 사고 후에는 혼자서 11일 동안이나 정글을 헤매고 다녀야 했다. 하늘에서 떨어졌을 때, 나는 겨우 열일곱 살이었다.

오늘 나는 쉰여섯 살이 되었다. 과거를 돌아보기 좋은 나이다. 치유되지 않은 해묵은 상처에 맞서고, 오랜 세월이 흐른 후에도 생생하기만 한 기억을 사람들과 나누기에 좋은 시기다. 나를 유일한 생존자로 만든 그날의 추락 사고는 내 나머지 인생 전체에 심오한 영향을 끼쳤다. 또한 내 삶을 새로운 방향으로 이끌어 지금의 자리에 이르게 했다. 사고 당시 전 세계 신문은 내 사연을 대대적으로 보도했다. 그중에는 반쪽짜리 진실이나 실제 사건과 별 관련이 없는 내용도 많았다. 그런 기사들 때문에 40여 년이 지난 지금까지도 내게 그 사건에 대해 묻는 사람들이 있다. 독일 인과 페루인은 다들 내 이야기를 들어봤겠지만, 그때 있었던 일 을 제대로 아는 이는 거의 없다.

하늘에서 떨어져 '밀림이라는 녹색 지옥'에서 살아남기 위해 11일 동안이나 고군분투한 내가 아직도 다우림을 사랑한다는 사 실이 잘 믿기지 않을 것이다. 내게 그곳은 결코 '녹색 지옥'이 아 니었다. 3000미터 상공에서 아래로 떨어졌을 때 내 목숨을 구한 것도 바로 숲이었다. 낙하하는 나를 받쳐준 나뭇가지와 나뭇잎, 덤불이 없었다면 나는 땅에 떨어지는 순간의 충격을 못 이기고 목숨을 잃었을 것이다. 내가 의식이 없을 때 숲은 열대의 태양으 로부터 나를 지켜주기도 했다. 그리고 그 후에 숲은 누구의 발길 도 닿지 않은 야생에서 문명으로 돌아가는 길을 찾도록 나를 도 와주었다.

도시에서만 자란 아이였다면, 나는 살아 돌아오지 못했을 것이 다. 어린 시절에 몇 년간 '정글'을 체험한 것이 내게 큰 행운이었 던 셈이다. (요즘은 '정글'보다 '다우림'이라는 말을 선호하는 분위기지만 당시에는 두 단어를 구별 없이 사용했다.) 1968년에 부모님은 페루 다 우림 한가운데에 생물연구센터를 설립하여 오랜 꿈을 실현했다. 그때 열네 살이었던 나는 리마에 친구들을 남겨두고 부모님과 함께 집에서 키우던 개와 앵무새, 살림살이를 챙겨 '인간의 흔적이라고는 찾아볼 수 없는' 숲으로 들어가는 것이 전혀 내키지 않았다. 아주 어릴 때부터 부모님의 탐험에 빠짐없이 동행했던 나였지만 어찌 됐든 당시의 기분은 그랬다.

밀림 속에서 사는 것은 그야말로 진짜 모험이었다. 일단 센터에 들어가자 나는 단순하고 소박한 그곳의 삶에 금방 매료되었다. 토종새의 이름을 딴 팡구아나Panguana 연구소에서 우리는 2년 가까이 생활했다. 부모님의 가르침을 받는 동시에 나는 밀림 학교도 다녔다. 밀림 속에서 그곳의 규칙과 법칙, 주민들에 대해 배웠다. 그러다 보니 자연스럽게 식물의 생태에 정통하고 동물의 세계를 깊이 이해하게 되었다. 유명한 동물학자인 부모님을 뒀으니 어찌 보면 당연한 일이었다. 엄마 마리아 쾨프케Maria Koepcke는 페루를 대표하는 조류학자였고 아빠 한스 빌헬름 쾨프케Hans-Wilhelm Koepcke는 동물계와 식물계의 생물 형태를 폭넓게 다룬 유명한 책의 저자였다. 팡구아나에서 밀림은 나의 집이나 다름없었다. 밀림에서 나는 무엇이 위험하고 무엇이 위험하지 않은지를 배웠다. 덕분에 그런 극단적인 환경 속에서 인간이 생존하기 위해 따라야 할 행동 규칙을 숙지하게 되었다. 꼬맹이 때부터 나의 감각은 이 서식지에 담긴 놀라운 신비를 예민하게 흡수했고, 결국 그런 경험은 전 세계의 생물다양성에 대한 관심으로 이어졌다. 그때부터 나는 이미 밀림을 사랑하는 법을 배우기 시작했던 것 같다.

민가에서 한참 떨어진 열대우림 한가운데서 헤맨 11일 동안, 나는 단 한 번도 인간의 목소리를 듣지 못했고 내가 있는 지점이 어디인지도 알지 못했다. 하지만 그 특별한 날들이 하루하루 쌓이면서 숲에 대한 내 애착은 점점 더 깊어졌다. 사고 당시에 느낀 밀림과의 끈끈한 유대감은 오늘날까지 내 인생 전반에 큰 영향을 끼쳤다. 잘 알지 못하는 존재 앞에 섰을 때 인간은 두려움부터 느낀다는 사실을 나는 일찍부터 알고 있었다. 이런 까닭에 인간은 두려움을 주는 존재라면 그것이 지닌 가치를 인식하기도 전에 전부 없애버리려는 경향을 지니고 있다는 것도 알았다. 문명세계로 돌아오는 고독한 여정 중에 나 역시 자주 두려움을 느꼈지만, 절대 밀림을 두려워한 것은 아니었다. 내가 그곳에 떨어진 것은 밀림 탓이 아니기 때문이다. 자연은 인간이 그 속에 있든 없든 언제나 한결같다. 하지만 인간은 자연 없이 생존할 수 없다. 이 역시 내가 밀림을 헤맸던 11일 동안 몸소 체험한 진실이다.

이 정도면 내 삶을 생태계 보전에 바치게 된 계기가 충분히 설명되었을 것이다. 부모님이 팡구아나와 함께 내게 남긴 유산을 나는 온 마음으로 받아들였다. 그리고 이제 나는 두 분이 남긴 업적을 새롭게 계승하고자 한다. 과거보다 훨씬 규모가 커진 팡구아나를 자연보호지역으로 지정하는 사업이 그것이다. 이는 내 아빠가 수십 년간 이루기 위해 노력한 꿈이며, 아마존 열대우림의 보전에도 가치 있는 공헌이 될 것이 분명하다. 특히 지구의 기후

재난 방지에 큰 도움이 될 수 있으리라 생각한다. 다우림은 인간이 아직도 밝혀내지 못한 경이로움으로 가득하며, 지구의 녹색 허파인 그곳을 보전하려는 노력은 이 행성에 출현한 지 얼마 되지 않은 인류의 존속에도 반드시 필요하다.

2011년은 1971년의 비행기 사고가 일어난 지 40년째 되는 해이다. 그 긴 세월 동안 '내가 겪은 사고'에 대해 많은 언론 보도가 쏟아져 나왔다. 수많은 신문지면은 '율리아네의 이야기'로 채워졌다. 간혹 훌륭한 기사도 있었지만 안타깝게도 진실과 별로 관계없는 내용도 적지 않았다. 언론의 지나친 관심이 엄청나게 부담스럽던 시절도 있었다. 내 자신을 보호하기 위해 모든 인터뷰를 거절하고 여러 해를 조용히 숨어 지내기도 했다. 하지만 이제는 침묵을 깨고 실제로 어떤 일이 일어났는지 밝힐 때가 되었다.

지금 내가 새로운 여행을 떠나기 위해 뮌헨 공항에서 여행 가방 위에 앉아 있는 이유도 그 때문이다. 이 여행은 나에게 팡구아나를 자연보호지역으로 만들겠다는 목표를 이루고 과거와 다시 대면한다는 두 가지 중요한 의미가 있다. 나는 과거, 현재, 미래를 의미 있게 엮고 싶다. 그 옛날에 내게 일어난 사건과, 하고 많은 사람 중에 하필 내가 랜사LANSA 항공기 추락사고에서 살아남은 이유가 이제 더욱 깊은 의미를 갖게 되었다.

나는 지금 비행기에 앉아 있다. 사람들은 나더러 어떻게 다시 비행기를 탈 수 있느냐며 혀를 내두른다. 그것은 내 의지와 절제력 덕분이다. 페루의 다우림으로 돌아가려면 비행기를 탈 수밖에 없으니까. 하지만 힘든 것도 사실이다.

비행기가 움직이기 시작한다. 이륙 후 공중에 높이 떠오른 비행기는 뮌헨의 하늘을 덮은 빽빽한 구름 속으로 들어간다. 그런데 창밖을 내다보던 내 눈에 들어온 것은 또다시 나를 깊은 불안에 떨게 했다.

제2장 동물들과 함께한 어린 시절

이륙 후 내 눈에 들어온 것은 두터운 먹구름과 번개였다. 나를 태운 비행기가 사나운 폭풍우를 만난 것이다. 조종사가 부글부글 끓는 가마솥 속으로 직행하자 항공기는 삽시간에 허리케인의 노리개가 되었다. 짐가방과 포장된 크리스마스 선물, 꽃과 장난감이 머리 위의 짐칸에서 떨어져 내렸다. 비행기는 에어포켓air pocket(높은 고도에서 주변에 비해 공기 밀도가 크게 낮은 구역을 뜻하며 종종 항공기 추락사고의 원인이 된다 — 옮긴이) 속으로 깊숙이 빨려 들어갔다가 급속히 위로 치솟는다. 사람들은 겁에 질려 비명을 질러댄다. 그 순간 비행기 오른쪽 날개 위로 눈부신 섬광이 지나가고……

나는 극도의 불안감으로 심호흡을 해야 했다. 그 순간 좌석벨트 표시등이 꺼졌다. 안전벨트를 풀어도 된다는 뜻이다. 우리는 조금 전 뮌헨을 벗어났고 비행기는 순항 고도에 이르렀다. 마드리드에 도착하면 남편 에리히와 나는 리마행 비행기로 갈아탈 것이다. 리마에 도착하려면 아직 12시간이나 남았다. 이것은 내가 하늘에서 극도의 긴장 상태로 12시간을 보내야 한다는 뜻이다. 포르투갈을 거쳐 유럽 대륙을 벗어나면서 비행기는 대서양에 들어섰다.

내가 태어난 나라로 돌아가려면 다른 선택지가 없다. 저가항공이 생겨날 만큼 비행기 여행이 일반화된 시대에도 지구 반 바퀴를 도는 것은 결코 만만한 소풍이 아니다. 비행기가 다른 대륙으로 이동하는 동시에 승객은 다른 시간대와 기후, 계절로 들어서게 된다. 독일이 봄일 때 페루에서는 가을이 시작된다. 리마는 온대 기후, 다우림은 열대 기후니 페루에 도착하면 나는 한 나라에서 두 가지 기후 지대를 경험할 것이다. 무엇보다 페루로 여행을 떠날 때마다 나는 과거로 되돌아간다. 페루에서 나는 태어났다. 페루에서 성장했고, 페루에서 내 인생을 근본적으로 바꾼 사건을 겪었다. 비행기 사고를 당한 후 밀림 한가운데서 철저히 혼자 몸으로 여러 날을 기적적으로 버티며 인간 사회로 돌아오는 길을 찾았다. 그렇게 인생은 내게 두 번째 기회를 주었다. 마치 세상에 다시 태어나는 것과 같았다. 하지만 나의 두 번째 탄생과 동시에 엄마는 목숨을 잃었다.

엄마는 나를 임신했을 때 무척이나 행복했다고 입버릇처럼 말했다. 부모님은 함께 연구에 매진했고 일을 무엇보다 사랑했다. 두 사람은 킬에서 박사과정을 밟는 중에 만났다. 열정 넘치는 생물학자들이 전후의 독일에서 눈높이에 맞는 일자리를 찾기는 어려웠기에, 아빠는 생물다양성이 풍부하지만 아직 충분히 개척되지 않은 나라로 이민을 떠나기로 결심했다. 당시 아빠의 약혼자였던 내 엄마, 마리아 폰 미쿨리치라데츠키^{Maria von Mikulicz-Radecki}도 그 계획에 크게 기뻐했다. 자연스럽게 엄마는 박사학위를 받자마자 아빠를 따라가겠다고 나섰다. 그것은 당시만 해도 미혼의 젊은 여성이 쉽게 내리기 어려운 과감한 결정이었다. 외할아버지는 혼자서 먼 곳으로 여행을 떠나겠다는 딸을 여간 못마땅해한 게 아니다. 하지만 엄마가 일단 뭔가 결심을 하면 그 누구도 말릴 수 없었다. (남편은 내가 엄마의 그런 성격을 물려받았다고 자주 말하곤 한다.)

아빠에 이어 엄마까지 신세계에 도착하자, 두 분은 곧바로 리마 미라플로레스 지역의 성당에서 결혼식을 올렸다. 가톨릭 신자였던 엄마는 개신교도인 아빠와 결혼하면서 큰 성당이 아닌 작은 부속 예배당에서 식을 올리게 되자 퍽 실망했다. 당시에는 종교가 다른 남녀 간의 결합이 흔치 않았고 가톨릭 사제는 엄마에게 아빠를 '참된 신앙'으로 인도해야 한다고 강하게 압박했다. 그런 강요에 짜증이 난 엄마는 성당 미사에 아예 발길을 끊었고, 내가 태어나자 아예 개신교 세례를 받게 하기로 결심했다.

결혼 당시에 엄마는 스페인어를 전혀 몰라서 결혼식을 제대로 따라가기조차 어려웠다고 한다. 식을 치르는 동안 신부는 여러 번 대답을 해야 했는데, 엄마는 무엇을 묻는 건지 도무지 알아들을 수가 없었던 것이다. 신부가 대답을 하지 않자 한순간 성당 안에 어색한 정적이 감돌았고, 사제는 이렇게 재촉했다. "세뇨라Señora, 이제 '시sí'라고 말할 차례예요."

두 분은 깊은 진심을 담아 "시"라고 대답했다. 이것은 서로에게 한 대답인 동시에, 함께 이끌어갈 앞으로의 인생에 전한 약속이었다. 조그만 아파트에 살던 두 분은 곧 친구들 소유의 큰 집으로 거처를 옮겼고 그곳에서 내가 태어났다. 그 후 부모님은 몇 블록 떨어진 곳에 '훔볼트 하우스'를 지었다. 머지않아 그곳이 연구자들 사이에 널리 알려지자 두 분은 전 세계에서 찾아온 과학자들에게 숙소를 제공했다. 그 집에서 사적인 공간은 커튼으로만 구분되었다. 미라플로레스에 있는 훔볼트 하우스는 장차 저명한 과학자들의 만남의 장소이자 연구 기지로 역사에 남게 된다.

두 분 모두 마음과 영혼을 다해 일에 헌신했지만, 아이 또한 간절히 원하던 존재였다. 1954년의 어느 일요일 저녁 7시, 리마 미라플로레스 지구 클리니카 델가도에서 내가 세상에 태어났다. 딸이 태어나기를 고대하던 아빠는 소망을 이루었다. 하지만 8개월 만에 태어난 미숙아였던 나는 생후 얼마간 인큐베이터 신세를 져야 했다. 출생부터 순탄하지 않았지만, 부모님이 지어준 '율리아네'가 행운의 이름이었던 모양이다. 나는 '유쾌한 아이'라는 뜻의 이 이름이 내게 무척 잘 어울린다고 생각한다.

그 무렵에는 할머니와 고모인 코둘라도 페루에서 우리와 함께 살고 있었다. 두 아들이 페루로 이민을 오자 할머니도 이곳에서 몇 년쯤 지내고 싶어 했다. 아빠가 페루에 정착한 이후인 1951년에 삼촌 요아킴^{Joachim}도 여기서 새 삶을 설계하기로 했다. 삼촌은 페루 북부의 대규모 농장에서 관리자로 일했다. 그중에는 벨기에만큼이나 큰 농장도 있었다. 부모님은 요아킴 삼촌을 만나러 타울리스로 몇 차례 찾아간 적이 있는데 그곳은 동물학자에게 무척이나 흥미로운 지역이었다. 그곳의 안데스산맥은 비교적 완만한 1980미터 높이였기 때문에 산맥 동쪽에서 서쪽으로 이동하다 보면 독특하게 변화하는 식물과 동물을 확인할 수 있었다. 부모님은 그곳에서 몇 가지 새로운 동물 종을 발견했다.

아빠와 삼촌을 따라 독일을 떠날 계획을 세우던 어느 날, 할머니와 고모는 마른하늘에 날벼락 같은 소식을 듣게 된다. 요아킴 삼촌이 타울리스에서 치명적인 사고를 당한 것이다. 얼마 전까지만 해도 그렇게 건강했던 삼촌은 경련이 시작되고 채 2시간이 지나기 전에 세상을 떠났다. 오늘날까지도 삼촌이 파상풍으로 사망했는지, 평소에 알고 지내던 아편 재배농에게 독살되었는지는 밝혀지지 않았다.

하지만 할머니와 고모는 어쨌든 고향 일을 싹 정리하고 이곳으로 오기로 마음을 먹었다. 덕분에 나는 어린 시절에 아빠와 엄마, 할머니와 고모까지 곁에 두는 복을 누렸다. 두 분은 페루에 6년을 머물렀다. 고모는 한때 리마 소재의 독일 신문사인 『페루비안 포스트Peruvian Post』에서 편집장으로 일하기도 했다. 그러다 고모는 더 나은 직장을 찾기 위해, 할머니는 건강상의 이유로 독일로 돌아갔다. 아마도 가장 큰 이유는 조국이 그리워서였을 것이다.

나는 자라면서 스페인어와 독일어를 동시에 배웠다. 독일어는 집에서만 썼는데, 부모님은 내가 모국어를 완벽하게 습득하는 것을 무척 중요하게 생각하셨다. 하지만 절대 저절로 되는 일은 아니었다. 나의 독일계 친구 중에도 독일어를 제대로 익히지 못한 아이들이 있었다. 스페인어는 페루 친구들이나 우리 집 가사도우미와 대화할 때 썼고 나중에는 학교에서 주로 사용했다. 부모님은 페루에 와서 처음으로 스페인어를 배웠기 때문에 유창하게 말하다가도 늘 조금씩 실수를 했다. 그러나 페루 사람들은 워낙 예의가 발라서 실수를 지적할 필요가 있을 때만 가급적 조심스럽게 말을 꺼냈다.

성인이 다 됐을 무렵의 어느 날, 나는 아빠가 스페인어로 이야기할 때는 내게도 경어 호칭을 사용한다는 사실을 깨닫고 이렇게 말했다. "그러지 마세요. 딸한테 왜 그런 말을 써요!" 그러자 아빠는 정말 무안해하면서 일상 대화를 제대로 배울 기회가 없었다고 털어놓았다. 아빠가 원체 점잖은 분이었고 가까운 친구도 많지 않아 누구에게나 예외 없이 경어를 쓴 것이다.

리마에서 나는 독일계 페루인인 알렉산더 폰 훔볼트Alexander

von Humboldt 가 세운 학교를 다녔다. 수업은 주로 독일어로 진행됐지만 당시의 군사 정권이 특히 중요시하던 역사와 지리 같은 과목은 스페인어로 배워야 했다. 학교생활은 퍽 즐거웠다. 페루인 친구들은 나보다 훨씬 상류층의 자제들이었다. 그도 그럴 것이 가난한 가정에서는 도저히 감당할 수 없을 만큼 학비가 비쌌기 때문이다. 마지막 학기가 끝나면 페루에서는 '비아헤데프로모시온Viaje de Promocion(진급 여행)'을 의무적으로 가야 했다. 나도 물론 참가했지만 독일의 대학 입학시험인 '아비투어Abitur'는 없었다. 대신 독일에서 우리의 시험을 위해 감독 위원을 파견할 예정이었다. 그러나 그마저도 안데스를 넘어가려던 비행 때문에 바뀌고 말았다.

학교에서 돌아오면 나는 동물들에 둘러싸여 지냈다. 조류학자인 엄마는 상처 입었거나 총에 맞은 새를 심심찮게 집에 데려와 건강을 되찾을 때까지 보살폈다. 한동안 엄마는 도요타조tinamous(중남미에 분포하는 47종의 조류를 아우르는 총칭. 날기보다 걷는 쪽을 선호하며 무게는 종에 따라 수십 그램에서 수 킬로그램까지 다양하다–옮긴이)를 주로 연구했다. 이 과에 속하는 새들은 겉보기에는 자고새와 비슷했지만 사실은 아무런 관계가 없었다. 중남미 지역에서만 서식하는 종류여서 이들의 습성을 남미의 마초와 비교해봐도 재미있다. 도요타조 무리에서는 암컷이 주도권을 쥐고 한번에 여러 마리의 수컷을 거느린다. 수컷들은 둥지를 지으랴 알을 품으랴 새끼를 키우랴 늘 바쁜 반면, 암컷은 자기 영역을 지키는 데만

관심이 있다. 그렇다 보니 육아에도 많은 어려움이 따른다. 수컷이 먹이를 먹으러 둥지를 잠시 떠날라치면 암컷은 수컷을 닦달해 알이 있는 곳으로 돌려보낸다. 수컷의 수고 덕분인지 도요타조의 초콜릿색 알은 도자기처럼 반질반질하다.

우리는 부화된 새끼에게 스포이트를 이용해 조심스럽게 먹이를 주며 키웠다. 어린 새들은 삶은 달걀과 잘게 다진 고기, 비타민제 혼합물을 가장 잘 먹었다. 엄마는 새끼 양육에 비상한 소질이 있었다. 엄마가 돌보던 새끼가 도중에 죽은 적은 단 한 번도 없다. 동물들에게 이름을 붙이는 일은 내 몫이었다. 나는 아주 기괴한 이름들을 잘 생각해냈다. 커다란 도마뱀에게는 크로코데켄Krocodeckchen(독일어로 악어를 뜻하는 '크로코딜Krockodil'과 도마뱀의 축소형 '아이덱쉔Eidechschen'을 합친 이름으로 영어로는 '크로코리지Crocolizzy'쯤 될 것이다) 그리고 세 마리의 도요타조에게는 피웁스Piups(녀석이 겁을 먹었을 때 내는 소리를 흉내 낸 이름), 폴스터첸Polsterchen('작은 베개'라는 뜻으로 내가 쓰다듬어주다가 헝클어뜨리곤 했던 부드러운 깃털에서 착안했다), 카스타니에노이클라인Kastanienäuglein('작은 밤색 눈'이라는 뜻으로 그 녀석의 예쁜 갈색 눈을 보고 떠올렸다)이라는 이름을 붙였다.

이 동물들은 원래 환상적으로 아름다운 자연 속에서 살고 있었다. 로마스 데 라차이라 불리는 그곳은 태평양 연안의 안개 낀 사막 지역이다. 페루의 일부를 차지하는 아타카마 사막은 극도로 건조하다. 바다 쪽에 차가운 훔볼트 해류가 흐르면서 '가루아 ^{garúa}(이슬비)'라 알려진 짙은 안개가 형성되기 때문이다. 하지만 사막이 안데스의 산비탈과 만나는 지점에는 초목이 놀랄 만큼 무성하게 우거져 있다. 사막 한가운데서 만날 수 있는 기막히게 다채로운 식물의 섬이다. 나도 부모님을 따라 그곳에 몇 번 가보았다. 단조로운 갈색 사막 한복판에 자리 잡은, 꽃이 만발한 오아시스는 볼 때마다 경이로운 불가사의였다. 우리의 도요타조들은 바로 그곳에서 왔다.

우리 집에는 토비아스^{Tobias} 라는 이름의 알록달록한 앵무새도 있었다. 나는 말하는 법을 배우기 전부터 그 아이를 '비오'라 불렀다. 비오는 내가 태어나기 전부터 우리 집에 살았고 워낙 질투가 많은 녀석이라 처음에는 나를 참지 못했다. 어릴 때 내가 잔뜩 신이 나서 '비오, 비오' 소리치며 녀석에게 다가가면, 녀석은 나를 주둥이로 쪼아대곤 했다. 그렇지만 결국에는 나를 받아들였다. 토비아스는 굉장히 영리한 앵무새라서 새장이 더럽혀지는 것을 아주 싫어했다. 똥이 마려울 때마다 녀석은 특이한 소리를 냈다. 토비아스를 새장에서 꺼내 화장실에 데려가야 한다는 신호였다. 그러니까, 우리는 녀석을 사람들이 쓰는 변기로 데려가야 했다! 변기 위에서 토비아스를 들고 있으면 녀석은 '퐁당!' 하고 볼일을 봤다.

언젠가 토비어스가 심장마비를 일으켰을 때 엄마는 녀석의 혈액순환을 돕기 위해 이탈리아산 스파클링 와인인 친자노를 먹였다. 그날부터 토비아스는 이 술에 맛을 들여 손님이 올 때마다 뒤뚱뒤뚱 걸어 다니며 자기도 한 모금 마시게 해달라고 졸랐다.

독일에 사는 친구에게 보내는 편지에 엄마는 나를 파치테아강에 처음 데려갔더니(이곳은 나중에 내 인생에서 큰 의미를 갖게 된다) 내가 밀림에 엄청난 흥미를 보이더라는 얘기를 썼다. 내가 겨우 다섯 살 때였다.

텐트 안에서 자거나, 고무 매트리스를 깔고 침낭에서 자거나, 해변이나 배 위에 있는 등 어떤 상황에도 놀랄 만큼 잘 적응하더라고. 이 아이한테는 모든 게 흥미의 대상인가 봐. 파치테아강의 풍경을 한번 상상해봐. 어슴푸레한 아침과 안개가 짙게 낀 저녁, 짖는원숭이Howling monkey의 울음소리, 반짝이는 녹색 강물. 보트 가까이에 우거진 컴컴한 밀림에서 귀뚜라미와 매미의 왁자한 합창소리가 들려. 정말로 원시 자연 속에 있는 기분이지. 율리아네는 꽃 피는 나무와 다채롭고 아름다운 나뭇잎에 가장 열광하는 것 같아. 벌써부터 식물 표본을 수집하느라……

내가 아홉 살 때 벨기에의 동물 전문가 샤를 코르디에Charles Cordier가 아내와 동물들을 데리고 우리를 방문했다. 그는 전 세계의 유명 동물원에서 동물 종의 표본 포획을 의뢰받았다. 그에게는 카주코Kazuco라는 엄청나게 영리한 회색앵무가 있었다. 녀석은 내가 본 어떤 앵무새보다 말을 잘 했다. 코르디에 씨에게는 복서(주둥이가 납작한 군용견의 일종—옮긴이) 뵈키Böcki와 밤마다 욕실에 풀어놓는 올빼미 스카디^{Skadi}도 있었다. 코르디에 씨는 종종 쥐를 풀어놓고 스카디가 잡도록 했다. 쥐처럼 생겨서 그랬는지 스카디는 가끔 아빠의 면도솔을 공격하기도 했다. 콩고에서 온 회색앵무 카주코는 아침에는 '굿모닝', 저녁에는 '굿이브닝' 하고 인사했다. 나는 이 똑똑한 녀석이 '뵈키, 앉아!'라고 명령하는 것이 특히 재미있었다. 이 말을 들은 뵈키는 실제로 앉았다. 카주코는 소리와 문장을 대단히 빨리 습득했다. 훔볼트 하우스에 머무르는 사이, 녀석은 '리마의 인구는 200만이다'라는 말을 배웠다. 나는 카주코의 멋진 회색 깃털을 쓰다듬는 것이 정말 좋았다. 한번은 녀석이 내 손가락을 세게 깨물었는데 그 상처가 지금까지도 남아 있다. 안타깝게도 우리의 토비아스는 같은 해에 폐렴으로 목숨을 잃었다.

이듬해 여름 방학에 나는 내 평생 가장 심하게 앓아야 했다. 내가 성홍열에 걸렸다는 사실을 알고 부모님은 무척이나 걱정을 했다. 아빠의 막내 누이가 나와 같은 나이에 그 병으로 세상을 떠난 탓이다. 나는 늘 작고 마르고 허약했기 때문에, 몇 주 뒤에 훌훌 털고 일어나 다시 동물들을 돌볼 수 있게 되자 온 가족이 안도의 한숨을 쉬었다.

아주 어린 나이부터 나는 개들에게도 관심이 많았다. 세 살 때 기르기 시작한 스패니얼(귀가 길게 처지고 털이 곱슬곱슬한 중형견-옮긴이) 아약스를 나는 끔찍이 아꼈다. 하지만 우리 가족은 녀석을 다른 곳에 보내야 했다. 아약스는 도시보다는 마음껏 뛰어놀 수 있는 너른 공간이 필요했고, 자꾸만 우리 집 정원을 엉망으로 만들었다. 아약스가 떠날 때 나는 얼마나 슬펐는지 모른다!

개를 기르게 해달라는 오랜 소원이 아홉 살에 이루어지자 나는 더없이 기뻤다. 우리는 동물 보호소에 가서 로보Lobo를 만났다. 로보는 근사한 독일 세퍼드 잡종이었다. 리마에 살던 우리가 팡구아나의 밀림으로 들어갈 때도 녀석은 우리와 함께 했다. 로보는 열여덟 살까지 장수했다.

우리 집을 찾아가면 잘 보살펴준다는 소문이라도 났는지 스스로 우리를 찾아온 새도 있었다. 하루는 커다란 안데스찌르레기가 집에 들어와서 그대로 눌러앉았다. 마침 그날 부모님을 찾아온 손님들이 있었다. 버클리에서 온 미국인 조류학자들이었는데, 찌르레기를 발견하자마자 어울리는 이름을 지어주었다. 눈가의 노란 테두리가 마치 안경 같아서 지적인 이미지를 풍긴다며 '프로페서Professor'로 부르자고 했다. 하지만 나는 그 녀석을 프란지스카Franziska라 불렀다. 프로페서 외에도 우리 집에는 노란머리아마존앵무와 뱀눈새sunbittern(남미 열대지역에 서식하는 새로, 크기는 40센티미터 전후에 꼬리가 길고 무늬가 화려하다 – 옮긴이)도 한 마리씩 있었다. 아름답기 그지없는 새들이었다. 날개를 펼치면 눈부신 빛깔이 화사하게 드러났다. 나중에 팡구아나 밀림에 들어갔을 때 어린 시절의 경험은 큰 도움이 되었다. 원주민들이 둥지에 있던 조그만 장수앵무를 데려왔을 때도 나는 그 아이들을 무사히 길러냈다. 원주민의 방식대로, 바나나를 씹어 으깨서 앵무의 부리에 넣어주면 순하게 길들일 수 있었다.

리마 인근 바닷가의 쉽게 접근할 수 없는 후미에는 매우 진귀한 새들이 살고 있었다. 부모님은 그곳을 자주 찾아갔다. 두 분이 조사를 하는 동안 나는 해변에서 놀다가 햇볕에 심하게 그을리곤 했다. 그럴 만도 한 것이 리마는 적도에서 겨우 몇 도 위에 있는 도시였기 때문이다. 지금도 피부과를 찾아가면 의사에게 이런 말을 듣는다. "등에 햇볕을 너무 많이 쬤네요." 눈이 그렇게 정확하다니! 그 시절에는 다들 일광욕에 대한 두려움이 없었다. DDT(살충제의 일종 – 옮긴이)도 마찬가지였다. 벼룩을 없애겠다고 우리는 늘 DDT 스프레이를 가지고 다녔다. 오늘날에는 상상도 할 수 없는 일인데!

이 해변에는 '무이무이$^{muy-muy}$'라는 이름의 작은 게가 많았다. '무이'는 스페인어로 '많다'는 뜻이다. 이 단어가 두 번 반복된 이유는 이것들이 늘 떼로 나타나기 때문이다. 가끔 이 게들이 해안선과 해변 전체를 완전히 뒤덮어버리면 맨발로 그 등딱지를 밟고 지나가야만 물에 들어갈 수 있었다. 그 감촉이 얼마나 묘한지! 하지만 나는 자연에 접근하는 데 두려움과 거부감이 전혀 없었기 때문에 재빨리 그 위를 지나 물속으로 뛰어들곤 했다.

수년간 이어진 기나긴 여정을 끝내고 마침내 리마에 도착한 아빠의 호주머니에는 내 외할아버지 친척의 딸이 써준 추천서가 들어 있었다. 그야말로 거지꼴이 되어 문 앞에 나타났을 때 그 집 사람들은 아빠를 집에 들여놓는 것조차 꺼렸다. 그러나 추천서는 아빠에게 문을 열어주었을 뿐 아니라 사람들의 마음까지 열었다. 그들은 나중에 나의 대부모가 되어주었다. 결국 우리 집인 훔볼트 하우스와 더불어 대부모의 집은 리마에서 내가 가장 좋아하는 장소가 되었다. 대부모의 가족도 독일인이었는데 페루에서 면화와 종이 무역으로 엄청난 돈을 벌었다. 엄마가 리마에 도착하자 이 충실한 친구들은 부모님의 결혼식까지 준비해주었다. 열네 살이 될 때까지 나는 종종 그 집에서 방학을 보냈다. 아름다운 정원과 수영장, 금붕어 연못이 있는 바우하우스^{Bauhaus}(절제된 실용미를 강조한 20세기 초 독일의 건축 디자인 양식 – 옮긴이) 스타일의 그 집이 나는 무척 마음에 들었다. 수영하는 법도 그 집에서 배웠다. 그곳 정원에서 나는 새장에 넣어 데려온 도요타조들을 자유롭게 풀어놓기도 했다. 폴스터첸과 카스타니에노이클라인의 새장을 한 손에, 가방을 다른 손에 들고 훔볼트 하우스에서 해안으로 걸어가는 내 모습이 오늘날까지도 눈에 선하다.

그 집은 도시에서 태평양으로 내려가는 비탈진 해안의 전망 좋은 위치에 자리 잡고 있었다. 당시 그 지역에는 비슷한 저택이 즐비했고 집 주인들은 많은 하인을 거느리고 살았다. 그러나 내 부모님은 훨씬 소박한 생활 방식을 추구했다. 두 분은 '검소한' 생활을 유지하는 것을 가치 있게 생각했다. 내 학교 친구들 중에도 집에 하인을 둔 아이들이 많았다. 재채기라도 나올 것 같으면 친구들은 곧바로 하녀를 불렀고 그러면 하녀가 손수건과 물 한 잔을 대령했다.

나중에 그 지역을 방문할 기회가 있어 대부모의 집을 찾아갔더니 주위에 거대한 버섯 같은 고층 건물이 솟아 있어서 얼마나 당황했는지 모른다! 그렇게 크고 널찍한 저택도 웅장한 건축물의 그림자에 가려 있으니 무척 초라해 보였다. 그 사이 다른 저택들은 모두 거액에 팔려 허물어지고 없었다. 대부모의 딸만이 그 집을 팔지 않고 꿋꿋이 버티고 있었다. 그는 바로 집 바로 근처에 놀이공원이 들어섰을 때도 입장을 바꾸지 않았다. 덕분에 대부모의 집은 내 어린 시절의 산증인이자 시대의 변화에 굴하지 않는 추억의 상징으로 남아 있다.

부모님 소유였던 훔볼트 하우스도 지금은 사라지고 없다. 세상 모든 도시가 그렇듯 리마 인근은 상상을 초월할 정도로 빨리 변화했다. 어린 시절에 거닐던 거리는 여전히 조용하고 안전했지만 처음 훔볼트 하우스가 사라졌다는 사실을 알았을 땐 깊은 슬픔을 느꼈다. 이제 내게 남은 것은 기억뿐이라는 생각에 마음이 더없이 허전해졌다. 훔볼트 하우스는 스위스, 독일, 미국, 오스트레일리아 등 세계 곳곳에서 찾아온 조류학자, 지질학자, 선인장 연구자들로 늘 북적였다. 세 개의 손님방에는 각각 욕실이 딸렸고 방문하는 연구자들이 공동으로 쓰는 커다란 서재와 도서관, 공용 주방도 있었다. 연구자들은 독일 외교부와 1955년에 설립된 독일의 이베로 아메리카 재단의 지원을 받았고 아빠는 페루 농림부에서 나오는 일종의 보조금을 확보해 현장에서 필요한 경비를 충당했다. 과학자들은 탐험을 떠날 때 개인 소지품을 우리 집에 맡겨두곤 했다. 그리고 돌아올 때는 늘 풍성한 볼거리와 이야깃거리를 갖고 왔다. 내게도 무척이나 찬란한 시절이었다.

그러나 부모님은 이 행복이 얼마나 쉽게 깨질 수 있는지도 몸소 경험했다. 내가 태어나고 반년도 되지 않았을 때 두 분은 두 달간의 탐험 계획을 세웠다. 나는 집에 남아 할머니와 고모의 보살핌을 받았다. 그런데 탐험을 떠난 지 여드레 뒤에 안데스 동쪽 사면의 다우림에서 두 분이 사고를 당했다는 소식이 들려왔다. 트럭 한 대가 지나가면서 바닥에 떨어져 있던 전화선을 공중으로 날렸고, 불행히도 그것이 무시무시한 속도로 부모님을 덮쳐 심각한 부상을 입힌 것이다. 아빠는 온몸에 수많은 상처를 입고 뇌진탕을 일으켰으며 쇄골과 갈비뼈가 부러졌다. 엄마는 피를 펑펑 쏟으며 의식을 잃고 쓰러진 상태로 발견되었다. 알고 보니 두개골 골절이었다. 그 일로 엄마는 꽤 긴 시간 동안 침대에 누워 있어야 했다. 회복 속도는 무척 더뎠다. 나중에도 엄마는 그 사고에 대해 정확하게 기억하지 못했고 후각과 미각의 일부를 잃었다. 그리고 평생 동안 잦은 두통에 시달려야 했다. 하지만 어느 정도 회복을 하자, 엄마가 다시 연구에 몰두하는 것을 누구도 말릴 수 없었다. "그나마 시력을 잃지 않은 게 얼마나 다행인지 몰라." 엄마는 이렇게 말하곤 했다.

내가 웬만큼 자라자 부모님은 탐험에도 나를 데려가기 시작했다. 우리는 종종 안데스 서쪽 면의 드문드문한 숲인 자라

테^{Zárate}에 들어갔다. 새로운 동물 종이 풍부하게 서식하는 미개
척의 외딴 숲이었다. 여기서 엄마는 세상에 전혀 알려지지 않은
새로운 조류를 발견하고 '자라토니스^{Zaratornis}'라는 이름을 붙였
다. 그때까지 누구의 발길도 닿은 적 없는 식생지역이었기 때문
에 부모님이 여기서 새로 발견한 많은 풀과 나무는 전문가들의
큰 관심을 끌었다. 그 시절에 떠난 탐험은 아직 내 기억에 생생하
게 남아 있다. 일단 차를 타고 상당한 거리를 달린 다음 걸어서
산을 올라가야 했다. 지금까지도 등에 짊어졌던 조그만 배낭의
무게가 느껴질 정도다. 하루 만에 다 오를 수 없는 높이여서 산비
탈의 탁 트인 곳을 찾아 하룻밤을 보내야 했다. 숲에 도착하면 한
주 정도 야영을 했다. 부모님은 약탈자들로부터 숲을 지키기 위
해, 이 숲으로 들어가는 입구를 비밀에 부쳤다. 나는 그렇게 어릴
때부터 탐험이 즐거웠고 자연 속에서도 얼마든지 살 수 있을 것
같았다.

내가 두 살이 되었을 때 아빠는 훨씬 먼 곳으로 여행을 떠났다.
대학교수가 되기 위해서는 킬에 돌아가 의무적으로 강의를 해
야 했기 때문이다. 아빠는 1956년 12월 27일에 배렌슈타인호를
타고 출발해 1957년 1월 25일에 브레멘에 도착했다. 독일에 거
주하지 않았던 탓에 킬에서 입국 과정에 어려움을 겪다가, 결
국 7월에야 함부르크 소재의 대학교에서 교수 자격을 얻기 위한
강의를 시작했다. 그 후 아빠는 나중에 독일에 돌아와 학생들을
계속 가르치겠다는 조건으로 몇 년간 휴가를 냈다. 독일에서 교

수직을 얻기 위해 필요한 박사 후 논문인 '하빌리타티온슈리프트Habilitationsschrift'의 주제는 '페루 안데스 서쪽 면의 숲속 생태와 생물 지리'였다.

이번에는 마치 유럽이 아빠를 놓치기 싫어한 듯 페루로 돌아오는 여정이 무척이나 험난했다. 처음에 아빠는 프랑스 라로셸에서 배를 타고 떠날 작정이었지만 출발이 지연되었다. 오랫동안 기다린 후에야 아빠는 배가 산호초와 충돌해 영국에서 수리를 받아야 한다는 사실을 알게 됐다. 그래서 아빠는 다른 배편을 예약하려고 파리로 되돌아갔다가 연말까지 모든 승선 예약이 끝났다는 청천벽력 같은 소리를 듣게 된다. 우여곡절 끝에 아빠는 칸에서 출발하는 루치아나호를 탔다. 그러나 그 배는 도중에 심각한 기계 고장을 일으켜 카나리아제도까지만 간신히 갈 수 있었다. 아빠는 또 다른 배편을 찾아 헤매다가 결국 아스카니아라는 이름의 배를 탔고 9월 7일에야 베네수엘라에 겨우 도착했다. 그리고 그곳에서는 보고타와 키토를 통한 육로로 리마까지 남은 5000킬로미터를 이동해야 했다. 이 기나긴 여정은 아빠에게 처음에 페루에 갈 때의 고생스러운 길을 반복하는 듯한 기시감을 주었을 것이다.

나는 아빠를 아홉 달이나 보지 못했다. 마침내 집에 돌아온 아빠를 보고 '아저씨'라 부른 것도 어찌 보면 당연했다.

내 어린 시절을 떠올릴 때 절대 빠뜨릴 수 없는 사람은 또 있다. 우리 집에서 가사도우미로 일했던 알리다Alida는 페루에서 소수에 속하는 흑인이었고 처음 우리 집에 왔을 때 열여덟 살이었다. 그때 다섯 살이었던 나는 무척 여위었고 먹는 데는 도통 관심이 없었다. 점심 때 먹던 음식을 오후 늦게까지 입에 우물거리며 정원을 어슬렁거리는 일이 잦았다. 나는 리마에 갈 때마다 지금은 일흔이 다 된 알리다를 만나러 간다. 우리 둘은 만나면 늘 화젯거리가 넘친다. 요리 레시피를 주고받다 보면 결국에는 옛날 얘기로 돌아가 있다.

"독일 과학자가 가져온 독사가 탈출했을 때 기억나요? 다행히 당신은 그게 독사라는 걸 몰랐잖아요."

"기억나지." 그녀가 눈동자를 굴리며 대답했다. "정원에서 뱀 자국을 발견한 게 바로 나였잖아! 네 아빠가 아슬아슬하게 뱀을 잡는 데 성공해서 이미 배에 탄 그 과학자한테 겨우 가져다줄 수 있었지."

우리는 알리다가 나와 학교 친구에게 촛불로 마시멜로 굽는 것을 허락한 일, 우리 가족의 친한 친구인 알뷘 라멜Alwin Rahmel (페루에서 50년 넘게 살고 있는 독일인 사업가로, 내가 태어날 때부터 오늘날까지 내게 갖가지 도움을 주고 있는 분이다)이 레스토랑에서 내게 콰드릴 quadril 을 주문하라고 부추긴 일을 떠올렸다.

"넌 그게 거대한 스테이크라는 걸 몰랐잖아." 알리다가 그때 일을 회상하며 깔깔 웃었다. "결국 너보다 더 큰 스테이크가 나왔지."

밀림에 산다는 페루 전설 속의 새 툰시Tunshi ('Tunchi'라 쓰기도 한다)가 무서워서 내가 잠을 이루지 못할 때면 알리다는 나를 이렇게 다독였다. "툰시는 밀림 속에서만 살아. 여기 리마에는 어디에도 툰시가 없단다."

알리다는 몇 년 뒤에 우리가 실제로 그 밀림 한가운데에 들어가 살리라고는 꿈에도 생각하지 못한 모양이었다. 나는 거기서도 툰시를 본 적은 없다. 그러나 채 다섯 살도 되기 전에 성난 황소를 본 적은 있다.

그때도 우리 가족이 다우림에서 탐험 여행을 하던 중이었다. 그 인근에 젖소 농장을 운영하는 독일인 피터 비어비히 Peter Wyrwich 씨가 살았다. 그분은 내 부모님을 많이 도와주었고 자연사박물관의 요청을 받아 특정 조류와 포유류를 포획하는 일도 했다. 그 집을 방문할 때면 나는 비어비히 씨의 아들 피터 주니어와 신나게 뛰놀았다. 기계가 됐든 외양간 안의 동물이 됐든 우리에게는 전부 호기심의 대상이었다. 나는 인형을 갖고 논 적은 없었고 늘 기계에 더 관심이 많았다.

"이쪽으로 와봐." 하루는 피터가 의기양양해 하며 나를 외양간으로 이끌었다. "젖소한테서 우유를 어떻게 짜는지 보여줄게."

이 '젖소'는 사실 어린 수소였지만, 피터나 나나 암컷과 수컷 사이의 작지만 중요한 차이점에 대해서는 전혀 모르는 꼬마들이었다. 피터가 수소의 몸에서 젖꼭지라고 생각한 부위를 세게 잡아당기자 소가 매우 까칠하게 반응했는데, 나는 그만 소에게 머리를 걷어차여서 외양간 너머로 휙 날아가고 말았다. 뭐, 그런 일은 늘 일어나게 마련이다. 동물과 함께 자라면 동물의 행동을 그

대로 받아들이는 수밖에 없다.

부모님이 동물학자라면 이 정도 사건에 호들갑을 떨지 않게 된다. 한번은 부모님이 시장에서 구입한 커다란 상어의 배를 갈랐더니, 그 안에 사람 손이 들어 있었다! 아마도 앨커트래즈처럼 탈출이 어렵기로 유명한, 바다 한가운데의 감옥 섬에서 희생된 죄수의 손이 아닌가 싶었다. 누군가 탈출을 시도하다가 거센 파도에 휩쓸려 속수무책으로 넓은 바다로 끌려갔을 것이다. 그 감옥에서 탈옥한 후 본토에 도착하는 데 성공한 사람은 아무도 없었다고들 하니까. 하지만 그 상어는 사람을 잡아먹는 종류가 아니었으니 손은 사람이 죽은 후에 우연히 상어 입에 들어갔을 가능성이 컸다. 나중에 이 상어는 속이 제거된 후 박물관에 전시되었다.

내가 입학하기 전에 부모님은 오후마다 나를 박물관에 데려가셨다. 키 큰 이중문이 설치된 넓은 공간에 페루의 다양한 동물과 식물 표본이 전시된 박물관 내부를 나는 마음껏 돌아다녔다. 전시된 미라들을 보고 겁을 먹기도 했지만 결국에는 이런 기괴한 전시물들도 내 삶의 일부가 되었다.

그러던 어느 날 우리 가족이 독일에 간다는 이야기를 들었다. 1960년 여름의 일이었다. 이제 다섯 살이 된 내가 처음으로 조국 땅을 밟게 된 것이다. 우리 세 사람 모두 대서양을 횡단하는 여행을 고대했지만, 누군가는 집에 남아서 홈볼트 하우스를 관리하고 손님들 치다꺼리를 해야 했다. 결국 유럽에서 유명한 동료 학자들을 만나 연구 성과를 나누고 싶어 했던 엄마가 가기로 결정됐다. 너무 어렸던 나 또한 다섯 달이나 아빠에게만 맡겨두기는 무리일 것 같아 그냥 데려가기로 했다. 신나는 여행을 하게 되어 나는 무척이나 설렜다. 처음에 우리는 요란하게 웅웅거리는 프로펠러기를 타고 에콰도르 과야킬로 갔다. 그곳에서 펜텔리콘이라는 이름의 바나나 운반선을 타고 파나마 운하를 통해 함부르크로 갈 예정이었다. 나는 항구에서 아직 시퍼렇고 커다란 바나나 송이가 배에 실리는 광경을 지켜보았다. 바나나 하나에 노란 점이 조금이라도 있으면 다발째 바다에 버려졌고, 통나무배를 타고 증기선 주위를 돌던 원주민들이 그것들을 다시 건져갔다. 우리 집에서는 절대 음식물을 그런 식으로 버리는 일이 없었기 때문에 그 장면은 나의 뇌리에 선명하게 박혔다.

과일이 실린 다음에는 도마뱀, 거대한 거미, 뱀 따위의 동물이 배에 실렸다. 동물들과 같은 배에 타서 신이 난 사람은 나밖에 없었던 모양이다. 승무원들은 조금도 달가워하지 않았다. 엄마가 선실에서 강연 자료를 다듬는 사이 내가 선박 내부를 여기저기 헤집고 다니자 선원들이 짜증을 냈다. 대서양에서 우리는 고래와 날치를 목격했다. 난간에 서 있던 나는 진심으로 감탄했다. 베를린에 도착해서도 감탄할 일은 얼마든지 생겼다. 그 도시에는 외할아버지와 이모, 외삼촌들이 살고 있었다. 게다가 눈까지 내리다니! 그리고 이층 버스! 그곳에서 까마귀를 본 내가 "엄마, 독수리 좀 봐요! 여기 애들은 정말 작아요!"라고 외치자 같이 간 일행들이 재밌어 했다. 모든 광경이 내게는 신기하기만 했다.

몇 주 사이에 엄마는 파리, 바젤, 바르샤바를 돌며 동료들을 만나고 흥미로운 페루산 새 박제들이 전시된 유명 박물관을 찾아다녔다. 출장을 다니는 동안 엄마는 나를 친척들에게 맡겼다. 곧 크리스마스가 다가왔다. 나는 싫다고 떼를 썼지만 뮤지컬에 천사 역할로 참가해야 했다. 그렇게 수줍음을 타던 내가 금빛 날개를 달고 무대에 섰더니 다들 귀엽다고 야단이었다!

킬에서 작가로 일하고 있던 코둘라 고모를 다시 만났다. 고모는 내가 모든 동물을 학명으로만 알고 있다는 사실에 경악했다. 그림책에서 올빼미를 보고 내가 "아, 오투스Otus 다"라고 했더니 고모는 엄마를 나무랐다.

"맙소사, 마리아! 왜 어린애한테 이런 걸 가르쳐요?"

하지만 그 시절에는 독일어 이름이 없는 동물이 많았고, 있다 손 처도 부모님은 그 명칭들이 적절하지도 않고 오해의 소지도 있다며 별로 좋아하지 않았다.

엄마에게는 이때가 외할아버지와의 마지막 만남이었다. 외할 아버지는 내가 열한 살 때인 6년 후에 갑자기 돌아가셨다. 방에 틀어박혀 몇 시간이나 가슴이 터질 듯이 흐느끼던 엄마를 보며 내가 얼마나 마음이 아팠는지 도저히 잊을 수 없다. 나의 짧은 인생에서 엄마가 우는 모습을 보는 것보다 더 괴로운 일은 없었다.

엄마는 따뜻하고 온화한 성품의 소유자였기에 아빠의 욱하는 성질을 잘 받아주었다. 엄마는 아빠와 결혼한 동시에 과학과도 결혼한 셈이지만 그 밖의 다양한 분야에도 관심이 많았다. 앞에서 언급했듯이 엄마는 남미에서 가장 유명한 조류학자 가운데 한 명이었다. 그 정도의 성취를 위해서는 엄청난 노력과 인내심이 필요했을 테고 엄마는 분명 그런 미덕을 갖추고 있었다.

언젠가 나는 엄마와 함께 절대 잊을 수 없는 경험을 했다. 밀림에 들어가서 둥지 안의 뱀눈새를 관찰하고 있는데 우리 주위로 셀 수 없이 많은 모기가 떼로 몰려들었다. 나는 모기를 쫓고 싶었지만 그렇게 하면 이 희귀하고 겁 많은 새가 날아가버릴 것이 뻔했다. 엄마는 내게 나지막이 속삭였다. "모기에 아무리 뜯기더라도 지금은 절대 움직이면 안 돼." 그래서 우리는 15분가량 찍 소리도 내지 않고 모기떼의 공격을 고스란히 받아야 했다.

엄마는 이런 말도 한 적이 있다. "생물학자가 되고 싶으면 인내하는 법을 배워야 해." 이 한마디에는 연구에 필요한 자질이 무엇인지 잘 요약돼 있다. 엄마와 아빠는 서로를 완벽하게 보완하는 관계였다. 그래서인지 엄마가 돌아가신 순간부터 아빠는 이전과 완전히 다른 사람이 되었다. 반쪽짜리가 되어버린 것이다. 엄마가 그렇게 일찍 떠난 것은 내게도 이루 말할 수 없이 힘든 일이었다. 우리 사이의 못다한 이야기를 나눌 기회는 영영 사라져버렸다.

갑자기 우리는 난기류를 만났다. 내게는 무척이나 공포스러운 상황일 수밖에 없다. 또 한 번 비행기 추락을 겪을지도 모른다는 두려움을 간신히 억눌렀지만 대서양 상공에서 비행기가 크게 요동치자 과거의 이미지들이 곧바로 되살아났다. 비행기 승객이라면 누구나 상상할 수 있는 악몽이 다시 찾아왔다. 지금까지도 나는 꿈속에서 터빈이 우르릉대는 소리를 듣곤 한다. 그리고 날개를 강타하던 눈부신 번개도. 그리고 엄마의 마지막 목소리도……

제3장 아빠의 인생이 남긴 교훈

"이제 다 끝이구나!"

엄마의 목소리는 단조롭고 차분했다.

옆자리에 앉은 남편의 손길을 느낀 나는, 간신히 현재로 돌아왔다. 옛 기억에 빠질 때마다 벗어나기가 쉽지 않다. 지금 내가 잡고 있는 것은 남편의 손일까? 아니면 엄마의 손일까?

"걱정 마."

나는 남편을 안심시켰다.

"그냥 난기류일 뿐이야."

우리는 서로를 마주보고 웃음을 터뜨렸다. 겁을 먹은 사람은 남편이 아니라 분명히 나였으니까. 하지만 나는 잠시 용기를 잃었어도 그에게는 용기를 주고 싶었다.

"안심시켜줘서 고마워."

남편이 내 손을 꼭 쥐며 말했다. 내가 그를 사랑하는 가장 큰 이유는 그의 기막힌 유머감각 때문이 아닌가 싶다.

얼마 후 난기류가 잦아들었다. 비행기가 대기 사이로 편안하게 움직이자 나는 몇 번이나 심호흡을 했다. "휴." 롤러코스터 같은 비행기의 움직임에 뼛속 깊이 긴장했나 보다.

"저것 봐. 브라질 해안이야! 남미 대륙에 도착했어!"

남편이 창밖을 가리켰다.

나는 어수선해진 마음으로 창밖을 내다보았다. 추락사고 전에나 후에나 나는 늘 창가 자리를 선호했다. 창밖 아래 펼쳐진 풍경을 볼 때마다 어느 정도 마음이 진정되었다. 비행기를 타고 여러 차례 지나간 적 있는 경로지만 이 시점부터는 줄곧 놀라움의 연속이다. 끝없이 펼쳐졌던 대서양이, 역시 끝없이 펼쳐진 아마존 열대우림에 자리를 내준다. 오늘은 특히나 가시성이 좋아서 햇볕 속에 빛나는 구불구불한 강줄기들이 눈에 선명히 들어왔다. 밀림의 단조로움 역시 바다의 단조로움을 닮았다. 이 높이에서 보면 바다와 밀림의 빛바랜 녹색마저 거의 차이가 없다. 하늘에서 떨어질 때 내 앞으로 다가오던 나무 우듬지는 빽빽하게 모인 브로콜리 머리처럼 보였다. 하지만 지금은 그 생각을 하고 싶지 않다.

나는 남편에게 제2차 세계대전이 끝난 후 아빠가 페루에 도착하기까지 얼마나 많은 시간과 노력을 쏟아야 했는지를 이야기해주었다. 12시간이나 비행기를 타느라 등이 쑤시고 다리가 묵직했지만 당시에 아빠가 한 고생에 비하면 새 발의 피다. 만약 아빠가 신세계로 떠나지 않았다면 내 인생도 틀림없이 전혀 다른 방향으로 흘렀을 것이다.

모든 것은 1947년에 시작되었다. 아빠는 생태학과 동물지리학 분야에서 선구적인 업적을 쌓기를 꿈꾸는 젊고 야심찬 생물학자였다. 자연스럽게 생물다양성이 가장 풍부한 땅에 관심을 갖게됐다. 남미와 스리랑카가 그 후보지였다. 실천가였던 아빠는 당장 리마에 있는 대학교에 독일어로 편지를 보냈다. 아직 스페인어를 익히지 못해서였다. "그곳에 박사학위를 가진 젊은 동물학자가 필요할까요?" 아빠는 에콰도르에도 비슷한 편지를 보냈다. 제2차 세계대전이 끝나고 2년쯤 지났을 무렵이었다. 한 해가 꼬박 지나서야 리마 소재의 자연사박물관에서 답장이 왔다. 아빠의 질문만큼이나 간결한 답장이었다. "네, 오십시오."

기쁘게도 리마에는 아빠에게 적합한 자리가 있었다. 하지만 그 다음이 더 문제였다. 전쟁 후에 유럽을 여행한다는 것은, 특히 전범국인 독일 사람에게는 여간 힘든 일이 아니었다. 여권이 없었기에 비자를 받을 수도 없었다. 리마에서 일자리를 구하겠다는 아빠의 열망은 강렬했지만 그곳에 갈 방법을 알 수 없었다. 아빠의 학교 친구(나중에 내 엄마가 될)였던 마리아도 연구에 대한 열정이 아빠 못지않게 컸다. 아빠의 계획을 들은 엄마는 따라나서기로 결심했다. 엄마는 외할머니에게 단호하게 선언했다. "이 남자랑 결혼할 거예요. 이 남자 아니면 절대 결혼 안 해요!"

1947년 말에 두 사람은 약혼했다. 두 사람 모두 당연히 아빠가 페루에서 온 취업 기회를 붙잡아야 한다고 생각했다. 엄마는 박사학위를 취득하자마자 아빠를 뒤따라갈 계획이었다.

리마에서 온 초청장을 호주머니에 넣고 남미은행 독일지점을 찾아갔던 아빠는 배를 타려면 제노아로 가야 한다는 말을 들었다. 독일 이민자들을 무료로 태워주는 선주들이 있다는 것이었다. 아빠는 이 조언을 믿고 한겨울에 독일 남부 미텐발트로 갔지만, 그곳에서 알게 된 건 이탈리아에 들어가는 것은 불법이라는 사실뿐이었다. 게다가 오스트리아 국경 장벽을 맨손으로 타넘다가 추락해서 심하게 다치는 바람에 인스부르크의 병원에 실려 가 치료를 받아야했다.

하지만 일단 회복한 다음에는 아무도 아빠의 그다음 시도를 막을 수 없었다. 이번에 아빠는 현명하게도 담장 밑으로 기어들어갔다. 그 후 도보와 히치하이킹으로 모험하듯 알프스를 횡단하여 제노아에 도착했다. 그러나 항구에서 증기선 한 척이 불과 얼마 전에 남미로 떠났다는 말을 듣고 크게 실망했다. 다음 배가 언제 도착할지는 아무도 알지 못했다. 전쟁 직후의 뒤숭숭한 시기에 시간표 따위가 있을 리 만무했다. 그러나 아빠는 손 놓고 기다리기만 할 사람이 아니었다. 로마로 가서 바티칸이 발행한 적십자 여권을 기어이 손에 넣었다. 이 여권이 있으면 여행이 훨씬 수

월해질 거라는 말도 들었다.

그러나 로마에는 남미로 가겠다고 몇 주, 몇 달을 죽치고 기다리는 독일인이 차고 넘쳤다. 남부의 항구 도시 나폴리에는 기회가 더 많으리라고 판단한 아빠는 걸어서 남쪽으로 향했지만 도중에 체포되는 바람에 악명 높은 수용소로 끌려가야 했다. 아빠가 내민 서류의 진위 여부를 확인한다는 구실로, 이탈리아인들은 아빠를 몇 달이나 수용소에 잡아두었다. 몇몇 동료 수감자들은 아빠에게 탈출을 하라고 부추겼다. 특히 북아프리카 출신의 한 젊은이는 아빠에게 자신의 고향에 대해 침이 마르도록 자랑하며 같이 가자고 졸랐다. 아빠는 무엇이든 실행해야 직성이 풀리는 사람이었지만, 그런 꼬임에 쉽게 빠지는 사람은 아니었다. 그리고 그것은 결국 현명한 선택으로 밝혀졌다. 탈출을 감행한 사람들은 금방 다시 붙잡혀 가혹한 벌을 받아야 했다.

그러던 어느 날 기적 같은 일이 일어났다. 그 일에 대해서는 아빠한테 몇 번이나 들었다. 도무지 벗어날 방법이 없던 아빠는 수용소 담이 무너지게 해달라고 날마다 기도했는데, 신기하게도 기도가 '정말로' 실현된 것이다. 비가 억수같이 쏟아지던 날 밤, 수용소 벽이 와르르 무너지는 바람에 아빠는 쉽게 탈출할 수 있었다. 물론 다시 붙잡으려고 끈질기게 뒤쫓는 사람들 때문에 약간의 고난을 겪어야 했지만, 아빠는 추격자들보다 한 수 위였다. 수용소에서 나온 후 멀리 달아나지 않고 수용소 근처의 덤불에 몸을 숨긴 아빠는 양치식물로 몸을 가린 채 그 자리에 하루 밤낮을 꼬박 숨어 있었다. 그리고 수색 작업이 성과 없이 끝난 다음에야 비로소 달아나기 시작했다. 물론 전보다 훨씬 더 몸을 사려야 했다. 주로 밤에 이동하고, 낮에는 몸을 숨기거나 농가의 문을 두드려 그곳에 숨었다. 고맙게도 수용소 밖의 사람들은 도망자인 아빠를 거의 항상 환대해줬다.

물론 진심 어린 환대가 아닌 경우도 있었다. 한번은 새 사냥꾼의 집에 숨게 되었는데, 유난히 친절했던 사냥꾼과 그 아내는 아빠에게 식사까지 대접했다. 그 환대가 너무나 고마웠던 아빠는 몸에 지니고 있던 유일하게 값나가는 물건인 브로치를 부인에게 선물했다. 하지만 아빠가 다시 길을 떠나려 하자 새 사냥꾼은 절대 혼자서는 길을 찾지는 못할 테니 자신이 같이 가주겠다고 제안했다. 도중에 아빠는 이 남자가 배신을 할 작정임을 눈치 채고 그를 간신히 따돌렸다.

아빠의 고달픈 여정은 여기서 끝나지 않았다. 나폴리에서도 배를 구하지 못해서 시칠리아까지 가야 했다. 트라파니에는 정박 중인 낚싯배들이 있긴 했다. 아빠는 주저하지 않고 배 주인들을 찾아다니며 사정했지만 목적지까지 데려다주겠다는 사람은 아무도 없었다.

보통 사람 같았으면 이쯤에서 포기했겠지만 아빠는 달랐다. 남미로 가는 배를 이탈리아에서 구할 수 없으면 스페인에서 찾겠다고 마음먹었다. 그래서 아빠는 이탈리아 반도를 한 바퀴 빙 돌아 제노아에서 프랑스를 향해 북쪽으로 이동했다. 마침내 국경도시인 산레모에 이르렀지만, 그곳에서 아빠는 국경을 넘는 것은 도저히 안 될 일이라는 말을 들었다. 그 지역이 여전히 커다란 지뢰밭이나 다름없었기 때문이다. 하지만 그런 위험조차 아빠의 굳은 의지를 꺾을 수는 없었다. 어두운 밤에 아빠는 국경 지대 인근의 산을 넘었고, 프랑스 니스에 도착했다. 다행히 그곳에서 아주 오랜만에 자동차를 얻어 탈 수 있었다. 엑상프로방스에서 내린 아빠는 가까운 주유소 근처에서 비싼 차를 탄 운전자에게 차를 좀 태워줄 수 있겠느냐고 물었다. 아빠가 독일인이라는 말을 듣자 운전자는 딱 잘라 거절했지만, 주유소 주인이 좋은 말로 거들자 운전자는 결국 사정을 딱하게 여겨 차를 태워주었다. 운전자가 유대인이었으니 처음에 승차를 거부한 것도 당연했다. 하지만 아빠의 자세한 사연을 들은 그는 통 크게도 150프랑의 돈을 아빠의 손에 쥐어주었다고 한다. 당시에 검문소에서 100프랑도 없다고 확인된 사람은 부랑자로 간주해 체포했기 때문이다. 그 남자는 헤어질 때 아빠에게 이런 격려의 말을 해줬다고 한다. "이렇게 멀리까지 온 사람이라면 남미까지도 못 갈 리가 없어요."

하지만 남미로 갈 가능성은 별로 없어 보였다. 마르세유에 도착해서도 아빠는 배 한 척 발견할 수 없었다. 네다섯 달마다 포르트보우에서 남미로 가는 증기선이 있다는 말이 돌았지만, 아빠에게는 그렇게 오래 기다릴 여유가 없었다. 그래서 당초 계획에 따라 스페인으로 발걸음을 돌렸다.

이번에도 아빠는 불가능하다는 말만 들었다. 사람들은 피레

네 산맥은 도저히 넘을 수 없을 거라고, 이 산맥과 비교하면 알프스 등반은 공원 산책이나 다름없다고 조언했다. 그러나 이번에도 아빠는 흔들리지 않았다. 바위투성이 계곡을 따라 자꾸만 올라가다 보니 바람에서 지중해의 기후가 느껴졌다. 결국 해낸 것이다! 아빠는 마침내 스페인에 도착했다.

그러나 그곳에서는 한층 더 경계를 해야 했다. 독재자 프란시스코 프랑코^{Francisco Franco}의 지지자들이 불법 입국한 외국인을 적발하면 가차 없이 무시무시한 수용소에 처넣었기 때문이었다. 이번에도 아빠는 낮에는 몸을 숨기고 밤에만 이동했다.

그러나 바르셀로나에도 남미로 떠나는 배가 없어서 다시 스페인 중부로 향해야 했다. 이동 중에는 언제나 도시와 거리를 두고 최대한 산 근처에 머물렀다. 한번은 외딴 산골에서 캐러브^{carob} 나무 밑에 앉아 쉬고 있는데 폭풍우가 점점 거세지기 시작했다. 멀리서 개 짖는 소리가 들리더니 점점 많은 개들이 목청을 높였다. 알고 보니 늑대 소리였지만 인간에 비하면 야생동물은 그다지 위험한 존재가 아니었다.

코르도바에서는 몸에 지녔던 얼마 안 되는 짐마저 도둑맞았다. 하지만 지체하지 않고 곧장 세비야로 이동했다. 그곳에서 아빠는 처음으로 페루로 가서 꿈을 실현할 증표를 얻었다. 아빠가 독일을 떠나기 직전에 엄마의 가족은 이렇게 조언했다. 엄마 가족 친구의 딸의 지인들이 리마에 있으니, 도착하면 그들에게 연락을 해보라는 것이었다. 세비야에서 아빠는 역시 그 딸의 지인인 한 독일인 가족으로부터 두 건의 추천서를 받았다. 추천서를 손에 넣고 나니, 모든 일이 잘 풀릴 것만 같았다!

거기까지 가기 위해 아빠가 걸어야 했던 어마어마한 거리를 생각하면 세비야에서 카디스까지는 엎어지면 코 닿을 거리였다. 그곳에는 페루로 떠나는 배들이 있었다. 하지만 이번에도 아빠는 며칠 늦게 도착하는 바람에 독일인들을 태운 배가 불과 얼마 전에 출발했다는 말을 들어야 했다. 낙담한 아빠는 사람들을 붙잡고 사정을 설명했다. 그러자 프랑코 장군의 지지자라는 사람이 정치적인 이유로 유럽을 떠나는 독일인들을 돕는 단체에 아빠를 소개해주었다. 아빠는 그런 사례에 해당하지 않았지만 지푸라기라도 잡는 심정으로 희망을 품었다. 하지만 머잖아 시간과 노력만 낭비했다는 사실이 드러났다. 그 단체는 빈 약속만 남발할 뿐 아무것도 실행하지 않았다.

그리고 새로운 소문이 계속 들려왔다. 산페르난도라는 도시에서 조만간 배 한 척이 우루과이로 떠난다는 정보였다. 적어도 남미에 있는 나라라는 생각에 아빠는 당장 그 작은 항구 도시로 달려갔다. 그곳에서 아빠는 역시 대서양을 건널 계획이라는 석공을 만났다. 두 사람은 함께 배를 찾았다. 소금 운반선인 그 배는 정말로 출발하기 일보 직전이어서 두 사람은 생각할 겨를도 없이 몰래 배에 올라탔다. 그리고는 화물창에 들어가서 얼굴을 손수건으로 감싼 채 소금더미에 뛰어들어 최대한 안으로 파고들어갔다. 어마어마한 양의 소금에 파묻힌 불법 승객 신세였지만, 기나긴 대장정 끝에 아빠는 결국 남미로 가는 배를 탔다.

두 사람은 장장 나흘을 그 상태로 참고 견뎠다. 거친 바다가 배를 전후좌우로 뒤흔들었고, 태양은 살을 태울 듯이 뜨거웠다. 게다가 소금이 온몸의 구멍구멍을 파고들었다. 참을 수 없는 갈증이 아빠와 석공을 괴롭혔다. 결국 석공은 참을성을 잃어버렸다. 그가 원하는 것은 이제 단 한 가지, 나가는 것뿐이었다! 아빠는 배가 카나리아제도에 가까워졌다고 짐작하고 석공에게 조금만 더 버텨달라고 애원했다. 딱 하루만 더! 하지만 석공에게는 그럴 기력이 남아 있지 않았다. 결국 두 사람은 스스로 정체를 드러내고 체포되는 수밖에 없었고, 배가 테네리페섬에 도착하자 주도인 산타크루즈에 있는 감옥에 투옥되었다. 아빠는 꿈을 이루지 못한 채 스페인으로 강제 송환되어 그곳 수용소에 장기 억류될 위기에 직면하게 됐다. 그런데 놀랍게도 아빠에게는 또다시 운이 따랐다. 14일간 구금되었다가 돌연 석방된 것이다. 자유의 몸이 된 아빠는 브라질 헤시페로 떠나는 배에 곧바로 몸을 실을 수 있었다. 그리고 그 배는 몇 주 뒤 육지에 도착했다.

드디어 아빠는 고대하던 남미 땅을 밟게 되었다. 비록 대륙의 가장 먼 반대편이었지만, "콜럼버스도 아메리카 대륙에 발을 들인 순간에 나만큼 감개무량하지는 않았을 거야"라고 매번 이야기할 만큼 아빠에게는 환희의 순간이었다. 고난의 연속이었던 여행을 시작한 지 거의 1년이 다 됐을 무렵에 이룬 꿈이니 얼마나 기뻤을지 나도 상상이 갔다. 하지만 거기서부터 페루 리마에 도착하기까지 그만큼의 시간이 더 걸릴 거라는 사실을 아빠는 상상조차 하지 못했다.

어쨌든 아빠의 계획은 매우 단순했다. 워낙 걷는 데 이력이 났으니 페루까지의 5000킬로미터쯤은 식은 죽 먹기라고 생각했다. 중간 중간 기차를 탈 수도 있을 것이다. 이번에도 사람들은 그런 식으로 브라질을 횡단하는 것은 꿈도 꾸지 말라고들 했다. 물론 그 말을 듣고 단념할 아빠가 아니었다. 처음에는 사탕수수와 바나나만 한도 끝도 없이 펼쳐진 대농장을 걸어서 지나갔다. 다음에는 600킬로미터 너비의 가시덤불 사바나인 카팅가가 나타났지만 역시 걸어서 지나야 했다.

마을을 지날 때마다 아빠는 현지 주민들의 이목을 끌었다. 그리고 인생을 즐길 줄 아는 브라질 사람들의 쾌활함에 금방 전염되었다. "지나는 내내 지루할 틈이 없었어." 나중에 아빠는 이렇게 회상했다. 800킬로미터의 오지를 더 이동한 끝에 브라질 중부에 도착했다. 나중에 이 기나긴 도보 여행을 떠올리며 아빠는 이렇게 말했다. "날씨가 좋으면 하루에 40킬로미터를 걸었어. 날씨가 나쁘면 30킬로미터를 걸었고."

오늘 비행기 창문으로 이 광대한 땅을 내려다보니 아빠가 어떻게 그 거리를 걸어서 이동했을지 도저히 믿기지 않는다. 내가 타고 있는 비행기는 마나우스 근처의 아마존 위를 날고 있었다. 수많은 지류가 딸린 강이 햇빛을 받아 눈부시게 반짝였다. 그 초콜릿색 물이 선명하게 드러나고 얼마 후에는 검은 물이 흐르는 강이 나타났다. 그 가운데 가장 큰 줄기가 니그로강이다.

아빠는 리마라는 목표를 향해 흔들림 없이 꿋꿋이 나아갔다. 그냥 걷기만 한 것은 아니었다. 이동하는 동시에 동식물을 관찰했다! 아빠는 남미의 야생동물에 대해서는 이미 연구를 통해 어느 정도 알고 있었다. 그러나 사바나와 밀림을 통과하는 이동 경로에서 아빠는 여태 잘 알지 못했던 많은 종들의 생태를 관찰할 수 있었다. 동물들의 포식자-피식자 행동을 연구하고 경쟁 관계의 종을 발견해 수첩에 기록했다. 더위쯤이야 아무것도 아니었다.

그사이 아빠의 피부가 갈색으로 그을리고 머리에 커다란 밀짚 모자까지 쓰고 다니자 마을을 지나갈 때도 더 이상 주민들의 눈길을 끌지 않았다. 외딴 농장을 찾아갈 때만 종종 사람들을 놀라게 했다. 남편이 집에 없으면 부인들은 혼비백산하여 밀림 속으로 달아나곤 했다. 그래도 대부분은 아빠를 따뜻이 맞아주었다. 전쟁으로 폐허가 된 유럽의 시골을 여행할 때와는 달리, 여기서는 숨어 다닐 필요가 없어서 아빠는 자유를 만끽할 수 있었다.

"어디든 내키는 곳에 해먹을 걸었어." 나중에 아빠는 그 시절에 대해 신이 나서 설명했다. 아무도 들어간 적 없는 숲을 지나갈 때도 있었다고 한다. 문득 그런 위험에 자신을 노출하는 것이 과연 잘하는 일인지 의문이 생기기도 했지만 아빠는 결코 자신감을 잃지 않았다. 누가 아빠에게 목적지가 어디냐고 물으면 아빠는

'페루'라고 대답했지만 대부분 그런 나라는 들어보지도 못한 것 같았다.

그리고 마침내 그날이 왔다. 1950년 5월 15일, 당시 약혼자였던 엄마의 생일에 아빠는 페루 국경에 도착했다. 그 정도 우연으로는 부족했는지 엄마를 떠난 1948년 11월 15일로부터 정확히 1년 반이 되는 날이기도 했다. 국경에서 리마까지는 군용기를 얻어 탈 수 있었다. 그러나 나는 아빠가 나머지 밀림과 안데스의 끝없는 얼음을 걸어서 지나야 했대도 절대 마다하지 않았으리라 확신한다.

일자리에 대해 문의한 지 3년 만에, 그리고 리마의 자연사박물관에서 답변을 받은 지 2년 만에 아빠가 그곳 사무실에 나타나자 관장은 무척 당황했다. 유감스럽게도 그 자리는 더 이상 남아 있지 않다는 것이 그의 대답이었다. 그래서 아빠는 약속의 땅에서 일자리를 구하는 새로운 대장정을 시작해야 했다.

가장 먼저 떠오른 곳은 부비새, 가마우지, 펠리칸, 펭귄 등의 배설물로 비료를 만들어 큰돈을 번 구아노 컴퍼니The Guano Company였다. 아빠는 그곳에 찾아가 자신을 소개했지만, 구아노 컴퍼니에서는 아빠를 쓸 생각이 없었다. 다음에는 산마르코스대학교의 학장을 만났다. 그는 아빠에게 자연사박물관의 어류 코너 관리직을 제안하며 어느 정도의 급여를 원하는지 물었다. 오랜 여행으로 지쳐 있던 아빠는 그 문제에 대해서는 한 번도 생각해본 적이 없었는지 터무니없이 적은 액수를 불렀다. 엄마가 남태평양의 증기선 아메리고베스푸치호를 타고 리마로 건너오는 사이, 아빠는 쥐꼬리만 한 봉급을 받으며 페루에서 첫 직장에 다니기 시작했다. 엄마 역시 도착하자마자 박물관에 일자리를 구해 나중에 조류 코너를 책임지게 되었다. 그 얼마 후에 두 분은 결혼식을 올렸다. 1950년 6월 24일, 하지이자 아빠의 서른여섯 번째 생일 다음 날, 리마에서도 특히 아름다운 동네인 미아플로레스에서 두 사람은 서로를 평생의 배우자로 받아들였다.

나는 의기소침해질 때마다, 또는 추락사고 때의 해묵은 두려움이 나를 집어삼키려 할 때마다 아빠의 길고 험난한 대장정을 떠올린다. 그러면 아빠의 이야기는 단지 군 주둔지, 놓쳐버린 배편, 넘어야 할 산맥, 걸어서 지나야 할 수천 킬로미터가 아니라 무슨 일이 있어도 절대 낙심하지 말아야 한다는 훌륭한 교훈으로 다가온다. "뭔가를 이루겠다고 정말로 굳게 결심하면 결국 성공할 수밖에 없어. 간절히 원하기만 하면 돼, 율리아네." 아빠는 언젠가 이렇게 말했다.

아빠가 옳았다. 추락사고 후에 나는 살아남겠다는 일념으로 불가능에 가까운 일을 해냈다. 설마 그보다 나쁜 일이 또 생기기야 할까?

물론 그럴 수 있다. 모든 역경은 매번 새롭게 느껴지는 법이니까. 누구나 그렇겠지만, 나는 원하는 일을 행동으로 옮기려 할 때마다 정말 마음을 단단히 먹어야 했다. 지금 나는 팡구아나가 계속 존재하고 새로운 형태로 발전하기를 간절히 원한다. 아빠의 소망이 규모를 키워 이 지역이 자연보호지역으로 선언되기를 바란다. 내가 이 비행기에 앉아 있는 이유, 두려움을 힘겹게 이겨내고 있는 이유는 그 때문이다.

오랜 시간이 지나고 이제 그 순간이 가까워졌다. 어린 시절을 보낸 땅이 이미 내 아래 있다. 우리는 조금 전에 브라질과 페루 사이의 국경을 넘어왔다. 가슴이 두근거린다. 이제 비행은 1시간 정도밖에 남지 않았다. 이미 밀림은 안데스의 첫 등성이에 자리를 내주었다. 그 산맥이 우리 뒤로 물러나면 비행기는 리마를 향해 마지막 하강을 시작할 것이다. 그러면 이 긴 비행도 무사히 끝나게 된다.

제4장 두 개의 세상에서

나는 안도의 한숨을 내쉬었다. 또 해냈다. 입국 수속을 거쳐 수화물을 찾은 후, 우리 부부를 마중나온 낯익은 얼굴들을 알아보고 뜨거운 포옹을 나눴다. 우리 가족의 오랜 친구 알뤈 라멜이 나와 남편을 데리러 공항까지 나와주었다.

호텔로 가는 길에 도시를 살펴보았다. 리마는 활기차고 다채로우며 해마다 더 시끄러워진다. 과거에도 마찬가지였지만 옛날과 비교하면 오늘날의 리마는 거의 알아보기 힘들 정도로 변했다. 아빠는 리마에서 아직 독일에 있던 엄마에게 보낸 편지에 이렇게 썼다. '아름답다고 하기는 뭣한 도시야.' 하지만 어릴 때 기억을 더듬어보면 리마는 나름의 매력을 품고 있었다. 그 시절에는 도시 전체를 눈 씻고 돌아봐도 4층 이상의 건물은 거의 없었다. 나란히 늘어선 스페인 식민지풍의 건물들이 숲에 둘러싸여 있을 뿐이었다. 하지만 지금은 올 때마다 시내의 대로를 따라 은행, 자동차 판매점, 카지노, 호텔 등의 간판을 단 화려한 새 건물들이 눈에 띈다. 어린 시절에 보던 아늑한 동네와는 판이하게 다른 풍경이다. 무척 낯설어 보이는 지역도 있다. 이곳의 도로 체계에도 변화가 생겼고 새 고속도로도 건설되었다. 새로운 것이 다 나쁘다고는 생각하지 않는다. 예를 들어 두 도로 사이에 따로 구분된 버스 전용 도로는 매우 실용적이다. 도로를 따라 나무도 심겼다. 지금은 자그마해서 앞으로 크게 자랄 모습이 좀처럼 상상이 되지 않지만.

그렇다, 리마의 거리는 부산하다. 여기서는 러시아워를 뜻하는 '오라 푼타hora punta'가 다음 번 러시아워와 구분할 수도 없이 연결된다. 그렇게 많은 것이 바뀌었지만 역시 집에 다시 돌아온 기분이 든다. 나는 주위를 둘러보며 친구에게 질문을 퍼부었다. 독일에 있는 사이 내가 놓친 소식은 없을까?

페루는 여전히 차이가 극명한 나라다. 과거에도 그랬지만 오늘날에도 그 점만큼은 달라지지 않았다. 어릴 때 나는 혜택받은 환경에서 성장했기에 그 사실을 알지 못했다. 만약 그 당시에 누군가 내게 리마에 가난한 이웃들이 있냐고 물었다면 나는 씩씩거리며 아니라고 못박았을 것이다. 부모님은 검소한 삶을 고수했지만 우리는 분명 부유한 축에 속했다. 나의 세상은 미라플로레스였다. 대부모님의 집이 있던 그곳은 지금까지도 리마에서 부촌으로 알려져 있다. 반면에 바다에서 가장 먼 지역, 코르디예라 네그라Cordillera Negra(검은 사막)로 이어지는 비탈에 위치한 빈민가에는 많은 인구가 거주한다. 리마에 사는 옛 동창들은 지금도 이런 시대착오적인 말을 한다. "독일에서는 대체 어떻게 살아? 거긴 하인도 없을 텐데." 페루의 다른 반쪽인, 부자들과 공존하는 극빈층을 무시하는 듯한 그런 말을 들으면 움찔할 수밖에 없다. 알윈도 그런 인식에 대해 개탄스러워하며, 그가 리마 빈민가에서 시작한 자선사업에 대해 이야기를 해주었다. 아직도 리마에는 아동보호 단체에서 제공하는 무료 식사를 얻어먹지 못하면 하루 한 끼도 제대로 챙기지 못하는 아이들이 많다는 것이다.

그렇다, 페루는 빈부 차이가 정말 심한 나라다. 그러나 나는 페루를 그 모습 그대로 사랑한다. 독일인인 동시에 페루인으로 두 세계를 이을 수 있는 내가 자랑스럽다. 지금은 독일에 살고, 그곳에서의 삶도 무척 행복하다. 하지만 나는 페루와 끈끈하게 연결되어 있다. 독일에서는 무슨 일이든 순조롭게 처리된다는 점이 좋다. 페루에서는 음악과 사람들의 온정, 유머 감각이 좋다. 페루의 음식도 최고다.

리마에 도착한 첫날 저녁에 우리는 내가 가장 좋아하는 레스토랑을 찾아갔다. 지난주에도 이곳에 들른 손님들인 양 우리를 따뜻하게 환영하는 종업원들을 보며, 나는 실제로 그렇다면 어떨지 잠시 상상했다. 이곳은 모든 것이 늘 한결같다. 마치 지퍼의 양쪽처럼 독일에서의 내 삶은 페루식 삶에 자연스럽게 맞물려

들어간다. 나는 무척이나 좋아하는 파파아라우앙카이나papa a la huancaína를 주문했다. 감자에 매콤한 치즈 소스를 뿌린 음식이다. 뮌헨에서도 이 요리를 종종 시도했지만 소스에 쓸 제대로 된 치즈와 노란 아히ají 고추를 구할 수 없어서 원하는 맛을 내지 못했다. '여기가 훨씬 낫네.' 소스를 혀 위에서 녹이던 나는 한숨을 쉬면서 속으로 인정했다. 페루에는 알려진 감자의 종류만 4000가지가 넘게 있다. 하양, 노랑, 빨강, 갈색, 보라색은 물론 그 중간쯤의 빛을 띠는 다양한 감자가 있다. 남편은 몸을 데워주는 맛있고 영양만점인 스튜 추페chupe를 선택했다. 그날따라 리마의 저녁 날씨가 유난히 쌀쌀했기 때문이다. 몇 해 전에 나는 독일 잡지에서 '세계 최고 리마 기후'라는 제목의 기사를 읽은 적이 있는데 편집자가 독일어 라임을 맞추느라 'Prima Klima in Lima'라는 제목을 택한 것이 아닌지 의심스러웠다. 리마의 기후는 절대 세계 최고가 아니기 때문이다. 연중 대부분은 잔뜩 흐리고 짙게 안개가 끼며 때로는 싸늘한 습기가 뼛속을 파고든다. 남극에서 차게 식은 훔볼트 해류가 인근 해역에서 따뜻할 물을 만나면 엄청난 양의 수증기가 생성되기 때문이다.

　그래서 페루의 자연 풍경도 지역마다 극단적으로 다르다. 북쪽에서 남쪽 해안을 따라서는 사막이 이어져 있고 그 안쪽에는 안데스의 웅장한 산맥과 고원이 펼쳐져 있으며 동쪽에는 아마존 열대우림이 자리 잡고 있다. 해안과 다우림의 기온 차이가 상당하기 때문에 우리는 여행 가방에 늘 두 종류의 옷가지를 챙긴다. 리마에서는 따뜻한 옷을, 다우림에서는 한여름 옷을 입어야 한다.

해안, 산지, 다우림 등의 다양한 환경 속에는 매우 독특한 식물과 동물이 서식한다. 부모님을 따라 밀림에 들어갈 때마다 나는 다채로운 동식물에 감탄했다. 리마에서 안데스를 넘어 다우림으로 가는 이 며칠간의 여정은 어린 시절의 가장 찬란하고 풍성한 기억으로 남아 있다.

우리 가족은 리마에서 밀림으로 이동할 때 주로 '안데스의 진주La Perla de los Andes'라는 회사의 버스를 이용했다. 짐은 차 지붕에 묶고 소년 몇 명이 올라가 산지를 이동하는 내내 떨어지거나 도둑맞는 물건이 있는지 지켰다. 리마를 벗어난 직후부터 창밖을 내다보면 이미 빠른 속도로 고도가 높아지고 있었다. 하지만 티클리오 산길에 도착하려면 아직도 8시간이나 더 가야 했다. 고도가 무려 4800미터였지만 중남부 안데스에서는 가장 낮은 길이었다. 물론 대부분의 승객은 엄청난 높이로 인식하기 때문에 까딱 잘못하면 고산병으로 크게 고생할 수도 있다. 언젠가 내 옆자리에 앉았던 만삭의 임신부는 끊임없이 구역질을 하기도 했다.

이미 빈약한 식생은 높이 올라갈수록 더 드문드문해진다. 하지만 구불구불 위로 이어지는 길을 한없이 올라가다 보면 간혹 마을이 나타나기도 한다. 티클리오에는 1년 내내 눈이 쌓여 있지만 산길에 매우 가까운 위치에 놀랍게도 마을이 있다. 라오로야La Oroya 라는 광부촌이다. 그곳은 색색의 물결모양 금속 지붕이 덮인 허름한 오두막이 모여 있는 마을로, 낮에는 춥고 밤에는 뼛속 깊이 추위가 스며드는 곳이다. 그래서 안데스 고산지대의 원주민은 늘 두툼한 옷을 입는다. 또한 가능하면 온 식구와 모든 가축이 한 방에 모여 잠을 잔다. 그 인근에서는 밤에 기면상태에 들어가는 벌새를 발견할 수 있다. 벌새들은 밤이 되면 엄습하는 지독한 추위에서 살아남기 위해 신진대사를 낮추는 일종의 야간 동면 상태로 들어간다. 어느 정도 내려가면 야생에서 자생하는 페루 후추나무를 만날 수 있다. 우리가 잘 아는 적후추와 더불어 다른 나무들도 드문드문 자라고 있다. 일단 티클리오를 지나면 초목은 다시 서서히 많아져서, 시선이 푸릇푸릇한 식물이 무성한 강 계곡 아래로 절로 향하게 된다.

무척이나 긴 여행이다. 먼저 이끼와 물풀로 뒤덮여 어두운 색으로 보이는 코르디예라 네그라를 넘어간다. 그러면 다음 산맥인 코르디예라 블랑카Cordillera Blanca(흰 산맥)가 나온다. 페루 북쪽에는 눈부신 눈이 쌓인 6000미터 높이의 봉오리가 우뚝 솟아 있고, 그 옆으로 가시투성이의 노란 식물로 뒤덮인 푸나초원과 광대한 고원이 이어진다. 이곳에 있는 멋진 호수 몇 군데에는 때가 되면 홍학이 모여든다. 이 새들의 색은 페루 국기에까지 들어 있다. 엄마가 들려준 이야기에 따르면 페루공화국을 선포한 호세 산 마틴José San Martín이 언젠가 해변에 누워 쉬고 있다가 하늘에서 붉고 흰 색을 띠는 홍학을 보고 국기의 색을 정하는 데 영감을 얻었다고 한다. 국기 한복판의 문장에는 야생 낙타의 일종인 비쿠냐가 있다. 비쿠냐의 털은 어린 알파카보다 더 가늘고 부드러워 한때는 잉카제국의 왕들만 사용할 수 있었다. 비쿠냐 옆에는 페루의 풍부한 식물을 상징하는 키나 나무quina(자주색, 녹색, 흰색 등의 꽃을 피우는 열대지방의 상록수 – 옮긴이)와 동전이 쏟아져 나오는 풍요의 뿔cornucopia이 그려져 있다. 천연 자원으로 따지면 페루는 세상에서 가장 부유한 나라인 것 같다.

티클리오를 지나 4000~5000미터 고도에서 여러 시간을 이동하면 알티플라노가 나온다. 여기에도 구리, 볼프람, 비스무트, 은을 캐는 광산 마을이 있다. 우리는 다시 비탈을 내려가 강 계곡에 위치한 가장 비옥한 지역인 스페인 식민 도시 우아누코에 들른다. 안데스에서는 비교적 저지대에 속하는 1800미터 고도에 자리 잡은 도시다.

처음 여행할 때 우리는 늘 이 근처에서 밤을 보냈다. 팅고 마리아로 가는 길이 너무 좁아서 일방통행밖에 할 수 없기 때문이다. 밤을 보낸다는 말은 버스에 머물러야 한다는 뜻이다. 버스를 떠나면 운전사가 그냥 버려두고 떠날 수도 있다.

다음에는 코르디예라 아줄Cordillera Azul(푸른 산맥)이 펼쳐진다. 숲이 빽빽하게 우거져 있어 멀리서부터 푸르스름한 아지랑이를 내뿜는 곳이다. 마침내 팅고 마리아에 도착하면 또다시 푸카이파까지 8시간 동안 버스를 타야 한다.

가는 길에 엄마는 내게 어떤 새를 어디서 찾을 수 있는지를 가르쳐주었다. 코르디예라 아줄의 안개 낀 숲속 분수계(한 줄기로 흐르던 물이 여러 갈래로 갈라지기 시작하는 경계 – 옮긴이)에는 화려한 주황색의 안데스바위새가 있다. 팅고 마리아를 벗어난 언덕의 쿠에바데라스레추자스^{Cueva de las Lechuzas}(부엉이의 동굴)라는 동굴 안에는 페루에서 구아차로스^{guácharos}로 알려진 기름쏙독새^{oilbird}가 산다. 엄마는 쏙독새에게 소리를 내어 장애물의 위치를 파악하는 능력이 있고, 그 이름은 몸의 지방이 등불의 기름으로 쓰인 데서 유래됐다고 설명했다. 그다음 수백 킬로를 이동하면서 나는 그 말의 의미를 곱씹었다.

리마에서 출발한 지 이틀 낮과 하룻밤이 지난 후에야 푸카이파에 도착할 수 있었다. 당시에는 정말 작은 개척 마을에 불과했다. 마을 주위를 농지가, 농지 주위를 밀림이 둘러싸고 있었다. 여기서 우리는 설탕, 라드, 기름, 밀가루 등 밀림에서 필요한 기본적인 식료품을 모두 구입했다. 거기서 다음 경유지인 토우나비스타로 가려면 대안은 딱 두 가지뿐이었다. 배를 타거나 비포장도로용 자동차를 차고 숲을 지나가거나. 평소에는 길이 진구렁이었기 때문에 자동차를 타는 것은 건기에만 가능했다. 대부분의 경우 우리는 배를 탔다. 우카얄리에서 배를 타고 파치테아강 어귀로 이동하는 것이다. 거기서 토우나비스타가 있는 상류로 향한다. 텍사스 출신인 레투르노^{Le Tourneau} 가족은 이 정글 마을에 자신들의 이름을 붙였다. 여기서 우리는 지인들의 집 마루에서 하루를 묵은 다음, 새 배를 구해 여행을 계속했다. 지금까지도 사람, 동물, 짐 등 밀림의 모든 화물은 이 강을 통해 운반된다. 우리는 이

틀 더 상류로 이동했다.

밤이면 모직 담요를 몸에 감은 채 모래톱에서 잠을 자고, 다음 날 아침 일찍 다시 이동을 시작했다. 저녁 무렵에야 팡구아나가 있는 유야피치스강 유역에 도착했다. 옛 잉카의 쿼추아 말에서 따온 이 강의 이름은 '거짓말하는 강'이라는 뜻이다. 사람들을 잘 현혹하기 때문이다. 한순간 고요하고 평화로운 작은 강처럼 보이다가도 유야피치스의 발원지인 인근 시라산맥 근처의 강우량에 따라 몇 시간 만에 성난 격류로 돌변할 수 있다.

악명 높은 급류를 지나갈 때 경험이 없는 뱃사공을 만나면 배가 뒤집히기도 했다. 배를 타는 내내 엄마는 한눈 한 번 팔지 않았다. 어떤 광경도 놓치고 싶지 않아서였고 실제로 그곳에는 볼거리가 차고 넘쳤다. 한번은 회색마자마사슴Gray Brocket 한 마리가 강을 건너가더니 곧이어 남미 악어의 일종인 카이만이 지나갔고 다음에는 뱀들이 나타났다. 엄마는 물속을 가리키며 내게 알려주었다. "율리아네, 저기 부시마스터 좀 봐. 세상에서 독성이 가장 강한 뱀이란다. 성질도 엄청 사나우니까 저것들을 만나면 조심해야 돼."

마침내 유야피치스의 강어귀가 시야에 들어왔다. 여기서부터 물가를 따라 인간의 손이 닿지 않은 1차 다우림을 5킬로미터쯤 더 지나가야 한다. 내 키만 한 덩굴식물이 잔뜩 얽혀 있는 험한 길이었다. 푹푹 빠지는 진흙이나 미끄러운 적색토가 덮인 지면 위에 폭우가 쏟아지면 얇은 얼음 층이 생겼다. 리마에서 출발한 지 한 주 후에 이 지역만 지나면 유이피치스의 팡구아나 맞은 편에 다다를 수 있었다. 엄마가 경찰 호루라기를 불면 아빠는 통나무배를 타고 우리를 데리러 건너왔다. "어서 오너라!"

나는 딴생각을 하고 있었다. 생각은 또 내 이야기에서 멀리 달아나 부모님이 1968년에 설립한 연구센터로, 오랫동안 나의 집이었던 팡구아나 주위를 끊임없이 맴돌았다. 마침내 리마에 도착해 피곤하고 뿌듯하고 행복한 마음으로 미라플로에스의 공원을 내다보면서도, 엄청나게 빡빡한 이후 이틀간의 스케줄(우리의 대의를 위해 여러 곳의 관공서를 방문하고 변호사를 찾아가는 스케줄이었다)을 알뢴, 남편과 함께 검토하면서도, 집에서 디저트를 즐기면서도, 내 생각은 팡구아나 주위만 서성거렸다. 리마에 있는 것도 즐거웠지만 사랑하는 밀림을 하루 빨리 다시 만나고 싶었다.

내게 밀림은 과거에도 현재에도 녹색 지옥이었던 적이 없다. 남편에 대한 나의 사랑, 내 핏속에 흐르는 쿰비아^{cumbia}(콜롬비아 카리브해 지역에서 유래된 라틴 음악의 일종 – 옮긴이)의 리듬, 지금까지 남은 추락사고의 흉터처럼 나의 일부이다. 밀림은 내가 자꾸만 비행기에 타는 이유이며, 기꺼이 정부와 맞붙어 싸우는 이유이기도 하다.

페루에서는 관료제를 뜻하는 '부로크라치아^{burocracia}'를 스페인어 단어 '부로^{burro}(당나귀)'가 포함된 'burrocracia'로 쓰곤 한다. 그냥 나온 말이 아니다. 여기 안데스 인접 국가의 태평스러운 일

처리는 유럽인들을 미치고 팔짝 뛰게 만들 때가 종종 있다. 나 역시 이번 여행에서도 그런 상황에 처하지 않을까 두려웠다. 팡구아나를 자연보호구역으로 지정하겠다는 목표를 정하면서부터, 나는 관공서의 공무원들을 상대하느라 진을 빼야 했다. 그래서 이 문제에 대해서는 늘 우리의 친구 알뤼 라멜과 상의한다. 그는 내가 진짜 두려워하는 유일한 '밀림'인 부로크라치아를 헤쳐 나가야 할 때면 항상 도움을 아끼지 않는다.

마침내 숙소로 가야 할 때가 되었다. 우리 부부는 긴 여행으로 지칠 대로 지쳤다. 아직 시차에도 적응하지 못했다.

호텔에서 알뤼이 갑자기 멈칫했다.

"느꼈어요?" 그가 물었다.

남편과 나는 영문을 몰라 서로를 멀뚱멀뚱 바라봤다. 알뤼이 무슨 소리를 하는 걸까?

"약한 지진이 있었어요."

그랬다. 하지만 미세한 흔들림 후에는 아무 일도 일어나지 않았다. 찰나의 시간이 그냥 사라져버린 기분이었다.

"이 정도는 아무것도 아니에요." 알뤼이 즉시 나를 안심시켰다.

나는 어릴 때부터 이런 상황에 익숙했다. 페루 해안에는 두 개의 텍토닉 플레이트tectonic plate(판상을 이루어 움직이는 지구의 표층 – 옮긴이)가 서로 엇갈리고 있어 지진이 끊임없이 발생한다. 무서운 경험이 분명하다. 지진이 일어나면 처음에는 우리 경험의 영역에 속하지 않는 소리가 들린다. '땅이 투덜거린다'는 말보다 더 적절한 표현을 찾기 어렵다. 그러다 진동이 시작되면 누구나 공포에 사로잡힐 수밖에 없다. 우리의 감각이 기존 물리 법칙의 중단에 대응할 수 없기 때문이다. 남미 국가들은 반복되는 지진과 해일로 고통받고 있다. 최근에 페루의 이웃 나라 칠레가 큰 지진 피해를 입었다.

내 기억에 특별히 강력한 지진은 두 차례 있었다. 한 번은 내가 열세 살 때인 1967년에 들이닥쳤다. 지진이 시작되는 순간에 나는 혼자 집에서 물감 통을 씻고 있었다. 처음에는 땅이 솟았다가 가라앉는 강한 수직 운동으로 내 발밑이 출렁거렸다. 그것만으로도 충분히 기겁할 일이었는데, 땅이 곧 양옆으로 흔들리기 시작했다. 그것이 훨씬 더 무서웠다. 공포에 질린 사람들이 거리로 뛰쳐나와 비명을 지르는 소리가 들리자 나도 똑같이 하고픈 충동이 생겼다. 그때 나는 혼자 있었다. 이 거대한 자연의 힘에 나 홀로 맞서는 것은 정말 특별한 경험이었다.

나는 거리로 뛰쳐나가는 대신 그런 상황에서는 집 안에 남아 문틀 밑에 숨는 편이 낫다고 강조하던 부모님의 가르침을 떠올렸다. 문틀은 천장이 지지되는 곳이기 때문에, 지붕 타일이나 무너지는 벽에 깔려 죽을 가능성이 있는 탁 트인 거리보다 훨씬 안전하다. 규모 6.8의 지진은 한참 지속되었다. 다행히도 우리 지역에는 큰일이 일어나지 않았고 나는 한 군데도 다치지 않았다.

여덟 살에서 열두 살 사이에 부모님은 나를 데리고 코르디예라 블랑카에서 가장 아름다운 지역에 있는 융가이라는 작은 촌락으로 몇 차례 탐험을 떠났다. 우리는 '우아일라스의 골목^{Callejón de} Huaylas '이라는 유명한 계곡에서 야영을 했다. 내가 몸을 씻었던 얼음장 같은 빙하 호수와 6000미터 높이 산지의 눈 덮인 비탈에 깃든 석양의 영롱한 빛이 아직도 뇌리에 생생하다. 기기묘묘한 형태의 웅장한 바위 중에 내가 특히 좋아한 바위가 있었다. 거대한 성냥갑을 세워놓은 모양이어서 나는 그것을 '성냥갑 바위'라고 불렀다. 바위 꼭대기에 식물이 자라고 있다는 점이 특히 인상적이었다.

1970년대에 이 지역은 대규모 자연 재해에 시달렸다. 강도 7의 지진 때 떨어져 나온 커다란 빙하 조각이 계곡을 굴러 호수에 빠지면서 둑이 터져 버렸고, 어마어마한 양의 진흙이 흘러내려 마을 몇 개를 집어삼켰다. 이후 작은 마을인 융가이에는 연병장 꼭대기의 야자수 몇 그루만 진흙 위로 삐죽 솟아 있었을 뿐, 주민 전원이 산사태로 매몰되었다. 재앙이 발생한 순간에 고지대의 공동묘지로 소풍을 떠난 한 학급의 학생들과 선생님만 살아남았다. 내가 부모님과 함께 깊숙한 밀림 속 팡구아나에 살고 있을 때였는데 그곳에서도 지진을 충분히 감지할 수 있었다. 나무에서 새들이 후드득 날아오르던 기억이 난다. 10년 뒤에 동료들과 함께 융가이 인근에 가보았더니 마을 전체가 여전히 땅 속에 묻혀 있는 상태였다.

내게 지진의 위험을 떠올리게 한 것을 후회하는 듯한 알룀에게 우리는 인사를 했다. 알룀과 헤어지고 잠시 뒤에 나는 호텔에서 진동이 발생할 때 머물러야 하는 장소를 가리키는 낯익은 표시를 발견했다. 페루에 사는 사람들에게는 이런 현상 역시 일상생활의 일부다.

나 역시 세상에 완벽하게 안전한 곳은 없다는 사실을 몸소 익히며 성장했다. 우리가 두 발로 딛고 서 있는 단단한 땅도 예외가 아니다. 그리고 이런 지식은 곤경에 처했을 때 침착하게 대처하는 데 큰 도움이 되었다. 그 역시 내가 비행기 추락이라는 악몽에서 살아남은 하나의 이유인지도 모른다. 어린 나이부터 나는 세상에서 일어나는 요상한 현상들에 이골이 나 있었다. 리마 도심지 한복판에 위치한 정원에 독사가 나타나거나, 악령이 쥐고 흔드는 듯 한밤중에 침대가 출렁거리는 것이 그 예다.

다행히도 오늘밤에는 그런 일이 없다. 우리는 피로에 전 머리를 베개에 파묻었다. 이곳에 돌아와서 얼마나 행복한지 모른다. 하지만 항상 여기서 살고 싶은 생각은 없다. 나는 두 개의 고향 중 어느 쪽에 있어도 만족스럽다. 가끔씩 반대편 나라가 못 견디게 그리울 뿐이다.

그런 고통은 내 시야를 꾸준히 넓히는 기회로 보상받을 수 있을 것이다. 풍부한 경험과 더불어 내면의 정서적 시야를 확장하는 것이다. 나는 언제나 정보를 직접 수집하는 쪽을 선호했다. 그리 하려면, 현장에서 그곳에 사는 사람들과 긴밀히 접촉해야 한다. 그런 태도가 독일에서 일을 할 때도 크게 도움이 되었다고 생각한다. 나는 바바리안 자연사박물관에서 일할 수 있어 감사하다고 느낀다. 그곳의 동료들을 소중하게 여긴다. 우리는 과학자들의 모임이라기보다 가족에 가깝다. 나는 무척 만족스런 삶을 살고 있다고 자부한다. 이상하지 않은가? 그렇게 기구한 경험들을 했는데도, 내가 세상에 없을 수도 있었는데도 이런 생각을 하다니.

엄마의 마지막 말이 아직도 귓가에 생생하다. 그 기억은 예고도 없이 비행기 안에서, 엘리베이터 안에서, 꿈속에서 나를 덮친다. 엄마의 목소리가 이렇게 말한다.

"이제…… 다 끝이구나."

제5장 밀림의 소녀

　부모님이 리마에서 밀림 한복판으로 일터를 옮기겠다는 결심을 하지 않았다면 모든 것이 달라졌을 것이다. 두 분은 그 당시 미지의 세계나 다름없었던 아마존 다우림에 들어가 다양한 동식물을 연구하기를 원했다. 연구 현장에서 아주 가까운 곳에서 5년간 살다가 때가 되면 독일에 돌아갈 작정이었다.

　부모님이 이 계획을 실행에 옮겼을 때 나는 열네 살이었다. 그때 나는 당장 밀림에 들어가 살아야 한다는 것이 불만이었다. 빽빽한 나뭇잎 차양 때문에 햇빛 한 점 들어오지 않는 키 큰 나무들 밑에서 하루 종일 울적하게 앉아 있는 상상을 했던 모양이다. 학교 친구들을 리마에 전부 남겨두고 떠나기도 섭섭했다. 친구들도 밀림 한가운데에서 산다는 건 상상도 못 하겠다는 듯 전부 나를 측은하게 보았다. 그 아이들 대부분은 정글에 발을 들인 적도 없었다. 반면 나는 부모님과 탐험을 다닌 덕분에 밀림에 대해 어느 정도 알고 있어서 두려움은 없었다. 다만 밀림으로 여행을 떠나는 것과, 세간살이를 몽땅 챙겨 이사를 들어가는 것은 별개의 문제였다. 열네 살 때는 야생 생활 외에도 다른 관심거리가 많은 법이니까.

하지만 출발은 예상보다 지연되었다. 아빠는 이미 몇 년이나 매진해온 동물과 식물의 생활형을 정리하는 방대한 프로젝트를 밀림으로 이사하기 전에 끝내기로 마음먹었다. 그림에 뛰어난 재능이 있어 동물의 어떤 동작이든 완벽하게 표현하곤 했던 엄마는 아빠의 자료에 600점의 삽화를 붙였다. 두 분은 정신없이 그 작업에 몰두했다. 서둘러 떠날 이유가 없었으니 나로서는 나쁠 게 없었다. 하지만 우리는 이미 훔볼트 하우스를 포기했기에 시끄러운 도로 바로 옆에 위치한 좁고 비싼 아파트에 몇 달간 임시로 머물러야 했다.

그렇게 도시와의 이별을 질질 끌게 되자 부모님은 점점 신경이 예민해졌다. 특히나 아빠는 유난히 신경이 날카로울 때가 많았다.

부모님이 총 20년 가까이 거주한 훔볼트 하우스를 정리하는 일은 쉽지 않았다. 집 안에 쌓인 물건이 얼마나 많던지! 부모님의 커다란 서재에 있는 물건을 전부 정리하기까지는 여러 주, 아니 여러 달이 걸렸다. 일부 물건은 내다 버리고 보관해야 할 물건은 포장했다. 200개나 되는 상자가 가득 채워졌다. 물론 부모님은 밀림까지 모든 물건을 가지고 갈 수도, 가지고 갈 생각도 없었다. 그래서 보관하거나 대여할 물건은 무엇인지, 그것들을 어디로 보낼지 판단하는 정교한 시스템을 고안했다.

숨 돌릴 틈 없이 분주했던 그 몇 주가 여전히 기억에 생생하다. 부모님은 평상시에 하던 업무와 병행해 짐을 담은 골판지 상자를 포장해야 했다. 아빠가 상자를 하나하나 채우면 엄마는 내용물의 상세한 목록을 작성했다. "이렇게 목록을 만들지 않으면 너무 헷갈릴 거야, 율리아네. 물건을 다시 찾으려면 이 방법밖에 없어." 엄마는 이런 말을 자주 했다.

1967년 12월 첫 이삿짐 트럭이 박물관으로 이동했다. 부모님은 박물관의 내빈실에 놓을 가구를 빌려주는 대신, 그곳에서 상자 여러 개를 보관해주겠다는 동의를 받아냈다. 나의 제안으로 우리는 세간이 거의 빠져나간 훔볼트 하우스에서 마지막으로 크리스마스 파티를 열었다. 유일하게 원상태로 남아 있는 거실에서 우리는 아름다운 크리스마스 나무 밑에 모여 선물을 교환했다. 내 대부님의 저택 창고도 우리 상자로 가득 찼고, 친하게 지내던 다른 가족도 상자 50개를 보관해주겠다고 했다. 그런데도 우리의 조그만 임시 거처는 발 디딜 틈 없이 빽빽했다.

큰 변화를 추구할 때는 종종 그렇지만, 실제 출발은 예상보다 6개월이나 더 지체되었다. 부모님이 정리해야 할 업무와 완성해야 할 프로젝트가 너무 많았던 탓이다. 결국 우리는 1968년 7월

9일에 빌린 트럭 화물칸에 개 로보, 앵무새 플로리안과 나머지 짐을 싣고서 새 보금자리를 향해 출발했다.

나는 독일 셰퍼드 로보와 함께 화물칸에 앉아 담요를 덮은 채 고도가 높아지면서 바뀌어가는 바깥 풍경을 지켜봤다. 리마, 친구들, 학교, 알리다, 대부모님과 어린 시절의 추억은 뒤에 남겨졌다. 이 일이 내 삶에서 결정적인 변화를 가져올 거라고 막연히 느끼고는 있었지만, 그 진짜 의미를 헤아리기에는 내가 너무 어렸다. 하지만 내 안에는 부모님과 같은 모험가의 피가 흘렀다. 부산스럽게 짐을 싸고 집을 나오자, 앞으로 펼쳐질 일에 대한 희망으로 가슴이 설렜다. 이제부터 여러 날 이어질 여행부터가 무척이나 기대되었다.

우리는 구불구불한 길을 계속 올라갔다. 때로는 길이 너무 좁아서 트럭이 무거운 짐과 함께 낭떠러지로 추락하지나 않을지 잔뜩 마음을 졸여야 했다. 저녁이 되자 우리는 이미 티클리오 산길에서 멀지 않은 안데스 고지대에 와 있었다. 이곳 4000미터 고도에 트럭을 세우고 그 안에서 잠을 잤다. 나중에 할머니와 고모에게 보내는 편지에 나는 이렇게 썼다. "정말 추웠어요. 트럭에 앉아 있던 로보는 겁이 많이 났나 봐요. 앵무새 플로리안도 힘들어했어요. 트럭이 흔들리자 멀미를 너무 심하게 해서 저러다 죽겠구나 싶겠더라고요." 멀미도 문제였지만 플로리안은 고산병에도 시달렸다.

둘째 날에는 티클리오 산길을 건넌 다음 몇 개의 산길을 더 지나 팅고 마리아까지 갔다. 여기서부터 길 상태는 더 나빠졌고 비가 퍼붓기 시작하면서 상황은 갈수록 악화되었다. 진흙탕에 빠진 도로 건설 기계가 길을 막는 바람에 앞으로 나아갈 수도 없었다. 우리만 그런 것은 아니었다. 우리 트럭 뒤에는 더 많은 트럭들이 정체되어 있었고, 우리는 그곳에 차를 대고 밤을 보내는 수밖에 없었다. 비가 자꾸 내리면 산사태가 쉽게 날 수 있다며 걱정하던 부모님이 생각난다. 우리는 산길에서 미끄러지거나 머리 위로 산사태가 나지 않을까 두려웠다. 다행히 그런 일은 일어나지 않았고 다음 날 아침에는 도로 공사 기계도 진흙에서 빠져나왔다. 길은 다시 시원하게 뚫렸다. 그날 우리는 푸카이파를 벗어나 다우림 한가운데에 들어섰다. 거기서 꼬박 하루가 걸려 토우나비스타에 도착하자 우리는 잠시 이동을 멈추고 쉬어가기로 했다.

토우나비스타의 대규모 농장 마을에 사는 친절한 주민들은 과거에 학교로 쓰던 널찍한 공간을 우리에게 내어주었다. 우리는 상자를 천장까지 쌓아두고 그곳에서 한 달가량을 묵었다. 부모님은 집필 중이던 책을 최종적으로 마무리한 다음, 앞으로의 계획을 세우기로 했다.

우리가 앞으로 밀림의 어느 위치에서 살 것인지는 아직 확실히 정해지지 않은 상태였다. 다 허물어져가는 오두막 몇 채가 있다는 유야피치스 강둑의 한 지점에 대해 이야기를 듣고 아빠는 직접 가서 눈으로 확인하고 싶어 했다. 엄마와 나는 토우나비스타에 남고, 아빠 혼자 새로운 거처로 적합한 장소를 찾는 중요한 임무를 수행하러 떠났다.

좁은 유야피치스 하구의 파치테아 강둑에서 아빠는 배 한 척과 노를 저어 강 아래위를 오갈 수 있는 남자 둘을 구했다. 덕분에 아빠는 '모로'를 만날 수 있었다.

모로의 실제 이름은 카를로스 아킬레스 바스케스 모데나Carlos Aquiles Vásquez Módena 지만 그 이름으로 부르는 사람은 아무도 없었고 다들 그냥 모로로 알고 있었다. 그가 일찍부터 아빠와 함께 강을 건너다니게 된 것이 우리 가족으로서는 대단한 행운이었다. 지난 수십 년간 모로는 팡구아나 생활의 심장이나 다름없었으니까. 그가 없었다면 연구소는 오늘날까지 존재하지 못했을 것이다. 당시에 겨우 스무 살이었던 모로와 친구 넬손Nelson은 아빠를 배에 태워 아마존 유역의 강줄기 곳곳으로 데려다주었다. 밀림 속에서 완만한 곡선을 그리며 흐르는 크고 작은 물길들이었다. 이곳에서는 돌아가는 길을 모르면 대번에 길을 잃을 수밖에 없었다. 당시는 선외 모터를 달고 좁은 강을 오가는 배가 거의 없어서 상류로 올라가거나 여울을 지날 때는 장대와 노에 의존해야 했다. 모로와 그의 친구는 아빠를 유야피치스 상류의 직선 유역인 네그로강 어귀까지 데려가 배로 도달할 수 있는 미개척 지역을 함께 살피고 다녔다.

푸르마 알타에서 배를 내린 아빠는 강 하류 쪽으로 걷다가 원주민 오두막 몇 채를 발견했다. 부모님이 소문으로 들었던 바로 그 주거지였다. 오두막 그늘에서 먼지 목욕을 하던 팡구아나 도

85

요타조 네 마리를 제외하면 그곳에는 아무도 살지 않았다. 아빠는 이렇게 외쳤다. "바로 여기야!" 아빠가 즉석에서 떠올린 이름은 도요타조의 이름을 딴 팡구아나였다. 아빠와 모로는 숲을 탐험하다가 동물, 무엇보다 조류와 나비 등의 곤충을 풍부하게 발견하고 흡족해했다. 진지한 연구자라면 누구나 꿈꿀 만한 숲이었다.

페루까지 오는 긴 여정에서 너무 고생을 한 탓에 그 무렵 아빠는 걸핏하면 요통에 시달렸다. 모로가 그것을 눈치채고 토우나비스타에서 짐을 가져오는 일을 돕겠다고 제안했다. 당연히 아빠는 반색했다. 모로와 그의 가족이 우리의 삶에 없어서는 안 될 존재로 자리잡은 것은 그때부터였다.

토우나비스타에서 엄마와 나는 아빠가 밀림 탐험을 마치고 우리에게 어떤 소식을 가져다줄지 목 빠지게 기다리고 있었다. 다음 몇 년을 어디서 살게 될까? 부모님은 나를 어떤 먼 곳으로 데려갈까? 돌아온 아빠는 이렇게 말했다. "딱 좋은 곳을 찾았어. 이미 이름까지 지어놨고."

"이름이 뭐야?" 엄마가 물었다.

"팡구아나. 어떻게 생각해?"

물론 엄마는 뛸 듯이 기뻐하며 아빠에게 질문을 퍼부었다. 정확한 위치가 어디냐, 오두막의 상태는 어떠냐, 어떤 동물들이 살더냐……. 곧 두 분은 신나게 대화를 주고받았다. 나는 혼자 한숨을 쉬었다. 늘 그렇듯이 부모님은 의기투합했고 걱정은 나 혼자만의 몫이었다. 거기가 엄청난 오지라는 건 알고 있었지만 여기서 또 며칠을 더 가야 하다니, 내가 리마에서 얼마나 멀어지게 될지 감이 잡히지 않았다. 당시에는 내가 리마를 그렇게 자주 오가며 살게 될 거라고는 상상도 하지 못했다.

우리는 곧 출발했다. 파치테아강을 따라가는 여행에는 꼬박 사흘이 걸렸다. 하루는 모래둑에서 자고 다음 날은 보트에서 잤다. 급류를 몇 번 만났고, 한번은 목적지에 다다르기 직전에 배가 뒤집힐 뻔했다. 마침내 유야피치스강 어귀에 도착한 우리는 모로의 조부모님이 운영하는 '푼도fundo(아마존 유역의 페루에서 목장을 일컫는 말)'에서 하룻밤을 묵었다. 다음 날 짙게 우거진 1차 삼림을 헤치며 고된 행군을 한 끝에, 다 쓰러져가는 오두막에 도착할 수 있었다. 그리고 나의 허탈감은 대번에 흥분으로 바뀌었다. 팡구아나는 전혀 따분한 곳이 아니었다. 불타는 듯 새빨간 꽃이 핀 나무가 강가에 늘어선 운치 있는 곳이었다. 또 망고, 구아바, 감귤류가 열리고 키가 45미터나 되는 루푸나 나무가 모든 것을 굽어보고 있었다. 케이폭으로도 알려진 그 나무는 지금까지도 연구소의 상징으로 남아 있다.

처음부터 나는 팡구아나에서의 생활이 무척 마음에 들었다. 모로와는 이사 첫날에 만났다. 그는 우리가 가져온 어마어마한 상자와 가방을 보고 놀랐다. 그도 그럴 것이 토우나비스타에서 짐을 조금씩 운반해 결국 다 가져올 때까지 수개월이나 걸렸다. 그러고 보니 목록을 꼼꼼하게 작성하기를 정말 잘했구나 싶었다.

짐을 풀었더니 옷은 겨우 몸이나 가리고 다닐 정도밖에 없고 대부분은 연구 장비였다. 나중에 모로에게 듣기로 이 지역 사람들은 숲을 연구하러 왔다는 몇 명의 유럽인을 마뜩잖게 여기고 있었다. 모로 역시 처음에는 우리가 의심스러웠다고 한다. 하지만 엄마가 책과 그림들을 보여주면서 숲의 과학적 의미에 대해 설명하자 그는 큰 흥미를 보였다. 모로는 나중에 아빠의 지식에 크게 감탄했다는 말을 몇 번이나 했다. "어디서 새 소리가 들리면 그게 무슨 종인지 우리 원주민보다 더 잘 아셨죠."

아빠의 절도 있는 생활 습관도 그에게 무척 인상적이었던 모양이다. "아침 여덟 시에 강가에 내려오겠다고 하시면 어김없이 정각 여덟 시에 나타나셨어요." 모로가 강조했다. "1분도 이르거나 늦는 법이 없었죠. 양손에 서류가방을 하나씩 들면 질척거리는 길에서도 균형을 잘 잡을 수 있다더군요. 딱 한 번 5분 늦게 오신 적이 있어요. 처음 있는 일이었는데 늦었다며 곧바로 내게 사과를 하셨어요. 고무장화를 한 쪽만 신고 계셔서 내가 '세뇨르, 무슨 일 있었어요?' 하고 물었더니 빗줄기가 너무 세고 강물이 잔뜩 불어서 장화 한 짝이 질척한 강바닥에 끼어버렸대요. 그래서 생각지도 못한 시간을 잡아먹었다는 거예요. 우리한테는 장화가 워낙 중요한 물건이었잖아요. 다행히 건기가 왔을 때 다시 찾았어요."

요즘도 우리는 이 일화를 되뇌며 깔깔거리곤 한다.

모로 외에도 우리를 도와준 마을 주민과 독일인들이 더 있었다. 토우나비스타의 크리스티안 슈타펠펠트Christian Stapelfeld 와 리오넬 디아즈Lionel Díaz 는 우리를 위해 몇 번이나 배를 구해다주었고 물건을 조금씩 팡구아나로 옮기는 작업도 도왔다. 모친은 페루 북동부의 이키토스 출신이고 부친은 러시아인이며 주로 '쿠토'라 불렸던 니콜라스 추카세비치 로카노Nicolás Lukasevich Lozano 는 강을 달리는 자기 소유의 큰 모터보트 몇 대로 우리를 도와주었다. 지금도 그는 푸에르토 잉카에 살고 있는데, 당시에는 우편물을 주로 배달해주었다. 엄마는 푸카이파에 갈 일이 있으면 주로 그와 동행했다. 그리고 여자관계가 복잡하고 사람을 여럿 죽였다는 소문이 도는 리카르도 다비야Ricardo Dávilla 도 빼놓을 수 없다. 그는 네그로강에서 금을 캐는 광부였다. 우리는 모로의 할머니 모데나 여사와, 독일 라인 지방과 남부 티롤 출신 이민자들이 세운 마을인 포주조에서 온 요세파 슐러Josefa Schuler 와도 금방 친해졌다. 요세파의 남편 피토리오 모데나Vittorio Módena 는 트리엔트에서 태어났다. 두 사람은 유야피치스강이 파치테아강으로 흘러 들어가는 지점에서 가족과 함께 멋진 농장을 운영했다. 그곳은 우리가 팡구아나로 향하는 고난의 행군을 시작할 때마다 배를 대는 지점이었다.

나는 요세파의 집에 놀러가는 것이 정말 좋았다. 그는 그 기원 때문에 '판 알레만pan alemán(독일 빵)'이라 불리는, 밀림 최고의 빵을 만들었다. 비록 플렌틴 바나나와 곡물 등의 재료는 엄밀히 말해 전형적인 독일식 재료가 아니었지만. 요세파는 새벽 네 시에 일어나 살짝 단맛이 도는 이 빵을 구웠고, 나는 그 향기와 독특한 맛을 정말 사랑했다.

우리는 요세파의 집에 들를 때마다 따뜻한 환대를 받았다. 한 번은 요세파가 내 부모님에게 빵 한 덩어리를 통째로 주었지만 실망스럽게도 부모님은 받을 수 없다며 사양했다. 나는 양쪽의 실랑이를 초조하게 지켜보다가, 결국 천으로 감싼 빵이 엄마의 가방에 들어가자 안도의 한숨을 쉬었다. 요세파의 집에는 맛있는 음식이 또 있었는데, 바로 크림이었다. 직접 기른 소에서 짠 우유로 만든 달콤한 크림은 더운 기후에서는 접하기 힘든 별미였다. 크림을 끼얹은 튀긴 바나나 한 접시를 앞에 놓고 행복에 젖어 앉아 있는 내 모습이 지금도 눈에 선하다.

나중에 엄마도 빵 굽기 열풍에 동참했다. 밀림 도시 푸카이파에서 발효 반죽을 구해 집으로 돌아가는 길에 뜨거운 열기 때문에 반죽을 감싼 비닐봉지가 터져버린 적도 있다. 밀림 속 본부에서 우리는 날마다 발효 빵을 만들었다. 처음에는 베이킹 리드 baking lid(둥근 뚜껑이 부착된 무쇠 그릴 – 옮긴이)로, 다음에는 캠핑용 버너로 만들다가, 나중에는 2구 등유 스토브를 장만해 빵을 구웠다.

요즘 모로와 이야기를 나누다 보면 다우림이 얼마나 큰 변화를 겪고 있는지 실감할 수 있다. 과거에는 경작지가 농장과 팡구아나에서 멀리 떨어져 있었는데 오늘날에는 위험할 정도로 가까위졌다. 그것도 팡구아나를 자연보호지역으로 지정한 이유 중 하나다. 기후도 확실히 변해서 요즘은 과거보다 훨씬 더워졌다. 하지만 모로는 웃으면서, 나에게 젊고 혈기왕성하던 시절처럼 모든 일에 나설 수는 없다고 했다. 과거에 옥수수를 수확해 낱알을 떼어내고 알갱이를 곱게 갈 때면 나는 일손을 많이 도왔다. 가축을 도살할 때도 늘 현장에 있었다. 나는 금방 '밀림의 아이'가 되었고 부모님처럼 그곳 생활에 만족했다.

그 시절 우리를 찾아오던 친구들은 훗날 이렇게 회상했다. "밀림 속에 살면서 네 부모님만큼 행복해 보이는 부부는 본 적이 없어." 사람들은 그런 열악한 환경에서 부부가 그토록 완벽하게 화합하며 충만한 삶을 산다는 게 믿기지 않는다고 했다. 하지만 우리는 그런 식으로 생각하지 않았다. 안락한 삶에 부족한 부분은 주위의 풍부한 자연에서 얼마든지 보충할 수 있었다. 내 부모님에게 그곳은 남들이 평생을 찾아 헤매도 결코 발견하지 못할 이상향이었다. 지상의 천국, 평화와 조화의 땅, 외딴 곳이지만 절묘하게 아름다운 곳. 내 부모님은 몸소 그런 장소를 찾아내 그곳에서 행복을 얻었다. 유아피치스 강가의 낙원 팡구아나에서.

나는 어땠을까? 나 역시 셀바selva(남미에서 다우림을 일컫는 말)를 사랑했다. 그러면서도 도시에 방문하는 날을 고대했지만 부모님은 너무 시끄럽고 북적거린다며 싫어하셨다. 이따금 도시에 갈 때면, 나는 친구들과 함께 영화를 보러 가거나 가장 좋아하는 카페에서 밀크세이크를 마시는 것이 즐거웠다. 그러다 다시 집으로 돌아오면 기꺼이 '밀림의 소녀'가 되었다. 당시에는 숲이 바로 집 앞까지 뻗어 있었기에 흡혈박쥐와 한 지붕 밑에 살고, 유아피치스 강가에서 악어를 피해 다니고, 통나무배를 타고 장대를 저어 강을 건너고, 아침마다 독거미가 들어갔을 경우에 대비해 장화를 조심스레 털고, 득실거리는 뱀에 주의하는 것 역시 삶의 일부였다. 야생에서 사는 법에 대해 부모님이 가르쳐준 지식 덕분에 나는 훗날 목숨을 구할 수 있었다.

밀림에서 지낸 초기에 우리 오두막에는 벽이 없었다. 집은 커다란 나무 기둥 위에 세워져 있었다. 곤충과 뱀을 피하고 우기에 침수를 방지하기 위해서였다. 곧 우리는 원주민의 오두막에서 흔히 볼 수 있는 야자나무 널빤지로 벽을 세웠다. 식물의 덩굴로 모든 벽을 엮고 지붕은 야자나무 가지로 덮었다. 방 두 칸 중 큰 방은 부모님이, 작은 방은 내가 썼고 발코니 비슷한 곳에서 주로 식사와 일을 했다. 처음에는 단단하고 두꺼운 야자 껍데기로 만든 마루에 침낭이나 에어 매트리스를 깔고 잤다. 나중에는 매트리스가 있는 일반적인 침대에서 잤지만 모기장을 쳐야 했다. 밤이 되면 거미가 많이 나오고 곤충이 지붕에서 떨어졌기 때문이다.

식사는 매우 소박했다. 푸카이파에서 구입한 기본 재료와 통조림 식품, 엄마가 구운 빵에 이웃에서 산 쌀, 콩, 옥수수를 더했다. 가끔 생선도 사먹었고, 이웃이 돼지를 잡거나 아구티agouti나 파카paca 등의 남미 설치류, 마자마사슴, 페커리peccary(아메리카 대륙에 서식하는 멧돼지를 닮은 반추동물 – 옮긴이) 등을 사냥하면 고기도 구입했다. 때로는 유야피치스강에서 직접 낚시도 했다. 1년 내내 과일을 딸 수는 없었지만 좁은 팡구아나 지역에만 해도 바나나, 파인애플, 구아바, 아보카도, 망고, 레몬, 자몽, 파파야 등이 지천으로 열렸다. 우리에게는 카사바^{cassava}(남미 원산의 관목 식물로 전분이 풍부한 뿌리를 식재료로 이용한다 – 옮긴이)와 후추나무도 있었다.

우리는 주로 화톳불이나 등유 난로로 요리를 했다. 냉장고가 없어서 고기는 훈제하거나 염장해 보관해야 했다. 발전기가 너무 시끄러워서 동물을 다 쫓아버릴 위험이 있었기 때문에 전기는 사용하지 않았다. 어두워지면 양초와 손전등에 의존해야 했다. 환한 석유램프도 있었지만 좀처럼 켜지 않았다. 그 빛이 끌어들인 벌레들이 떼 지어 주위에서 왱왱거리면 숨조차 쉬기 어려웠던 탓이다.

우리 가족에게는 이런 삶이 그다지 불편하지 않았다. 영원히 이렇게 살 거라 생각하지 않았고, 다소 길기는 해도 연구를 목적으로 한 일시적인 체류라고 여겼다. 가끔은 건전지로 작동하는 라디오로 뉴스나 음악을 듣기도 했다. 라디오에 전축을 연결해 부모님이 좋아하는 모차르트나 배토벤의 협주곡과 교향곡도 틀었다. 저녁에는 카드 놀이와 다양한 보드 게임을 즐기고 촛불 아래서 책도 읽었다. 부모님은 내게 옛날이야기나 여행 경험을 자주 들려주었고 엄마는 나를 위해 멋진 동물 이야기도 지어냈다.

이웃들과는 스스럼없이 지냈다. 대부분은 백인 정착민이나 메스티소^{Mestizo}(중남미 원주민인 아메리카인디언과 에스파냐계 및 포르투갈계 백인과의 혼혈인종 – 옮긴이)였다. 강 상류에 사는 아샤닌카^{Asháninka} 원주민들도 가끔 우리 집에 놀러왔다. 나는 인근에 사는 다른 아이들과는 별로 어울리지 않았다. 모두 나보다 훨씬 어려서였다. 더구나 집들이 서로 뚝뚝 떨어져 있었고 유야피치스의 작은 마을로 가는 길은 한없이 길고 불편해서 웬만하면 찾아가지 않았다. 놀이 친구가 없어도 하루 종일 심심할 틈이 없었기 때문에 별로 아쉽지 않았다.

우리의 일과는 규칙적이었다. 부모님은 식사도 하기 전인 아침 여섯 시에 숲에 들어갔다. 조류학자의 입장에서는 가장 많은 일이 일어나는 시간대였다. 개미잡이새들이 행진하는 군대개미를 따라다니며 쏟아져 나오는 개미를 잡아먹었다. 부모님은 곳곳에 관찰 통로를 만들어놓고 소리를 내지 않고 지나갈 수 있게끔 끝도 없이 나뭇잎을 치웠다. 나는 접이식 자와 나침반으로 진로를 파악하는 법, 빽빽한 밀림에서 내 위치를 찾는 법, 분수계를 찾는 법, 원주민이 사용하는 오래된 길을 지름길로 사용하는 법을 익혔다. 테세우스가 아리아드네의 실 덕분에 미로에서 길을 찾았듯이, 나무를 긁어 표시를 하며 밀림을 빠져나가는 법도 배웠다.

또한 나는 울음소리를 듣고 새의 종류를 구분할 수 있게 되었다. 지금은 구닥다리지만 당시에는 최신 장비였던 테이프레코더로 새소리를 녹음한 다음 나중에 오디오카세트로 옮기는 작업을 했다. 가끔은 마이크에 담길 소리를 반사하고 증폭하기 위해 내가 직접 커다란 볼록면 거울을 들고 있어야 했다. 그런 장비를 이용해 곤충이나 개구리 소리도 녹음했다. 밀림 속 개구리의 합창은 감각을 일깨우는 경험이다. 때로는 내가 하는 말도 듣기 힘들 정도로 요란하다. 모든 개구리가 알을 낳고 올챙이가 대규모로 부화하는 11월과 12월에는 특히 그렇다. 수위가 높아진 연못은 그 자체로 하나의 생물 같다. 남미의 황소개구리 왈로 ^{hualo} 가 꽉 꽉거리기 시작하면 우기가 다가온다는 뜻이다. 기상학자들이 어떤 예보를 하든 날씨는 왈로가 더 잘 안다. 그 울음소리는 100퍼센트 신뢰할 수 있다. 한 해 중 건기에만 들을 수 있는 개구리 소리도 있다. 개구리에게는 앞으로 다가올 일을 감지하는 능력이 있기 때문에 일기도 따위는 필요치 않다.

리마에 살던 어린 시절부터 나는 반려동물을 키웠지만 밀림에서는 더 많은 동물을 만날 수 있었다. 팡구아나에서 지내던 첫해에 이웃들은 내게 둥지에서 떨어진 어린 개똥지빠귀 두 마리를 가져다주었다. 나는 그 아이들에게 핑시^{Pinxi} 와 풍키^{Punki} 라는 이름을 지어주고 스포이트로 먹이를 주었다. 나는 그 새들에게 홀딱 빠졌고 어느 날 핑시가 죽자 크게 슬퍼했다. 1970년에 크리스마스 선물로 '새 핑시'를 받게 되자 나는 뛸 듯이 기뻐하며 독일에 계신 할머니에게 편지로 그 소식을 알렸다.

그 무렵 모로는 내게 신세계에 서식하는 기니피그 비슷한 설치류인 작은 아구티 한 마리를 가져다주었다. 보통은 우리에 넣어두었지만 가끔씩 밖에 꺼내 자유롭게 돌아다니게 했다. 길이 잘 들어서 녀석은 풀어놓아도 늘 내게 돌아왔다. 그러다 한번은 저녁 때 담비 한 마리가 그 녀석을 잡아 깊은 상처를 내놓았다. 나는 담비를 쫓아버리고 가엾은 아구티를 정성껏 보살폈다. 하지만 상처가 너무 깊어 녀석은 살아날 가능성이 없었다. 너무 큰 고통을 당하기 전에 엄마는 아구티를 안락사시켰다. 필요하다 싶을 때 엄마는 자신만의 인도적이고 전문적인 방식으로 동물의 목숨을 끊었다. 그럴 때는 엄마도 마음이 많이 아픈지 눈에 눈물을 글썽였다.

부모님과 더불어 밀림도 나의 스승이었다. 밀림은 매일 아침 내게 새로운 지식을 가르쳤다. 법에 따라 아직 학교는 다녀야 해서 리마에 사는 친구에게서 수업 교재를 우편으로 받았지만, 몇 주나 몇 개월이 지나도록 도착하지 않을 때도 있었다. 부모님은 교재에 따라 나를 가르쳤다. 학교 공부를 게을리하고 숲으로 놀러만 다니지 않도록 두 분은 나를 감독했다. 아빠는 수학에 뛰어났지만 나는 수학 실력이 엉망이었다. 그래서 아빠는 어느 날 이렇게 선언했다. "첫 단추를 잘못 끼운 게 틀림없어. 처음부터 다시 시작하자." 그 말을 들으니 갑자기 의욕이 솟았다. 역시 아빠가 옳았던 모양이다. 귀에 쏙쏙 들어오는 아빠의 설명을 들었더니 금방 이해가 되었고 점수도 갑자기 치솟았다. 그래도 나는 수학보다는 읽기가 훨씬 좋았다. 어느 정도 흥미로운 읽을거리는 뭐든지 닥치는 대로 읽어버려서 부모님이 내 독서량을 제한해야 할 지경이었다. 어떤 책이든 내 손에 들어오기까지는 엄청난 거리를 이동해야 했기 때문이다. 얇은 종이에 인쇄된 『쿠오바디스』를 나는 하루에 50페이지씩만 읽도록 허락받았다. 궁금함을 참기란 결코 쉬운 일이 아니었다.

밀림 학교, 책, 무엇보다 부모님의 가르침 덕분에 나는 오늘날 이루고자 하는 꿈을 준비할 수 있었다. 팡구아나를 문명의 침입으로부터 영원히 지키는 것이 바로 그것이다. 그 일은 리마에 가야만 가능한 일이다. 다행히 나는 그 도시에 대해 잘 알았고 관료제를 헤쳐 나가는 법도 배웠다.

그 시절에도 정부는 우리의 밀림 기지에까지 손을 뻗었다. 밀림에 들어온 1년 반 뒤에 교육 당국은 3년 내내 학교 책상에 앉아본 적 없는 내게 졸업 시험을 허락하기 어렵다는 입장을 전달했다. 나는 전 과목을 순탄하게 통과할 실력이 있었지만 그 점은 별 의미가 없었다. 1970년 3월에 나는 리마로 돌아가서 정규 학교를 다시 다녀야 했다.

그때는 의무니까 어쩔 수 없다고 생각했다. 하지만 당국이 뜻을 굽히지 않을 것이 분명해지자 나는 오히려 친구들과 다시 함께할 기회가 기다려졌다. 따지고 보면 틈나는 대로 언제든 다시 돌아올 수 있으니 내가 팡구아나를 잃는 것도 아니었다. 그사이 푸카이파로 날아가는 항공노선이 점점 많아져서 안데스를 힘들게 넘어 다닐 필요도 없어졌다.

모든 상황이 무척이나 단순해 보였다. 아무도 어느 날 그런 일이 생길 거라고는 의심하지 않았다……

큰 시차에도 불구하고 다음 날 잠을 깬 남편과 나는 푹 쉰 듯이 몸이 개운했다. 창밖을 내다보니 기분이 더 상쾌해졌다. 오늘은 리마의 하늘에 태양이 보였다. 이 도시로서는 흔치 않은 따뜻한 환영 인사였다. 우리는 평온한 아침을 즐기고 나서 오늘의 할 일을 시작했다. 호텔 앞에서 택시를 잡아타고 변호사와 만나기로 한 장소로 이동했다. 지난번에 만났을 때 나는 그에게 팡구아나의 새 토지 취득을 위한 행정적 절차를 진행해달라고 부탁했다.

나는 페루 국적자이므로 이 나라에서 정상적으로 토지를 매입할 수 있다는 사실을 작년에 분명히 확인했다. 그런데 페루 법에 따르면 계약 당사자의 배우자도 매매 계약서에 서명을 하고 토지대장에 이름을 올려야 한다. 다시 한 번 우리는 전혀 예측하지 못한 문제에 맞닥뜨렸다. 내 남편이 독일인이라서 서명을 할 수 없다는 것이었다. 그렇다면 나는 토지를 취득할 수 없게 된다.

"뭐라고요?" 나는 경악하여 따지듯이 물었다. "설마 그럴 리가요. 분명히 무슨 해결책이 있을 거예요."

한 가지가 있기는 했다. 하지만 그리 하려면 수많은 공공기관을 찾아다녀야 한다. 충분히 쉬어 컨디션을 회복했으니, 오늘 우리는 시간이 걸리더라도 끈기 있게 밀고 나갈 작정이었다. 변호사부터 시작해 온갖 관공서를 찾아다니며 시키는 대로 이 부서, 저 부서를 돌았다. 매번 앞에 줄을 서 있는 사람들을 보면 이번에는 시간이 얼마나 길게 소요될지 가늠할 수 있었다. 하지만 나는 끈질긴 사람이고 내가 이곳에 온 이유를 정확하게 알고 있었다. 이 책상, 저 책상을 옮겨 다니고, 필요한 서류와 도장을 준비하면서 나는 팡구아나를 자연보호지역으로 만들겠다는 목표에 다가가고 있었다. 아무도 나를 막을 수 없을 터였다. 세련된 안경을 쓴 신임 공무원마저도. 그 자리에 앉은 지 채 반년도 되지 않은 그는 모든 문제를 전부 다시 검토하겠다며 내게 으름장을 놓았다. 정말 그리 되면 또 다시 몇 년을 허비해야 한다. 인내심과 투지, 전문 지식, 애원, 집요함을 총동원해 나는 결국 이 젊은 여성을 설득할 수 있었다. 이런 식으로 그날과 다음 날 아침이 지나갔다. 그제야 우리는 처음으로 만족스런 한숨을 내쉬며 관공서를 나올 수 있었다.

오늘 가장 갈 곳 중 기대되는 목적지는 자연사박물관이다. 부모님이 오래 일하신 곳이라 아직 그곳에는 옛날부터 친하게 지내던 부모님의 동료들이 남아 있다. 그들은 나를 따뜻하게 맞아주면서 어떻게든 도움을 주고 싶어 했다. 이제 와서 보니 전시관은 더 이상 어릴 때의 기억처럼 크지 않다. 나이를 먹을수록 공간의 크기가 줄어든다는 사실이 신기할 따름이다.

그사이 리마에 소재한 어느 대학교의 생물학과에는 엄마의 이름이 붙었다. 지금도 그 대학교에는 부모님을 모르는 사람이 없고 아마 앞으로도 그럴 것이다.

"당신도 유명하잖아요." 우리가 밀림으로 떠나기 전에 마지막 만찬 장소로 데려가던 알뢴이 나를 놀렸다. "당신이 동의만 하면 내일 아침에 기자들을 공항에 잔뜩 불러모을 수 있어요."

"말도 안 돼요." 나는 그에게 쏘아붙였다. 몰려오는 기자들을 생각하면 넌더리가 났다. 오늘 아침에 만난 택시 기사만으로도 충분하다고 생각했다. 그는 백미러로 나를 자꾸만 흘끔거리다가 이렇게 말했다. "당신을 꼭 어디서 본 것 같네요, 세뇨라. 처음에는 에비타 페론Evita Perón(1940년대에 활동하다가 33세에 암으로 요절한 아르헨티나의 배우 – 옮긴이)인 줄 알았는데 이제는 정말 누군지 알겠어요. 비행기 추락사고 생존자 율리아나 맞죠?"페루에서 나는 늘 율리아나로 불렸다. 정확한 이름은 끝에 'e'가 붙은 독일식 철자였지만 페루 사람들은 끝에 페루 식으로 'a'를 붙였다. 생판 낯선 사람들도 내 이름은 알았다. 나의 생존기 때문에 사람들 사이에서 나는 일종의 상징적 존재가 된 듯했다.

그렇다. 아직도 사람들은 내가 오랫동안 잊으려고 애쓴 그 이야기를 기억하고 있다. 옛날 같았으면 대화를 확 끊어버렸겠지만 오늘은 참을성 있게 대답했다. 지금까지 나는 이런 종류의 명성에 대처하는 법을 배워야 했다. 이제 나는 그 이야기와 기꺼이 마주할 생각이다. 여기 리마에서는 추락사고 이야기가 늘 나를 따라다닌다. 과거부터 알던 친구들을 만날 때도 그렇다. 오늘 우리는 에디트Edith 와 저녁 약속이 있다.

에디트는 오랜만에 만나도 어제 헤어진 것 같은 느낌을 주는 친구다. 우리 사이에는 공통점이 정말 많지만 우리의 삶은 판이하게 다르다. 과거부터 그래왔다. 에디트는 학창 시절과 그 후 수십 년 동안 팡구아나로 나를 만나러 온 적이 없다. 하지만 그것은 전혀 문제가 아니다. 뮌헨에도 페루에 와본 적 없는 친구가 있고, 모로처럼 밀림에서 거의 나오지 않는 친구도 있으니까. 에디트를 만나면 에리히는 꼬박 2시간을 그의 남편과 담소를 나누며 보내야 한다. 십 대 시절에 늘 그랬듯이 우리는 '여자들끼리의 대화'를 해야 하니 말이다. 리마에 가면 친한 친구 가비Gaby도 자주 만난다. 팡구아나에 처음 들어갔을 때 그 친구가 리마에 있는 학교의 수업 진도를 알려주어서 나는 학교와 연결고리를 유지할 수 있었다.

밀림에서 2년 가까이 살고 나서도 나는 가비의 도움 덕분에 수업을 문제없이 따라잡을 수 있었다. 내 수학 성적이 부쩍 향상되자 선생님은 크게 놀랐다. 학교에 다니러 리마에 온 초창기에, 나는 부모님과 무척 친했던 우리 가족의 오랜 주치의의 집에 머물렀다. 하지만 그의 딸이 외국에서 돌아와서 방을 사용해야 할 상황이 되자 나는 에디트네 집 2층에 있는 그의 조부모님 아파트로 들어갔다. 물론 훔볼트 하우스로 들어갈 수 있었다면 더할 나위 없었겠지만 불행히도 그럴 수는 없었다. 훔볼트 하우스는 이제 탐사하러 온 과학자들의 연구소가 아니라 평범한 가정집으로 쓰이고 있었다.

처음에 친구들은 이렇게 묻곤 했다. "율리아네, 너 왜 그렇게 이상하게 걸어?" 밀림 속에서 나무뿌리에 걸려 넘어지지 않으려고 땅에서 발을 높이 들어 올리며 걷던 습관이 낯선 모양이었다. 친구들과 한바탕 웃은 다음 나는 그 습관을 버렸다. 그때부터 나는 서로 다른 양쪽 세계에서 사는 법을 배웠고 그런 삶이 무척 마음에 들었다. 두 세계는 서로 그렇게 다를 수 없었다. 팡구아나에 살 때 우리는 강에서 몸을 씻었고 사방이 트인 원주민 오두막에서 잠을 잤다. 그리고 소박한 등유 화로로 요리를 했다. 반면에 리마에서는 도시 생활의 안락함과 편리함을 맘껏 누렸다.

리마에서 보낸 나머지 1년 반도 또래들과 함께 행복하고 유쾌하게 보낼 수 있었다. 밀림 경험은 풍부했지만 나는 여느 또래들과 다름없는 평범한 어린 학생이었다. 주위에 많은 친구가 있고, 내가 그들의 일원이라는 사실이 좋았다. 팡구아나에서는 늘 부모님과 함께 지냈는데 여기서는 또래 아이들과 어울릴 수 있다는 것도 행복했다. 별 고민 없는 평범한 십 대였던 나는 방학에는 팡구아나에서, 학기 중에는 리마에서 친구들과 함께 지냈다.

리마로 돌아와서 맞은 첫 크리스마스 연휴 때 혼자서는 처음으로 푸카이파행 비행기를 탔다. 1971년 크리스마스 때도 그럴 계획이었다. 그때 나는 학교를 얼마 전에 졸업한 열일곱 소녀였다. 11학년을 마쳐 독일 중등학교 졸업에 상응하는 교육을 받은 셈이지만 그렇다고 대학교에 진학할 자격이 생기는 것은 아니었다. 물론 나는 계속 학교를 다녀 독일의 대학 입학시험인 아비투어를 치르고 싶었다.

공교롭게도 엄마 역시 볼 일이 있어 11월부터 리마에 와 있었다. 최대한 빨리 아빠 곁으로 돌아가기 위해 엄마는 크리스마스이브 전날 푸카이파로 떠나기를 원했다. 리마에서 푸카이파까지 비행기를 타고 가면 시간이 많이 절약되지만, 유아피치스까지 가려면 강의 수위, 도로 사정, 배를 구할 수 있는지 여부에 따라 여러 날이 걸릴 수도 있었다.

"좀 더 일찍 가면 안 되겠니? 너 어차피 수업도 없잖아." 엄마가 물었다.

나는 곤란한 표정을 지었다. 12월 23일에 졸업식이 있었고 그 전날 저녁에는 내 인생에서 가장 크고 중요한 행사인 댄스파티 '피에스타 데 프로모시온Fiesta de Promocion'이 예정되어 있었다. 나는 파티에 참석하려고 여러 주 동안 독일어 개인 교사를 하며 돈을 모아 첫 드레스까지 장만해둔 터였다. 우아한 파란색 무늬에 소매가 볼록하고, 목이 깊게 파인 드레스였다. 그리고 친구의 친척을 파트너로 섭외해두었다. 그 시절에는 파트너 없이는 그런 행사에 갈 수 없었다. 학교 친구들이 전부 아비투어를 치를 예정은 아니었기에 졸업 행사는 내게 무척 중요했다. 많은 친구들에게 작별 인사를 하게 될 날이었다. 어릴 때 사회 활동을 많이 해보지 못했기 때문에 나는 엄마에게 이 파티와 12월 23일의 졸업식에 꼭 참가하게 해달라고 졸랐다. 물론 엄마는 나를 이해했다.

"좋아. 그러면 우리 24일 비행기를 타는 거다."

엄마는 믿음직한 포셋 항공사의 항공편을 구하려 했지만 자리가 남아 있지 않았다. 공교롭게도 그날 푸카이파로 가는 다른 항공편은 이미 추락사고를 두 번이나 낸 랜사 항공사의 비행기뿐이었다. '랜사는 배로 착륙한다'라는 말이 있을 정도로 신뢰도가 떨어지는 항공사였다. 아빠는 그런 비행기는 절대 타지 말라고 엄마에게 신신당부했다. 하지만 다른 비행기를 타려면 하루나 이틀을 더 기다려야 했고 엄마는 그럴 생각이 없었다.

"모든 비행기가 추락하는 건 아니잖아."

그래서 엄마는 비행기 두 좌석을 예약했다. 그것이 유일하게 남은 랜사 소유 비행기라는 사실은 우리 둘 다 알지 못했다. 다른 비행기는 전부 추락하고 없었다. 심지어 한 대는 어느 학교의 학생 전체를 태운 채 추락했다. 그 사고에서 생존자는 심각한 부상을 입은 부조종사 한 명이 전부였다…….

리마에서의 둘째 날 저녁에 남편과 나는 다시 짐을 쌌다. 나는 잔뜩 들떠 있었다. 하루 빨리 팡구아나에 가고 싶었다. 숲과 숲속 동물들, 익숙한 소리, 냄새, 기후 모두가 너무 그리웠다. 온종일 블라우스가 몸에 착 달라붙어 있을 정도로 땀을 뻘뻘 흘려서 가만히 있어도 힘든 곳이지만 과거에 우리 가족이 그곳에 가기 위해 감수했던 고생에는 비할 바가 아니었다.

하지만 나의 기대감에는 다른 감정이 섞여 있었다. 내 삶을 완전히 바꿔버린, 리마에서 푸카이파로 가는 비행경로를 다시 한번 겪기 전에는 절대 나를 떠나지 않을 감정이었다. 비행기에 타는 것이 쉬웠던 적은 없지만 이렇게 사고 때와 똑같은 경로를 비행하는 일은 특히나 힘들었다. 하지만 나는 마음을 다잡았다. 연구를 목적으로 우리와 함께 팡구아나로 가는 동료들은 가끔 나와 같은 비행기를 타는 것보다 더 안전한 이동 방법은 없을 거라는 우스갯소리를 했다. 같은 사람이 추락사고를 두 번 당할 공산은 매우 낮다는 것이다. 하지만 나는 실제로 그렇게 된 사례들도 얼마든지 댈 수 있었다. 어쨌든 오늘은 그 생각을 하고 싶지 않았다.

다음 날 꼭두새벽부터 알람이 울렸다. 우리가 탑승할 비행기는 오전 일곱 시에 출발할 예정이었다. 서둘러 준비를 하고 공항으로 이동하는 사이 모든 기억이 다시 찾아왔다. 새벽 네 시였고, 바로 그날처럼 잠을 제대로 이루지 못한 듯 몸이 찌뿌둥했다. 나는 다시 열일곱 소녀로 돌아가 학교 축제, 댄스파티를 떠올리며 꾸벅꾸벅 졸았다. 그날이 내 인생을 얼마나 바꿔놓을지는 상상조차 하지 못했다…….

제6장 추락사고

1971년 12월 24일 이른 아침에 도착한 공항은 무척이나 붐볐다. 전날 항공편 몇 편이 결항된 탓에 크리스마스에 맞춰 집에 돌아가기를 고대하는 수백 명의 사람들이 카운터 앞에 모여 있었다. 터미널은 아수라장이었다. 그렇게 일찍 일어났는데도 기다려야 할 상황이 되었다. 한동안은 우리 비행기가 푸카이파로 갈 수 있을지, 아니면 대신에 남쪽 쿠스코로 가야 할지도 불투명했다. 나는 짜증이 치밀었다.

탑승권을 손에 넣으려고 실랑이를 벌이는 군중 사이에는 유명 영화감독 베르너 헤어조크도 있었다. 전날의 항공편이 취소되어서 그와 영화 제작진은 푸카이파로 가는 좌석을 구하려고 24시간이나 애면글면하고 있던 터였다. 당시에 그는 영화「아귀레,

신의 분노 Aguirre, the Wrath of God 」를 촬영하기 위해 밀림으로 들어가야 했다. 제작진은 우리가 탈 비행기에 좌석을 확보하려고 애를 썼지만 뜻대로 되지 않아 잔뜩 화가 나 있었다. 그런 소란 속에서 나는 그를 알아보지 못했다. 한참 세월이 지난 후에야 그는 우리가 바로 그날 만날 수도 있었다는 말을 했다. 나는 줄을 서 있다가 미국식 영어를 구사하는 잘생기고 유쾌한 내 또래 소년 둘을 발견하고 몇 마디를 주고받았다. 그들은 야리나코차의 푸카이파 근처에 산다고 했다. 그곳에는 수년째 밀림 원주민의 언어를 연구 중인 미국인 언어학자 공동체가 있다고 했다. 소년들 덕분에 엄마와 내가 탈 비행기의 탑승권을 겨우 손에 넣었다.

결국 오전 열한 시가 지나서야 우리가 탈 항공편의 이름이 불렸다. 마침내 나타난 항공기는 굉장히 거대했다. 록히드사에서 제작한 L-188A 일렉트라 모델의 터보프롭 turboprop (터보제트에 프로펠러를 장착한 항공기 - 옮긴이)이었다. 보기에는 거의 새 비행기였지만 나중에 밝혀지듯이 절대 그렇지 않았다. 사실 이런 유형의 항공기는 사막 지역에서의 비행을 염두에 두고 설계된 탓에 미국에서는 사용이 금지된 지 오래였다. 날개는 여느 항공기와 달리 기체에 단단히 고정되어 있어서 난기류를 견디기 어려웠고, 터보프롭은 안데스를 넘어가기에 매우 부적합했다. 더구나 새 비행기가 아니라 다른 비행기에서 가져온 부품을 조립해 만든 일종의 재활용품 비행기였다. 물론 당시에는 그 사실을 전혀 알지 못했다.

비행기의 이름은 마테오 푸마카와Mateo Pumacahua 였다. 페루의 독립을 위해 싸우다 결국 스페인 사람의 손에 사지가 찢겨 죽은 영웅의 이름이어서 무척 인상적이었다. 나와 우스갯소리를 주고 받던 미국인 소년 한 명이 이런 말을 했다. "부디 이 비행기는 사지가 찢기지 말아야 할 텐데."

우리는 비행기를 타고 자리를 잡았다. 이상한 낌새는 전혀 없었다. 엄마와 나는 뒤에서 두 번째 줄인 19열에 앉았다. 늘 그렇듯이 나는 F석인 창가 자리를 차지했다. 이 자리에서는 비행기의 오른쪽 날개가 보였다. 엄마는 좌석 세 개가 붙어 있는 벤치의 가운데 자리에 앉았다. 통로 쪽 좌석의 덩치 큰 남자는 앉자마자 곯아떨어졌다.

엄마는 비행기 타는 것을 싫어했다. "쇠로 만든 새가 공중을 나는 건 진짜 부자연스러운 일이야." 조류학자인 엄마는 이 현상을 여느 사람들과는 다른 관점에서 보았다. 언젠가 엄마는 미국행 비행기를 탔다가 엔진이 오작동하는 바람에 식겁한 경험도 있었다. 결국 아무 일도 일어나지 않았고, 비행기는 엔진 하나로 무사히 착륙했지만, 엄마는 내내 진땀을 빼야 했다.

엄마가 비행기에 신뢰를 잃게 된 계기는 또 있었다. 쿠스코에 사는 엄마의 지인 중에는 이유를 막론하고 절대 비행기를 타지 않는 사람이 있었다. "싫어요, 누가 뭐래도 비행기는 절대 타지 않겠어요." 그는 어디로 여행을 가든 늘 육로를 이용했다. 그런 원칙을 철저하게 지키던 지인이 어느 날 무슨 이유에선지 비행기를 탔는데, 그 비행기가 사고로 추락해버렸다. 엄마가 보기에 그것은 일종의 나쁜 징조였다.

그래도 엄마는 리마에서 밀림까지 비행이 가능해진 이후로 비행기를 자주 이용했다. 아무래도 이동 시간을 많이 절약할 수 있기 때문이었다. 정기 항공편이 생기기 전에 우리는 프로펠러기를 타고 안데스를 넘기도 했다. 그런 비행기는 저공비행을 하기 때문에 항상 기류를 심하게 타서 때로는 나도 멀미를 했다.

오늘 공항은 한산하기만 하다. 남편과 나는 스타 페루 항공사에 무사히 체크인을 마쳤다. 그다음에는 새로 생긴 카페에서 조용하고 느긋하게 아침식사를 했다. 나는 이번 비행도 수많은 비행 중의 한 번일 뿐이라는 듯 애써 태연하게 굴었다. 어떤 의미에서는 실제로 그렇기도 하다. 드디어 비행기를 탈 시간이 되었다. 늘 그렇듯이 나는 창가 자리에 앉았다. 오늘은 안데스산맥 위를 날며 아름다운 날씨를 감상할 수 있을지도 모른다. 해는 아직 뜨지 않았지만 늘 찌무룩한 리마의 하늘에서 내려다보는 산맥은 어떤 모습일지 알 수 없다.

이번에는 날씨가 더없이 완벽하다. 산에는 구름 한 점 없고 산 정상과 빙하는 떠오르는 태양 속에서 영롱하게 빛난다. 안데스의 웅장한 등성이와 드넓은 고원은 처음에는 파스텔 톤이었다가 나중에는 눈부시게 반짝거린다. 이런 장관이 20분쯤 계속되다가 동쪽 산비탈이 아마존의 일부인 끝없는 다우림으로 이어진다. 곧 우리는 사고가 발생한 지점에 도착할 것이다.

리마에서 푸카이파까지는 약 1시간 거리다. 1971년 12월 24일에도 처음 30분은 오늘처럼 아무런 문제가 없었다. 모든 승객들이 한껏 들떠 있었다. 다들 집에서 보낼 크리스마스를 잔뜩 기대했다. 20분 뒤에는 꼭 오늘처럼 샌드위치와 음료로 구성된 간단한 식사가 나왔다. 10분 뒤에는 승무원들이 음식물을 치우기 시작했다. 그러다 우리는 느닷없이 폭풍전선을 만났다.

그때부터 나는 과거에 겪은 어떤 사건과도 비교할 수 없는 경험을 했다. 조종사는 뇌우를 피하지 않고 지옥의 가마솥 속으로 돌진했다. 환한 대낮이 밤처럼 어두워졌다. 사방에서 끊임없이 번개가 내리쳤다. 동시에 보이지 않는 힘이 우리 비행기를 장난감마냥 흔들어댔다. 열린 짐칸에서 머리 위로 물건들이 쏟아져 내리자 사람들은 비명을 질렀다. 가방, 꽃, 상자, 장난감, 포장된 선물, 외투와 옷가지가 머리 위로 마구 떨어졌다. 샌드위치 쟁반과 가방이 날아다녔고, 마시다 남긴 음료가 머리와 어깨에 쏟아졌다. 사람들은 공포에 질려 울부짖었다.

"부디 무사히 끝나야 할 텐데." 엄마의 목소리에서 불안을 감지할 수 있었지만 그때까지도 나는 꽤 침착했다. 슬슬 걱정이 되기 시작했지만, 이보다 더 나쁜 상황은 도저히 상상할 수 없었던 것인지도 모른다⋯⋯.

문득 오른쪽 날개에서 눈부시게 흰 섬광이 번쩍였다. 그쪽을 강타한 번개 빛인지, 폭발인지 알 수 없었다. 시간 감각이 깡그리 사라졌다. 이 모든 일이 몇 분에 걸쳐 일어났는지 찰나에 불과했는지 감을 잡을 수 없었다. 그 환한 빛에 눈이 멀 지경이었다. 그 순간 차분한 엄마의 목소리가 들려왔다. "이제 다 끝이구나."

지금 생각해보면 그 순간에 엄마는 곧 무슨 일이 일어날지를 알고 있었던 것 같다. 반면에 나는 전혀 상황을 파악하지 못하고 큰 혼란에 빠졌다. 이제 나의 두 귀, 나의 머리, 아니 내 온몸에 비행기의 요란한 포효가 메아리쳤다. 비행기 앞부분이 급속히 추락하고 있었다. 수직 낙하나 다름없었다. 하지만 나는 이 급강하를 눈 깜박할 사이에 일어난 일로 경험했다. 한 순간이 지나자 사람들의 비명 소리가 잠잠해졌다. 터빈의 윙윙대는 소리는 지워진 듯 싹 사라졌다. 엄마는 더 이상 내 옆에 있지 않았고 나 또한 더 이상 비행기 안에 있지 않았다. 여전히 좌석에 묶여 있었지만 이제 혼자였다.

혼자. 3000미터 상공에서 나는 혼자였다. 그리고 무서운 속도로 추락하고 있었다.

자유낙하하는 내 귀에 들린 소리는 조금 전까지 들리던 소음과는 대조적으로 완벽하게 조용했다. 공기가 몰려와 내 귓속을 채우는 소리뿐이었다. 그사이 내게 계속 의식이 남아 있었는지는 확신할 수 없지만, 아마도 아니었을 것이다. 비행기에서 지상으로 추락하기까지 걸린 시간은 꽤 길었다. 단순히 계산을 해봐도

10분이나 된다. 사고가 난 후 몇 주가 흐른 뒤에야 나는 그 순간을 전부 떠올릴 수 있었다. 기억이 돌아오기 전에는 악몽 속에서 그 일을 다시 경험했다. 지금까지도 내가 어떻게 비행기 밖으로 나갔는지는 생각나지 않는다.

『지옥으로 가는 여행Voyages into Hell』이라는 책 속 '희망의 날개Wings of Hope'라는 글에서 베르너 헤어조크는 이렇게 표현했다. "그녀는 비행기를 떠나지 않았다. 비행기가 그녀를 떠났을 뿐." 정말로 정확한 표현이다. 나는 좌석에 묶여 있었고 내 주위에는 아무것도 없었다. 훗날 실제로 어떤 일이 일어났는가에 대해 다양한 추측이 있었다. 가장 그럴듯한 의견은 비행기가 번개를 맞고 여러 조각으로 부서졌다는 것이다. 아마도 엄마와 나는 부서진 지점의 경계 부분에 앉아 있었고 보이지 않는 힘이 나를 좌석째로 사나운 비바람 속에 던져 넣었을 것이다. 그런 일이 정확히 어떻게 일어났는지, 엄마에게 어떤 일이 생겼는지는 절대 알 길이 없다.

하지만 나는 추락의 순간을 기억한다. 추락할 때 좌석 벨트가 내 배를 아프도록 꽉 조여서 숨을 쉴 수가 없었다. 그 순간에 나는 무슨 일이 일어나고 있는지 또렷이 인식하고 있었다. 아래로 떨어지는 사이 내 귀에는 공기가 우르릉대는 소리가 들렸다. 두려움을 느끼기도 전에 나는 다시 의식을 잃었다. 그다음 기억은 거꾸로 매달려 있는 내 앞으로 뱅글뱅글 돌며 서서히 다가오는 밀림이었다. 아니, 밀림이 다가온 것이 아니라 내가 그쪽으로 떨어진 것이다. 빽빽이 우거진 새파란 우듬지는 브로콜리를 연상시켰다. 안개 사이로 보는 듯 모든 이미지가 흐릿했다. 그러다 깜깜한 밤이 다시 나를 에워쌌다.

나는 꿈을 꾸었다…….

늘 같은 꿈이다. 실은 두 가지 꿈이 만화경처럼 뒤섞여 있다. 나는 하나의 꿈에서 다른 꿈으로 옮겨간다. 첫 번째 꿈속의 나는 낮은 곳에서 어둠을 헤치며 벽을 따라 끝도 없이 달리고 있다. 마치 몸에 엔진이 장착된 듯 으르렁으르렁, 윙윙 소리가 들린다. 두 번째 꿈에서 나는 더러워졌다는 생각에 몸을 씻고 싶은 생각이 간절하다. 온몸이 끈적끈적한 진흙투성이어서 당장 목욕을 해야 할 것만 같다. 그러다 꿈속에서 이렇게 생각한다. '간단해. 잠을 깨기만 하면 되는 거야. 그냥 일어나서 욕실로 가면 돼. 별로 멀지도 않잖아.' 그 순간 나는 꿈속에서 일어나기로 결심하고, 잠을 깬다.

깨어 보니 나는 좌석 밑에 있었다. 안전벨트가 풀린 걸로 봐서 이미 어느 시점에 잠을 깼던 모양이다. 그러고는 좌석 세 개가 연결된 벤치의 등받이 밑으로 깊이 기어들어 간 것이 틀림없다. 낮과 밤이 꼬박 지나고 이튿날 아침이 되도록 나는 태아처럼 그 자리에 누워 있었다. 온몸이 흠뻑 젖어 진흙과 먼지로 덮여 있었다. 하루 낮, 하루 밤에 걸쳐 비가 세차게 쏟아졌기 때문이다.

눈을 떠보니 어떤 일이 일어났는지 금방 떠올랐다. 나는 비행기 사고를 당해 밀림 한가운데에 떨어져 있었다. 눈을 뜬 순간에 마주한 이미지를 절대 잊을 수 없다. 밀림의 거대한 나무 꼭대기에 금색 빛이 맺히자 모든 것이 다양한 녹색 톤으로 눈부시게 반짝였다. 이 장면은 그림처럼 내 기억에 깊이 아로새겨졌다. 그 첫인상에서 나는 팡구아나에서 이미 경험했던 숲을 보았다. 그리고 두려움이 아니라 버림받았다는 망망한 감정을 느꼈다. 마지막으로 내가 혼자라는 사실을 처절하게 깨달았다. 내 옆에 앉아 있던 엄마는 어디에도 없었다. 엄마의 자리는 비어 있었다. 이륙하자마자 곯아떨어졌던 덩치 큰 남자도 흔적 없이 사라졌다.

일어서야 하는데, 몸이 말을 듣지 않았다. 갑자기 주위가 깜깜해졌다. 아마도 심각한 뇌진탕을 일으킨 모양이었다. 나는 무력했고 철저히 혼자였다.

본능적으로 손목에 찬 금색 시계를 들여다봤다. 아직 작동하고 있었다. 미세하게 째깍째깍하는 소리가 들렸지만 시간을 확인할 수는 없었다. 제대로 보이지가 않았기 때문이다. 알고 보니 왼쪽 눈이 잔뜩 부어서 떠지지 않는 것이었다. 오른쪽 눈으로는 좁은 틈을 내다보듯 간신히 사물의 형태가 보였다. 더구나 안경도 사라지고 없었다. 열네 살 때부터 썼지만 안경을 별로 좋아하지는 않았다. 그런데 지금은 아예 없다. 노력 끝에 시간을 확인했다. 아홉 시. 태양의 위치를 보니 아침이었다. 다시 현기증이 나서 다우림 바닥에 드러누워버렸다.

내가 모르는 사이에 진행된 일들은 다음과 같다. 페루의 항공사고 역사상 가장 큰 규모의 수색 작업이 시작됐다. 전날 오후부터 푸카이파 전역은 극도의 흥분 상태에 빠졌다. 비행기 추락 소식이 알려진 12월 24일 오후부터 도심지에는 사람의 그림자조차 찾아보기 어려웠다. 다들 공항과 활주로로 달려갔기 때문이다. 랜사 항공기는 푸카이파에서 약 15분 거리인 오욘 근처에서 마지막 무선 메시지를 전송한 직후 레이더 스크린에서 이따금씩 사라지다가 일순 흔적도 없이 자취를 감췄다. 모순된 정보 때문에 탑승자의 가족들은 근심과 혼란에 빠졌다. 비행기가 어딘가에 비상 착륙을 했을지도 모른다는 예측이 등장하기도 했지만, 결국에는 비행기가 사라졌다는 현실을 외면할 수 없었다. 모든 정황은 비행기가 사나운 폭풍 속에서 추락했음을 시사했고 그 충격은 곧장 푸카이파까지 전해졌다. 엄마와 나를 데리러 공항으로 올 예정이었던 아빠의 친구 하인리히 마울하트Heinrich Maulhardt 역시 비행기 소식을 기다리고 있었다. 그는 접근조차 어려운 머나먼 밀림에서 일어난 나쁜 사건을 내 아빠에게 전하는 힘든 일을 떠맡아야 했다.

한참 뒤에 나는 다시 일어서려고 안간힘을 썼다. 겨우 무릎을 꿇는 순간 또다시 사방이 깜깜해지고 어지럼증이 나서 도로 드러눕는 수밖에 없었다. 몇 번이나 시도를 거듭하다가 결국에는 성공했다. 이제는 다친 부위들이 눈에 들어왔다. 오른쪽 쇄골이 심상치 않았다. 만져보니 부러진 것이 틀림없었다. 부러진 뼈의 두 끝이 서로 겹쳐져 있었지만 피부를 뚫고 나오지는 않아 통증은 없었다. 왼쪽 종아리에서 찢어진 부분도 발견했다. 4센티미터 길이에 협곡처럼 푹 팬 상처였다. 거친 금속 날에 베인 듯 들쑥날쑥했지만 이상하게도 피는 전혀 나지 않았다.

그러다 문득 다른 사람들의 부재를 인식했다. 그곳에는 아무도 없었다. 내 엄마조차도. 하지만 왜? 엄마는 내 옆에 앉아 있었는데! 나는 팔다리로 기어다니며 엄마를 찾았다. 소리를 높여 외쳐 부르면서. 하지만 대답하는 것은 밀림의 나뭇잎 소리뿐이었다.

제7장 나 홀로 밀림에

사고 후 내가 추락한 지점에서 일직선으로 겨우 20킬로미터 거리에 푸에르토 잉카라는 삼림 도시가 있다. 훗날 그곳 주민들에게 듣기로는 사고 당일인 1971년 12월 24일에 엄청난 강풍을 동반한 무시무시한 폭풍우가 밀려왔다고 한다. 비행기가 도시 상공을 맴돌다가 밀림 방향으로 사라지는 소리를 들었다는 이도 있었다. 다시 기장은 푸에르토 잉카에 비상착륙하는 것을 고려했을까? 그건 아니라고 본다. 항공기의 잔해가 평상시의 비행 항로와 정확히 일치하는 경로를 따라 발견됐기 때문이다. 그러니까 조종사는 항로를 벗어나지 않았다는 뜻이다.

후에 나는 베르너 헤어조크 감독을 통해 추락 직전에 조종실에서 녹음된 대화 내용을 알게 됐다. 결국 폐허 속에서 블랙박스가 발견된 덕분이다. 조종사들은 다가올 크리스마스 얘기, 자녀와 가족 얘기를 주고받으며 빨리 리마로 돌아가고 싶어 안달이었다. 그러다 폭풍우를 만난 순간 그들도 승객들만큼이나 겁을 먹은 것이 분명했다. 비행기가 이미 푸카이파를 향해 최후의 하강을 시작한 시점이었다. 조종사들에게 선택의 여지가 있었는지는 알 수 없지만 어쨌든 그들은 비행기를 몰고 폭풍 속으로 돌진했다.

사고가 일어나는 순간 숲속에 있었다는 한 나무꾼은 뭔가가 폭발하는 듯한 굉음을 들었다고 한다. 나중에 구조대가 추락한 비행기를 수색할 때 그는 책임자에게 그 사실을 전달했다. 그러나 구조대는 그의 말을 믿지 않았다. 인근 주민들로부터 전해들은 많은 단서가 결국 거짓으로 밝혀졌기에 곧이곧대로 받아들일 수 없었던 것이다. 마르시오^{Marcio} 라는 이름의 이 나무꾼이 후에 나를 구출하는 데 결정적인 역할을 한 것은 운명이라고 봐야 할까?

사고 이후로 나와 다른 이들이 품은 가장 큰 의문은 3킬로미터 가까운 높이에서 떨어지고도 내가 어떻게 경미한 상처만 입고 살아남을 수 있었나 하는 점이었다. 비록 한참 후에는 의식을 되찾은 순간에 감지한 것보다 부상이 훨씬 심각하다는 사실을 알게 됐지만, 추락의 심각성을 감안하면 내 상처는 대수롭지 않은 수준이었다. 쇄골을 제외하면 부러진 데가 없었고 피부에 입은 상처도 쉽게 치료할 수 있는 수준이었다. 어떻게 그럴 수 있었을까? 기적이었을까? 아니면 합리적으로 설명할 수 있는 다른 이유가 있을까?

후일 베르너 헤어조크와 이야기를 나누면서 내 나름대로 가능한 원인에 대해 생각해보았다. 아마도 나는 다음 세 가지 요소가 맞물린 덕분에 살아남을 수 있었던 것 같다.

우선 규모가 큰 뇌운 속에서는 강력한 상승기류가 생긴다고 알려져 있다. 당시에 상승기류가 있었다면 모든 것을 위로 들어올리는 힘으로 떨어지는 사람을 붙잡아 높이 휘감아 올릴 수도 있었을 것이다. 내가 떨어지는 동안에도 그런 상승기류가 완충 작용을 한 모양이다. 실제로 나는 의식을 잃기 직전의 짧은 순간에 숲이 빙빙 돌며 나를 향해 다가온다는 느낌을 받았다.

그러니까 나는 단풍나무 씨앗처럼 뱅글뱅글 회전하며 지상에 떨어진 듯하다. 더구나 좌석 세 개짜리 벤치의 한쪽 끝에 안전벨트로 묶여 있었으니, 작은 날개처럼 돌며 추락 속도를 늦출 수 있었을 것이다. 무엇보다 희생자의 시신 수습에 참여한 한 남자에 따르면 거대한 나무들이 빽빽한 리아나(습한 열대지방의 숲에서 흔히 볼 수 있는 칡의 일종으로 나무를 타고 오르며 성장한다 – 옮긴이) 덩굴로 연결된 숲속의 어느 지점에서 실제로 상태가 멀쩡한 좌석 벤치가 딱 하나 발견됐다고 한다. 아마도 그것이 '내' 좌석이 아닐까? 리아나 덩굴 역시 쿠션 역할을 하며 내 추락 속도를 늦추는 데 일조한 것이 틀림없다. 세 좌석 벤치도 보트처럼 나를 받친 채 리아나와 나뭇가지 사이로 떨어졌기에 나는 숲 바닥에 비교적 사뿐히 내려앉을 수 있었던 듯하다. 아무런 보호 장치 없이 나무 우듬지와 부딪쳤다면 내가 충격에서 살아남았을 리 없다.

전부 그럴듯한 해석이지만 그래도 석연치 않은 점이 있다. 설명할 수 없는 무엇, 위대한 불가사의가 남아 있다. 사고 후 내가 자유낙하하는 사이 공포에 못 이겨 죽지 않은 게 용하다는 사람들이 많았다. 사실 나는 이상하게도 전혀 두려움을 느끼지 않았다. 지상으로 곤두박질치는 순간 내 의식은 말짱했고 저 아래서 소용돌이치는 밀림도 또렷이 보였기에, 나는 내가 어떤 상황에 처했는지 정확히 알고 있었다. 어쩌면 겁을 먹기에는 의식이 남아 있던 순간이 너무 짧았던 탓도 있겠지만, 나는 누구나 내면에 일종의 안전장치를 품고 있어서 그런 극단적인 순간에도 두려움 때문에 미치거나 죽지 않도록 보호받는다고 생각한다. 내 경험상 가혹한 시련의 한가운데에 있을 때에는 고통이 끔찍할수록 그냥 모든 것을 내려놓게 된다. 공포감은 한참 후에 비로소 찾아온다. 말을 타고 살얼음으로 뒤덮인 호수를 건넌 사람이 반대편에 무사히 다다르고서야 여태 말을 달려 지나온 얼음이 얼마나 얇았는지를 깨닫고 갑자기 죽었다는 이야기도 있잖은가.

1971년 12월 25일, 한참이나 정신을 잃었던 나는 마침내 깊은 밀림 속에서 의식을 되찾았지만 역경은 그때부터 시작이었다. 비행기에서 떨어졌다는 사실은 분명히 인식했지만 심한 뇌진탕과 깊은 충격 때문인지 실성하는 것은 피할 수 있었다. 게다가 부모님은 어릴 때부터 내게 자연 속에서 어떤 상황과 맞닥뜨리더라도 차분하고 치밀하게 생각을 해보면 헤쳐 나갈 방법을 찾을 수 있다고 가르쳐주셨다. 그때가 바로 그래야 할 순간이었다.

나는 내가 어떻게든 이 밀림을 빠져나갈 거라고 굳게 믿었다. 부모님은 어린 나를 데리고 종종 다우림으로 들어가셨고 우리는 매번 무탈하게 빠져나올 수 있었다. 이제 나는 엄마를 찾아야 했다. 하지만 어떻게 찾지? 여전히 막막하기만 했다.

한 번도 체험해본 적 없는 사람들에게 다우림은 살벌하기만 한 곳이다. 녹색의 필터를 통과한 빛이 들어와 생기는 다양한 농도의 그림자는 마치 벽처럼 느껴질 것이다. 아찔하게 높은 나무 꼭대기를 올려다보면 밀림 바닥에 있는 사람은 누구든 자신을 미약한 존재로 느끼게 마련이다. 온갖 생명이 들끓는 곳이지만 잘 모르는 이의 눈에는 덩치 큰 동물만 간혹 보일 뿐이다. 휙휙, 부스럭부스럭, 펄럭펄럭, 윙윙, 꾸르륵꾸르륵, 절거덕절거덕, 삑삑, 으르렁으르렁. 이 다채로운 소음 가운데 인간의 언어는 없다. 그리고 어떤 생명체든 실제로 눈에 보일 때보다 소리만 들릴 때 훨씬 큰 공포감을 준다. 개구리와 새들은 가장 기상천외한 소리를 낸다. 그런 동물들이 낯설다면, 그건 동물들 탓이 아니라 그들에게 적대적이고 위협적으로 보였을 인간들 탓이다.

질척대는 습기도 견디기 힘들다. 비가 내리지 않을 때도, 특히 이른 아침 시간이면 물기가 쉴 새 없이 뚝뚝 떨어진다. 다우림이 풍기는 냄새 역시 요상하기 짝이 없다. 퀴퀴한 썩은 내와 얽히고 설킨 채 생장하고 부패하는 식물의 냄새. 이런 덩굴 속에는 독이 있는 뱀과 없는 뱀 모두가 완벽하게 눈속임하며 도사리고 있다. 뱀을 나뭇가지로 착각하거나 아예 그 존재를 눈치채지 못하기 일쑤다. 그러다 결국에 뱀을 발견하면 많은 사람들은 본능적으로 공포에 사로잡혀 그 자리에 얼어붙거나 혼비백산하여 줄행랑을 친다.

무엇보다 각양각색의 곤충이 차고 넘친다. 곤충이야말로 밀림의 진정한 지배자다. 메뚜기, 노린재, 개미, 딱정벌레, 화려한 색을 자랑하는 나비들, 그리고 인간의 피를 빠는 모기, 피부 밑이나 상처 속에 알을 낳는 파리. 침이 없는 야생벌은 인간에게 아무런 해를 끼치지 않지만 떼로 몰려와 몸에 앉거나 풀로 붙인 듯이 머리카락에 들러붙는다.

추락사고 후에 다우림에서 나는 이 모든 생물을 만났다. 하지만 밀림에 대해 잘 알고 있었기에, 남들보다 훨씬 유리한 상황이었다. 동물학자인 부모님이 내게 가르쳐주지 않은 것은 거의 없었다. 뇌진탕으로 흐릿해진 머릿속에 담긴 지식에 다가갈 방법만 찾으면 그만이었다. 대수롭지 않게 주워들었어도 이제는 나의 생존에 반드시 필요한 지식이었다.

사고 후 40년이 지난 지금까지도 내가 토론회나 텔레비전 인터뷰, 심지어 생존 훈련에 초대받는 이유는 그 때문이다. '사고를 당해 밀림 속에 던져지면 어떻게 해야 하는가?'라는 질문을 가장 흔히 받는다. 나는 페루 다우림과 아마존에 대해 어느 정도 알지만, 딱 거기까지다. 밀림에서 살아남으려면 어떻게 해야 하느냐고? 아쉽지만 내 방식을 일반화하기는 어렵다. 밀림은 저마다 지극히 다른 특성을 지닌다. 모든 다우림은 각기 다른 법칙의 지배를 받는다. 어디선가 비행기 추락사고가 발생할 때마다 내 전화기에는 불이 나곤 한다. 어쩌다 보니 나는 '비행기 사고 생존 전문가'가 되어 같은 질문에 되풀이하여 대답해야 했다. 몇 년 전 한 젊은 여성이 콩고의 밀림에서 실종되자 기자가 내게 물었다. "그녀에게 뭐라고 충고하시겠어요? 그럴 때는 어떻게 행동해야 하나요?"

나는 실망스런 대답을 내놓을 수밖에 없다. "콩고에는 가본 적이 없습니다. 직접 가서 그곳 사정이 어떤지, 어떤 동물과 식물이 있는지를 확인해야 알 수 있어요. 밀림이라고 다 같은 건 아니니까요." 게다가 다른 사람들에게 이래라 저래라 하는 것은 내 천성에 맞지 않는다. 내 경험에 따르면 누구나 상황에 따라 다른 결정을 해야 한다.

질문을 던졌던 기자는 내 말을 왜곡해 콩고 밀림에서 길을 잃었다면 빠져나올 희망이 없다는 식으로 기사를 썼다. 내가 기자들에게 종종 분통을 터뜨리는 이유는 이 때문이다.

그러다 2009년 7월에 코모로스섬 인근에서 추락한 예멘 비행기의 유일한 생존자라는 열두 살 소녀가 등장했다. 바다에 빠진 소녀는 비행기 파편을 붙잡고 파도에 휩쓸리며 밤새도록 바다를 견뎌야 했다. 내가 생각해도 끔찍한 시련이 틀림없었다. 그 소녀 역시 사고에서 엄마를 잃었기 때문에 사람들은 그 사건을 내 이야기와 비교했다. 하지만 공통점은 거기까지다. "이 시점에서 그 소녀에게 어떤 인생 조언을 해주시겠어요?" 이런 질문을 받은 나는, 비록 힘든 사고를 겪었지만 아주 평범한 사람인 내가 비행기 추락사고에서 살아남았다는 이유만으로 전혀 모르는 사람에게 어떻게 살아야 한다고 충고를 할 필요는 못 느낀다고 대답했다.

하지만 재미있는 경험도 있었다. 『쥐트도이체 자이퉁Süddeutsche Zeitung』의 한 기자가 내게 전화로 인터뷰를 요청하면서 이렇게 말했다. "제가 선물로 보라색 난초를 보내드릴게요."

"정말 친절하시군요. 하지만 그러지 않으셔도 돼요. 그나저나 그런 생각은 어떻게 하셨죠?"

기자가 대답했다. "인터넷을 찾아보니, 보라색 난초를 무척 좋아하신다는 기사가 있더라고요."

그 말을 들으니 떠오르는 일이 있었다. 어떤 젊은 기자가 직장으로 나를 찾아왔는데 그곳에 우연찮게 보라색 난초들이 있었다. 그 기자가 쓴 글을 보니, 내가 보라색 난초 등의 식물에서 위안을 얻는 모양이라고 씌어 있었다. 나는 기자의 상상력에 감탄했다.

물론 인터뷰에서 다른 주제에 대한 질문이 나오기도 한다. 이를테면 팡구아나의 미래를 묻는 질문이 개인적으로 참 마음에 든다. 하지만 대부분의 질문은 늘 '그 일'에 대한 것이다. 내 인생의 거의 모든 것이 추락사고와 관계가 있다고 여기는 모양이다. 그 사건이 내 인생의 방향을 정해버린 듯하다.

남편이 갑자기 나를 상념에서 끌어냈다.

"여기가 틀림없어. 사고가 일어난 장소 말이야." 에리히가 손목시계를 보며 말했다.

나는 '우듬지의 바다'를 내려다보았다. 밀림 저 아래 어딘가에 나는 추락했다. 밀림을 벗어나기 위해 11일간 꿋꿋하게 길을 찾던 곳이 바로 여기다. 다른 사람들은 전부 목숨을 잃었는데 아직도 내가 살아있다는 사실이 여전히 놀랍다…….

두 다리로 그럭저럭 설 수 있게 되자 나는 주위를 둘러봤다. 비행기 좌석 외에는 아무것도 없었다. 고함을 질렀지만, 아무도 대답이 없었다. 위를 올려다봤다. 짙게 우거진 숲 위로 태양이 빛나고 있다. 밀림의 두터운 녹색 차양은 자연 상태 그대로였다. 몇 시간 전에 비행기가 이 지점에 추락했다면 숲 일부가 망가졌을 텐데……. 하지만 저 멀리까지도 그런 흔적은 없었다.

이제 보니 나는 뒤는 트이고 앞은 막힌 흰 샌들을 한 짝만 신고 있었다. 졸업식 날에도 신었던 샌들이다. 나는 이때부터 이 샌들을 계속 신고 다녔다. 신을 한 짝만 신고서는 제대로 걸을 수 없으니, 나중에 사람들은 왜 우스꽝스럽게 한 짝만 신고 다녔는지, 짝 없는 샌들을 버리지 않은 이유가 뭔지 물을 테지만, 끝까지 그것을 벗지 않기로 결심했다. 안경이 없어서 앞이 잘 보이지 않는 상황에서 이렇게라도 하면 적어도 한쪽 발이나마 어느 정도 보호할 수 있기 때문이다. 지금 입고 있는, 알록달록한 패치워크 무늬에 예쁜 이중 주름 장식이 달린 얇은 민소매 미니드레스도 밀림에 적합한 복장은 단연코 아니었다. 게다가 등 쪽의 긴 지퍼 일부가 터져 있었다. 몸을 더듬어보다가 잘 보이지 않는 팔죽지 뒤쪽에서 다른 상처를 찾았다. 동전 크기에 2.5센티미터 깊이였다. 종아리의 상처처럼 여기서도 피가 나지 않았다. 이쯤 되니 벌어진 상처를 발견해도 별로 놀랍지도 않았다.

나중에 의사들은 내가 추락할 때 목을 삐었다고 했다. 그 때문에 생긴 척추 손상으로 요즘도 가끔씩 두통에 시달린다. 그때 한참동안 머리가 멍했던 이유도 그것으로 설명할 수 있을 것 같다. 몽롱한 느낌이 완전히 사라지기까지 여러 날이 걸렸다.

갑자기 강렬한 갈증이 찾아왔다. 주위 나뭇잎에서 반짝이는 굵은 물방울을 핥아먹었다. 그러고는 좌석 주위를 뱅뱅 돌며 걸었다. 나는 밀림에서 방향을 얼마나 쉽게 잃을 수 있는지 잘 알고 있었다. 사방이 똑같아 보이기 때문에 몇 발짝 떼지 않아 속수무책으로 길을 잃을 수 있다. 팡구아나에 있을 때 칼 없이는 숲에 들어가지 않았다. 우리가 만든 관찰 통로를 벗어날 때마다 나는 부모님이 가르쳐준 대로 일정한 간격으로 나무껍질에 표시를 했다. 그럼에도 한참 방향을 잃고 같은 자리를 맴돈 적이 있었다. 길을 낼 도구가 없을 때는 특별히 눈에 띄는 나무를 골라 가급적 거기서 눈을 떼지 않았다.

놀랍게도 처음에는 추락사고의 흔적을 전혀 찾을 수 없었다. 내 주변에는 비행기 잔해도, 사람도 없었다. 그러다 나는 사탕 한

봉지와 전형적인 페루식 크리스마스 슈톨렌Stollen(견과류와 말린 과일을 넣은 독일의 전통 크리스마스 빵 – 옮긴이)과 이탈리아 이민자들이 이 나라에 처음 들여온 파네토네panettone(발효시킨 밀가루에 건포도와 아몬드 등을 넣어 둥글게 만든 빵으로 크리스마스에 즐겨 먹는다 – 옮긴이)를 발견했다. 너무 배가 고파서 빵을 한 조각 먹었지만 맛이 끔찍했다. 한참 비를 맞아 누글누글해진 데다 진흙을 잔뜩 머금고 있었던 탓이다. 그래서 빵은 발견한 위치에 그냥 놓아두고 사탕만 챙겼다.

오전이 지나고 오후가 되도록 나는 추락 현장을 크게 벗어나지 않고 주위 환경을 살피며 기력을 회복했다. 다른 생존자, 특히 엄마를 찾고 싶었다. 목청을 한껏 높여 소리를 질렀다. "이봐요! 아무도 없어요?" 우기여서인지 대답이라고는 각양각색의 개구리 울음소리뿐이었다.

갑자기 엔진이 윙윙대는 소리가 들렸다. 비행기들이 하늘 위를 맴돌고 있었다. 그들이 무엇을 찾는지는 자명했다. 하늘을 올려다봤지만 밀림의 나무가 너무 빽빽했다. 여기서는 그들의 눈에 띌 방법이 없었다. 무력감이 나를 덮쳤다. '우선 울창한 숲에서 빠져나가야 해.' 곧 비행기는 떠나고 다시 밀림의 소리만 남았다.

나중에 알게 된 사실이지만 그곳은 팡구아나에서 50킬로미터밖에 떨어지지 않은 지점이었다. 그 사실을 의식하지는 못했지만 내가 이 숲에 대해 웬만큼 안다는 생각은 들었다. 그러다 갑자기 아주 특별한 소리가 들려왔다. 처음부터 내내 들려왔던 소리지만 그제야 내 의식을 뚫고 귀에 들어왔다. 물이 퐁퐁 솟고 졸졸 흐르는 소리였다.

나는 곧바로 이 물소리가 어디서 들리는지 찾기 시작했다. 예상대로 근처의 한 연못에서 작은 도랑이 흘러나가고 있었다.

내 가슴은 희망에 부풀었다. 마실 물을 찾았을 뿐 아니라 이 도랑이 구원의 길을 열어줄 것만 같았다. 문득 팡구아나에서 부모님과 함께 살 때 경험한 사건이 또렷이 떠올랐다.

어느 날 버클리대학교에서 과학자 한 무리가 우리를 방문했다. 그들은 아직 누구도 탐험하지 않은 지역을 연구하기 위해 유야피치스 상류의 시라산맥으로 이동했다. 하지만 도착하자마자 탐험대장이 부주의로 자신의 다리를 총으로 쏘는 사고가 일어났다. 긴급히 치료를 받아야 했지만 180센티미터가 넘는 그 남자를 운반하기에는 너무 무거워서, 학생 한 명이 도움을 청하기 위해 팡구아나로 떠났다. 그 젊은 학생은 밀림에서 금방 길을 잃었지만 영리하게도 흐르는 물을 찾아서 따라가다가 개울을 발견했다. 개울은 점점 넓어져 다행히도 유야피치스강에 이르렀다. 이틀 낮, 이틀 밤을 걸어 그는 결국 팡구아나로 돌아왔다. 내게는 절대 잊지 못할 인상적인 이야기였다.

물을 마시고 몸을 좀 씻은 다음 나는 결단을 내렸다. 냉정하게 판단해 이 근처에 비행기 사고의 또 다른 생존자는 없을 것이라고 확신했다. 물론 내가 유일한 생존자라는 생각은 꿈에도 하지 않았고 다른 사람들이 어딘가에 살아 있으리라 믿었지만, 내가 떨어진 지점 인근의 숲 바닥을 기어다니며 끊임없이 소리를 질러본 결과, 적어도 인근에는 아무도 없다는 확신을 갖게 됐다. 더 이상 기다릴 이유도 없었다. 그대로 여기 있으면 수색기에 절대 발견될 수 없을 것이다. 이렇게 조언하는 아빠의 목소리가 자꾸만 귓가에 들리는 듯했다. "밀림 속에서 길을 잃으면 흐르는 물을 찾아서 따라가야 해. 그러면 사람들이 사는 마을이 나올 거야."

나중에 한 언론은 다른 부상자들은 아랑곳 않고 혼자 살겠다고 숲을 나왔다며 나를 욕했다. 심지어 일부 신문에는 생존자들이 울부짖으며 숲속을 떠돌고 있었는데 내가 그들을 외면하고 달아났다는 기사가 실리기도 했다. 사실 나는 생존자를 단 한 명도 만나지 못했다. 만약 부상당한 다른 승객, 특히 엄마를 만났다면 어떻게 했을지는 모르겠다. 엄마 곁에 머무르다가 같이 죽었을지도 모른다. 이제 사람들은 나의 안내가 없었더라면 사고 잔해조차 발견하지 못했으리라는 점은 인정한다.

나는 도랑을 따라갔다. 여기저기 쓰러진 나무와 무성한 덤불이 앞을 가로막아 처음에는 이동이 쉽지 않았다. 도랑은 차츰차츰 넓어져 결국 개울이 되었다. 다행히 군데군데 말라 있어서 폭 0.5미터의 개울을 따라 비교적 쉽게 나아갈 수 있었다. 첫날 오후에 얼마나 이동했을까? 그것은 알 수 없다. 오후 여섯 시 즈음 날이

저물자 물가에서 등 뒤를 보호할 수 있는 자리를 찾아 밤을 보낼 준비를 했다. 사탕을 하나 더 먹었다. 불을 피울 방법은 없었다. 아빠에게서 막대기를 문지르거나 돌 두 개를 부딪혀 불 피우는 법을 배웠지만 그때는 모든 것이 축축한 우기였다. 어둠이 내리자 사방은 칠흑같이 깜깜했다. 기진맥진한 나는 홀로 잠이 들었다. 그날 이후로 매일 밤 곤충, 비, 바람, 불면증, 절망에 시달렸지만 뇌진탕 때문인지 첫날만큼은 모든 것을 잊고 푹 잤다.

그사이 랜사 항공기의 추락사고 소식이 유아피치스강 유역의 모데나 가족에게 전달됐다. 모로의 삼촌 엘비오Elvio 가 아빠를 찾아갔지만 아빠는 고개만 저었다. "내 아내와 딸은 그 비행기를 탔을 리 없어요." 아빠는 자신 있게 말했다. "내가 랜사 항공기는 절대 타지 말라고 단단히 일렀거든요. 아내는 그 따위 비행기에는 발도 들이지 않을 사람이에요!"

엘비오는 할 말을 찾지 못하고 아빠의 말이 옳기만을 바랐다.

다음 날 아빠는 라디오를 켰다. 추락한 비행기의 탑승자 명단이 발표되었다. 희생자들 사이에서 아내와 딸의 이름을 듣고 얼마나 큰 충격을 받았을까. 아빠가 팡구아나에서 혼자 어떤 지옥을 견뎌야 했을지 도저히 상상할 수 없다.

깊은 잠에 빠졌다가 12월 26일에 잠을 깼다. 나는 여전히 무덤덤했다. 뇌진탕 때문이었는지도 모른다. 두려움도 고통도 느낄 수 없었다. 오직 여기를 빠져나가야 한다는 생각뿐이었다.

그래서 개울을 따라 천천히 이동했다. 나무줄기를 끝도 없이 넘어야 했다. 거기다 개울은 엄청나게 구불구불해서 따라가는 데 시간과 힘이 많이 들었다. 안경까지 없어서 먼 곳이 보이지 않아 섣불리 지름길을 택할 수도 없었다. 길을 잃을 위험이 너무 컸다. 더구나 지형이 지극히 울퉁불퉁했다. 때로는 30미터 이상 솟은 언덕을 올라야 했다. 걷고 있는 위치에서 지속적으로 경사진 길을 따라 물이 한 줄로 흘렀기에, 나는 물길을 따라 느리지만 꾸준히 앞으로 나아갔다.

한번은 새를 잡아먹는 거대한 거미를 만났다. 나를 덮쳐서 물 수도 있는 녀석이었다. 하지만 다행히 거미는 개울 건너편에 있었다. 우리는 눈을 맞추고 서로를 경계하다가 각자 가던 길을 갔다.

개울 바닥은 얕고 울퉁불퉁했다. 개울 폭이 점점 넓어지더니 결국 바닥 전체를 채웠다. 나는 항상 샌들을 신은 발을 먼저 디디면서 물속을 걸었다. 이따금씩 머리 위에서 수색기 엔진 소리가 들렸다. 저런 식의 수색이 얼마나 성과를 볼지 의문이었다. 내가 걷고 있는 숲은 여전히 너무 빽빽했다. 이래서는 구조자들의 눈에 띌 방법이 없었다. 계속 앞으로 나아가면서, 개울이 넓은 강으로 변하는 지점을 찾아야 했다. 그런 곳에서는 나무 우듬지에 가려져 있던 하늘이 탁 트일 테니 내가 수색기에 발견될 가능성도 있다. 그들은 다른 실종자를 찾아낼 것이고 그 가운데 엄마가 있을지도 모른다. 나는 이런 희망을 버리지 않았다. 내 상처가 깊지 않았기에 다른 승객들도 사고에서 살아남았을 거라 생각했다.

물론 항공 수색이 전혀 성과가 없었다는 사실은 알지 못했다. 이틀 사이 수많은 지역 주민들이 사고에 대해 제보했지만 대부분은 거짓으로 드러났다. 한 사냥꾼은 환한 빛을 본 다음에 폭발 소리를 들었다고 했다. 한 나무꾼은 12월 24일에 시라산맥을 따라 저공비행을 하는 비행기를 목격했다고 주장했다. 야리나코차석호 인근에 살면서 성경을 번역하기 위해 원주민 언어를 연구하던 미국인 언어학자 집단의 소속 조종사들도 페루 공군의 수색 작업에 참여했다. 그들은 토우나비스타와 아과스칼리엔테스라는 도시, 푸에르토 잉카를 아우르는 사다리꼴 지역에 초점을 맞춰 수색을 실시했다. 같은 지역을 가리키는 세 건의 목격담이 있었기 때문이다. 내가 밀림을 헤매는 동안 수색기 소리가 거의 매일 들렸지만 성과는 전혀 없었다. 밀림이 비행기와 탑승객을 전부 삼켜버린 것만 같았다.

언론의 거짓 보도까지 난무하자 뉴스는 통제되고 공식 발표만이 인정되었다. 수색팀을 이끈 공군 사령관은 이 상황에 과격하게 대응했다. 괜한 불안감을 조성하는 사람은 체포되어 취조를 당한다는 말이 주민들 사이에서 돌았다. 인근 마을은 술렁거렸다. 그래도 이런저런 소문은 멈추지 않았다. 희생자들이 지은 죄가 많아 신의 벌을 받았다고 주장하는 익명의 편지가 나돌기까지

했다.

도통 뭐가 뭔지 알 수 없는 상황이 계속되자 실종자 가족들의 인내심은 한계에 이르렀다. 그들은 수많은 의문점의 답을 찾으려면 직접 나서서 뭐라도 해야 한다는 생각에 결국 민간 수색대를 조직했다. 민간 수색대는 푸에르토 잉카에서 다우림으로 들어갔지만 아쉽게도 그들의 수색은 폭우로 지연되었다. 아들이 사고 비행기에 타고 있었다는 아돌포 살다냐Adolfo Saldaña 라는 남자가 수색팀에 식료품을 가져다주려다 진창길이 된 울퉁불퉁한 도로에서 차 사고를 당하자 실종자 가족들의 절망과 무력감은 더 깊어졌다. 살다냐는 현장에서 즉사했다.

이런 상황을 까맣게 모른 채, 나는 밀림 속에서 늘 샌들을 신은 발을 먼저 내밀며 한 걸음 한 걸음 이동했다. 개울 바닥에서 진로를 막는 죽은 나무 사이를 힘겹게 지나갔고 장애물을 만날 때마다 꿋꿋이 넘어갔다. 사고 후 사흘째 되는 날, 개울 바닥에서 처음으로 비행기 터빈을 발견했다. 한쪽 면이 시커멓게 그을려 있었다. '아하, 내가 목격한 번개가 이 부위를 때렸구나.' 그것을 보니 두려움이 엄습했다. 나는 여전히 심한 충격에서 헤어나지 못했고 뇌진탕 증세에 시달리고 있었다. 이 발견의 중요성을 깨닫기까지는 앞으로 여러 해가 걸릴 터였다.

믿을 수 없는 일을 겪은 27년 뒤에 나는 영화감독 베르너 헤어조크와 함께 이 장소로 돌아온다. 사고 직후에는 상상할 수 없었던 상황들이 그때 현실이 되었다. 나는 이 길의 일부를 되짚으며 더 많은 비행기 잔해를 발견하고 이 모든 일이 어떻게 가능했는지 자문할 것이다. 그래도 나는 수많은 의문 가운데 몇 가지의 답밖에 찾지 못한다.

사고 첫날에는 내 자신에게 어떤 질문도 던지지 않았다. 아직 어리둥절할 따름이었다. 할머니가 견진성사(가톨릭교회의 7성사 중 세례성사 다음에 받는 의식 – 옮긴이) 때 선물로 주신 금색 시계는 12월 28일에 영영 멈춰버렸다. 방수도 되지 않는 시계가 극한의 내구성 시험을 거친 탓이었다. 나는 지난봄에 리마에서 받은 견진성사에 대해 잠시 생각했다. 아빠는 그 자리에서 나의 인생 격언을 골라주었다. "지혜를 찾고 슬기를 얻은 자에게 복이 있으라. 지혜의 소득은 은보다 낫고 그 소출은 금보다 낫다." 이 성경 구절이 내 처지에 얼마나 딱 들어맞는지 당시에는 알지 못했다. 한참 후에야 나는 이 말을 되새기며 그때를 돌아보았다. 밀림의 법칙을 이해하지 못했다면 나는 지금까지 살아 있지 못했을 것이다.

이동을 시작한 지 나흘 째 되는 날에 온몸의 피를 얼어붙게 하는 소리를 들었다. 틀림없이 거대한 날개가 펄럭이는 소리였다. 어떤 새보다 요란하게 오래 지속되는 날갯짓. 조류학자인 엄마의 설명을 들은 적이 있어서 이 소리의 주인공이 무엇인지 단박에 파악했다. 나는 왕대머리수리가 나타난 이유가 엄마 때문이 아니기를 기도하고 희망했다. 왕대머리수리는 숲에 썩어가는 시체가 많을 때 활동을 개시한다. '왕대머리수리가 죽은 사람들을 먹고 있어.' 생각이라기보다 직감 또는 확신에 가까웠다.

혼자서 밀림을 헤매기 시작한 이후 처음으로 나는 공포에 질렸다. 다음 물굽이를 돌다가 결국 못 볼 것을 보고 말았다. 나와 함께 떨어졌던 것과 똑같은 좌석 세 개짜리 벤치였다. 다만 이 벤치는 거꾸로 땅에 박혀 있었다. 좌석에 묶인 남자 두 명과 여자 한 명의 머리도 숲 바닥에 꽂혀 있고 다리만 기괴하게 위로 뻗어 있었다.

그때까지 살면서 딱 한 번 시체를 본 적이 있었다. 여섯 살 무렵에 푸카이파에 갔을 때였다. 엄마는 새를 관찰하러 나가고 나는 제재소를 운영하는 엄마 친구에게 맡겨졌다. 그 가족은 간밤에 아이가 죽었다는 한 이웃집에 조문을 가면서 나를 데려갔다. 우리가 간 날은 친지들이 누워 있는 시신에 마지막 조의를 표하러 오는 벨로리오velorio(경야)였다. 죽은 아이는 배가 불룩했다. 그때 나는 그 모습을 흥미롭게만 지켜보았다. 어린아이들은 죽음 앞에서도 순수한 법이니까. 저녁에 엄마가 돌아오자 나는 의기양양하게 자랑했다. "내가 오늘 뭘 봤는지 알아요? 죽은 아이를 봤어요!" 하지만 엄마는 크게 역정을 내면서 그런 곳에 왜 따라갔냐며 야단을 쳤다. 아이가 황열병이나 티푸스로 죽었다면 나도 감염될 위험이 있기 때문이었다.

어릴 때 나는 어떤 대상이든 신기한 볼거리인 양 호기심을 품고 바라보는 경향이 있었다. 하지만 그날 의자에 묶인 채 죽어 있는 사람들의 모습을 보고는 뼛속 깊이 섬뜩함을 느꼈다. 정체 모를 공포가 나를 사로잡았다. 그래도 나는 억지로 그 자리에 머무르며 시신들을 자세히 살폈다. 아직은 심하게 손상되지 않았지만 나무에 이미 왕대머리수리들이 빼곡하게 앉아 때를 기다리고 있었다. 예감이 좋지 않았다. 끔찍한 생각이 머릿속을 스쳐갔다. '엄마라면 어떡하지?' 천천히, 조심스럽게 시신들 쪽으로 다가갔다. 발만 보면 엄마를 알아볼 수 있다는 생각에, 여자의 곁으로 다가가 작은 막대로 발을 살짝 돌려 발톱을 확인했다. 매니큐어가 칠해져 있었다. 나는 한숨을 쉬었다. 엄마는 절대 매니큐어를 칠하는 법이 없었다.

동시에 내가 얼마나 어리석은 생각을 했는지 깨달았다. 엄마는 나와 같은 벤치의 옆자리에 앉아 있었으니 이 여자가 엄마일 리가 없었다. '왜 곧바로 그 생각을 못했을까?' 나는 안심했다. 하지만 이 안도감은 나중에 수치심으로 변하게 된다.

시신이나 부상자가 더 있나 찾아보려고 근처를 둘러보았다. 금속 조각 몇 개가 흩어져 있을 뿐이었다. 나는 발길을 돌렸다. 수색기 소리가 또 들렸다. 서둘러야 했다.

제8장 오늘날의 푸카이파

오늘 우리는 작은 비행장에 안전하게 착륙했다. 한때 고통의 현장이었던 곳이다. 모로가 우리를 기다리고 있었다. 늘 그렇듯 우리는 서로를 부둥켜안았다. 둘 다 어지간히 늙었다. 한때 새까맣던 모로의 턱수염에 이제는 흰 털이 드문드문 섞여 있다. 우리 둘은 참으로 많은 일을 함께 겪었다. 그런데도 모로는 나를 이름으로 부르는 법이 없다. 다른 사람들 앞에서 그는 자랑스러운 듯이 '라 독토라la doctora (박사님)'라는 호칭을 고집한다. 하지만 그의 가족들만 있을 때 나는 이웃이라는 뜻의 '라 베시나la vecina'가 된다. 모로의 아내 네리는 그 호칭을 좀 더 친근하게 '베시니타vecinita'로 바꾸었고 나도 네리를 그렇게 부른다.

공항길이 고속도로로 이어지는 지점에 묘지가 있다. 담장 너머로 보이는 키 큰 추모비 가운데 특별히 큰 것이 하나 보인다. 랜사 추락사고의 희생자를 기리는 기념물로, 이곳에 사망자들 중 54명이 전통적인 묘지 형식인 니초스^{nichos}(벽감)에 안치되어 있다. 관이 들어 있는 거대한 석재 위에 두 천사가 서 있다. 한 천사는 흐느끼고 다른 천사는 애도하는 이를 위로하고 있다. 둘 사이에는 둥근 평판이 있고 그 위에는 추락한 비행기 잔해가 발견된 위치를 나타낸 지도에 그 당시 내가 이동한 경로가 파선으로 표시되어 있다. 가장자리에는 이런 말이 적혀 있다. 'Ruta que siguió Juliana para llegar a Tournavista.' '율리아나가 토우나비스타에 도착하기 전까지 따랐던 경로'라는 뜻이다. 그리고 조각상들의 받침대에는 'Alas de Esperanza(희망의 날개)'라는 문구가 큰 글씨로 적혀 있다.

베르너 헤어조크는 우리가 함께 만든 다큐멘터리에 이 제목을 붙였다. 나는 가끔씩, 더 이상 희망이 없는 사람들을 위해 만들어진 비석에 왜 어울리지 않는 이름이 붙었을지 곰곰이 생각해본다. 비록 나의 생환은 한동안이나마 희망의 신호로 받아들여졌지만 수많은 희생자들을 생각하면 다소 부적절한 표현으로 느껴질 수밖에 없다. 최근에야 나는 당시에 수상용 경비행기를 구비하여 원조 활동을 하던 선교사 단체 '희망의 날개'의 존재를 알게 됐다. 이 단체를 생각하면 그 명칭에 어느 정도 수긍하게 된다. 그들은 내가 탔던 비행기 수색에도 참가했고, 소속 조종사 로버트 웨닝거$^{Robert\ Wenninger}$는 처음으로 비행기의 동체 파편을 발견하기도 했다.

이상하게도 나는 오랜 세월 이 기념비의 존재에 대해 모르고 살았다. 1998년에 베르너 헤어조크가 나를 여기로 데려오기 전까지, 그것에 대해 말해주는 사람이 아무도 없었다. 그때 나는 비행기 추락사고 희생자 대부분이 너무 젊다는 데 큰 충격을 받았다. 한 가족은 각각 열다섯과 열여덟 살인 두 딸을 잃었다. 전부 어린 아이에 불과했던 세 딸을 동시에 잃은 가족도 있었다. 1972년 1월 22일에 결혼할 예정이던 메리 일레인 로페즈Mary Elaine López는 여동생과 함께 목숨을 잃었다. 살레스Sales 가족은 엄마와 다섯 살배기 아이를 비롯한 세 명의 가족을 잃었다. 나중에 나는 1972년 1월 24일자 푸카이파 지역 신문 『임페투Impetu』의 특별판을 읽고 희생자들의 사정을 좀 더 상세히 알게 됐다. 한 소녀는 몸이 아픈 친구에게서 표를 넘겨받아 비행기에 탄 탓에 승객 명단에도 이름이 없었다. 한 젊은 남자는 1971년 12월 26일 항공권을 예약했지만 일찍 출발하고 싶은 마음에 다른 승객이 취소한 좌석을 어렵사리 손에 넣었다가 변을 당했다. 일 때문에 비행기를 탈 수 없게 되어 여자친구에게 표를 넘긴 한 젊은이의 안타까운 사연도 있었다. 로돌포 비야코르타Rodolfo Villacorta라는 사람은 대회 우승 상품으로 랜사 항공의 탑승권을 받아 비극의 주인공이 됐다.

푸카이파에 갈 때마다 나는 그 비석을 찾아간다. 지역 풍습에 따라 타원형 함 속의 벽감 앞에 부착된 조그만 사진들을 찬찬히 살펴본다. 여기 두 자매가 잠들어 있다. 친구 대신 비행기를 탄 소녀도 있다. 지난번에 찾아온 이후 몇몇 벽감은 비워졌다. 여기 저기에 검정색 손글씨로 희생자들의 이름이 적혀 있다. 서서히 잊히고 사그라질 기억을 붙들려는 처절한 몸부림이다.

묘지를 막 떠나려는데 길을 청소하던 노인이 내게 말을 걸었다. 여전히 이곳을 찾아와줘서 고맙다고 했다. 그는 내가 누구인지 안다. 여기 푸카이파에서도 사람들이 그 비극을 점차 잊어가고 있다면서 노인은 씁쓸한 표정을 지었다.

우리는 묘지를 떠나 모로의 삼촌인 베포^{Bepo}의 집으로 향했다. 그의 그늘진 농장은 우카얄리 강둑에서 불과 100미터 거리에 위치해 있다. 이곳은 오늘 우리가 많은 용무를 보러 다니는 사이사이에 드나들 본부가 될 것이다. 여기서도 우리는 할 일이 있다. 모로는 걱정스러운 듯 이마를 잔뜩 우그리며 베포 삼촌의 정원 테이블 위에 몇 건의 서류를 펼쳤다. 광구아나 부지를 확대하기 위해 취득한 토지 관련 서류다. 모로는 그 땅을 조사해봤더니 과거 소유자 한 명이 우리에게 토지의 현황에 대해 사실대로 말해주지 않은 것 같다고 했다. 밀림 한가운데 있는 땅덩이라 정확한 지형과 인접 필지 간의 경계를 적절히 판단하기가 쉽지 않았던 모양이다. 바스러지는 얇은 종이에 수기로 내용을 작성하고 지문을 찍은 오래된 소유권 증명 서류에는 역사적 가치가 있다. 과거 소유자와 현재 소유자 간의 악수 한 번으로 매매가 성사된 토지도 있었다. 여덟 명의 땅 주인 대부분은 구태여 등기소에 가서 번

거롭고 비용이 드는 등기를 하지 않았다. 물론 나는 이제 모든 것을 바로잡아야 한다. 팡구아나의 규모를 확대해 리마에 가서 환경부 공식 자연보호지역으로 지정받으려면 이런 허술한 서류로는 어림없다.

"여기, 이것 좀 봐요." 모로가 침울하게 말했다.

땅 주인 한 명은 우리에게 1차 다우림이라는 토지를 팔았다. 그 지역 대부분은 다우림이 맞지만, 한 귀퉁이는 이웃 사람이 오랫동안 목장으로 사용하고 있었다.

골치 아픈 상황이다. 이 문제의 해결 가능성은 그 경계가 얼마나 정확한지, 인접 토지 소유주가 다른 곳에서 소를 방목할 의향이 있는지에 달려 있다. 이 사례만 봐도 나머지 다우림이 파괴되지 않도록 보호하는 것이 얼마나 시급한지 알 수 있다. 아무래도 이 지역에는 담장을 세워야 할 모양이다. 모로는 이 문제 때문에 진행에 차질이 생길 거라는 생각에 못마땅한 듯 얼굴을 찌푸렸다. 2000년부터 그는 팡구아나의 공식 관리자였다.

오늘 우리는 불분명한 토지 대장 문제를 해결해줄 변호사를 찾아갈 계획이다. 지금으로서는 그 문제가 해결되는 것이 큰 바람이다. 작년에 팡구아나에 대한 관할권을 지닌 주도州都 푸에르토 잉카의 공증인을 찾아갔을 때는 원하는 결과를 얻지 못했다. 공증인이 신속하게 발행해준 청구서 이외에는 건진 게 없었다. 그 때문에 나는 새 변호사의 일처리에 대해서도 조금은 회의적이었다. 그러나 태양이 작열하는 옥상 테라스 바로 옆에 있는 그의 비

좁은 사무실에서 진땀을 빼고 나서는 기분이 한결 가벼워졌다. 마침내 자신이 무슨 일을 해야 하는지 아는 변호사를 찾은 것 같았기 때문이다. 그래서 여덟 구획의 토지 전부에 부과되어 있는 오래 묵은 연체료를 내러 팡구아나에서 푸에르토 잉카 시청까지 가야 한다는 사실을 알게 되었어도 별로 못마땅하지 않았다. 그곳에 가면 토지 등록 문제도 처리할 수 있을지 모른다. 이곳 푸카이파에는 그것이 가능한지 내게 알려줄 수 있는 사람조차 없다. 일단 그곳에 가야 알게 될 것이다. 푸에르토 잉카의 이웃 목장주를 만나 목초지 사용 문제도 해결할 수 있기를 바랐다.

모로, 그의 아내 네리, 남편과 나는 유쾌하게 광란의 질주를 벌이는 밝은 색의 '전동차' 두 대를 잡았다. 이곳에서 전동차는 오토바이가 끄는 일종의 릭샤를 가리킨다. 최근 몇 년 사이 푸카이파의 경관을 지배하게 된 전동차들은, 도시를 매캐한 배출가스가 가득한 아수라장으로 만드는 동시에 사람들을 도시 한쪽에서 다른 쪽으로 실어다주는 편리한 이동수단으로 자리 잡았다. 나는 두 개의 좌석 위에 그늘막을 친 이 난폭한 탈거리를 체험하는 것이 재미있었다. 끼어 앉으면 세 명도 탈 수 있다. 운전자는 대부분 젊은이다. 우리는 그들과 잡담을 나누고 도시의 최근 소식을 들었다.

우리의 목적지는 팡구아나에서 쓸 새 장화든, 이불이든, 목욕 타월이든 혹은 남편(에리히는 기생 맵시벌을 연구하는 동물학자다)이 잡은 곤충을 담을 플라스틱 밀폐용기든, 유난히 묽은 데다 달다

기보다 신맛과 쓴맛이 나는 다우림 꿀이든, 늘 살거리가 넘쳐나는 시장이다. 침이 없는 야생벌은 속 빈 나무에 집을 짓기 때문에 그 꿀을 따려면 나무를 뒤쪽에서 조심스레 갈라 항아리 모양의 벌집을 재빨리 꺼내야 한다. 나무를 다시 닫아놓으면 벌들은 새 꿀을 생산한다. 이 시장에 올 때마다 온갖 종류의 약초와 치료제를 파는 매대도 빠뜨리지 않고 찾아간다. 우리는 우냐데가토^{uña} de gato(고양이 발톱)라는 식물로 만든 크림을 산다. 만병통치약으로 알려져 있고 뿌리는 치통을 덜어준다고 한다. 하필 나는 출발하기 며칠 전에 치과 의사에게 치아뿌리관 치료를 받았다.

나는 이 시장의 알록달록한 과일, 채소, 구근 그리고 밀림 지역의 일상생활에 필요한 온갖 잡동사니를 사랑한다. 어린 시절 리마와 광구아나를 오가는 여행 중에도 엄마와 함께 살거리를 잔뜩 정해놓고 이곳을 찾곤 했다.

오늘도 쇼핑 목록을 가져왔다. 생수부터 두루마리 화장지까지, 광구아나에서 사용할 모든 물품을 여기서 사가야 한다. 대량으로 사면 저렴하게 판매하는 큰 슈퍼마켓에서 물건을 잔뜩 구입했다. 유야피치스로 탐험을 떠날 때마다 이 가게에 들러서 필요한 물건을 사다 보니 어느새 가게 점원들과도 안면을 익혔다.

포장상자를 나눠 실은 전동차 몇 대를 베포 삼촌네로 보내고 나서 우리는 한숨을 돌렸다. 이미 늦은 오후였고 아침 식사 이후로 간단한 요기밖에 하지 못했다.

"야리나코차의 수상 레스토랑에 가서 뭘 좀 먹을까요?" 내가 동행들에게 제안했다.

아무도 반대하지 않았고 택시 한 대가 이미 우리 앞에 서 있었다. 우카얄리강의 우각호인 그곳은 전동차로 가기에는 꽤 멀었다.

레스토랑에 도착한 우리는 물 위로 나가서 자리를 잡았다. 그리고 생선 요리를 주문했다. 이곳의 생선은 다른 어느 곳보다 신선하다. 나는 석호를 내다봤다. 어부들이 배 위에서 자망을 펼치고 있었다. 그 배를 보니 옛날 생각이 났다. 다른 일행들이 수다를 떠는 사이, 내 머릿속에는 개울을 따라가던 당시 기억이 다시금 찾아왔다……

제9장 큰 강을 찾아서

사람이 사는 마을을 찾겠다는 희망을 놓지 않고 나는 앞으로 나아갔다. 발밑으로 물이 흘렀다. 나는 끈덕지게 한 발 한 발을 내디뎠다. 개울이 점점 넓어지더니 이윽고 작은 강이 되었다. 하루하루가 모두 똑같았다. 나는 시간 감각을 잃지 않으려고 날짜를 셌고 햇빛의 세기로 하루의 대략적인 시간대를 추정했다. 열대지방에서는 새벽 여섯 시만 되어도 꽤 환하고, 저녁 여섯 시 무렵부터 어두워지기 시작한다. 그러나 거대한 나무가 드리운 차양이 너무 두터워서 태양은 좀처럼 보기 어려웠다.

결국 마지막 남은 사탕까지 다 먹었다. 다른 것은 먹을 엄두가 나지 않았다. 우기라서 나무 열매도 거의 없었다. 칼이 없어 줄기에서 야자순을 잘라낼 수도 없었다. 물고기를 잡거나 뿌리를 요리할 방법도 없었다. 밀림 식물 가운데 무엇이 독성을 지녔는지는 잘 알았고, 잘 모르는 식물에는 손을 대지 않았다. 하지만 흙 때문에 갈색이 도는 개울물은 엄청나게 들이켰다. 그래서인지 허기는 별로 느껴지지 않았다. 이런 물을 마시는 데 딱히 거부감은 없었다. 밀림에 살아봐서 숲속 개울물이 보기보다 깨끗하다는 사실을 잘 알았으니까. 인간이 오염시키지 않는 물은 탁해 보여도 이질을 일으킬 위험이 크지 않다. 그래도 팡구아나에서는 늘 강물을 끓여서 마셨다. 개울에서 진흙탕 물을 퍼마실 때 그 생각이 스쳤지만 선택의 여지는 없었다. 먹을 것이 없으니 살아남으려면 물이라도 많이 마시는 수밖에.

그렇게 열심히 헤아렸건만, 날짜가 헷갈리기 시작했다. 12월 29일인가 30일인가. 이동을 시작하고 닷새인가 엿새째에 들은 새 울음소리에 축 처져 있던 기분이 금방 환해졌다. 윙윙, 끙끙 소리가 뒤섞인 것이 호아친이 틀림없었다. 팡구아나에서 나는 이 소리를 자주 들었다. 이 새들은 탁 트인 물가, 큰 강 근처에 둥지를 트는 습성이 있었다. 호아친 소리가 들리는 곳이라면 내가 바라던 대로 민가를 찾을 가능성도 있었다.

새로 힘을 얻은 나는 소리가 들리는 쪽으로 걸음을 재촉했다. 머잖아 개울이 강으로 이어지는 지점을 찾을 수 있었다. 하지만 그곳에 금방 도착하기를 바랄 수는 없었다. 지점 어귀는 엄청난 양의 부목으로 막혀 있고 덤불이 두텁게 자라 있었다. 곧 맨손으로는 이곳을 지나갈 수 없다는 사실을 인정해야 했다. 그래서 나는 강바닥을 벗어나 장애물을 피해가기로 했다. 여기서 밀림을 지나가려면 여러 시간이 걸릴 터였다. 어귀에는 갈대의 한 종류인 카냐 브라바가 5미터 높이로 우거져 있어 방심했다가는 날카로운 줄기에 긁혀 팔다리에 생채기가 나기 십상이었다. 그러나 호아친의 지저귐과 수색기 소리에 용기를 냈다.

엄마는 호아친을 폭넓게 연구하면서 번식 습관의 중요한 특징을 관찰하고 정리했다. 이 흥미롭고 아름다운 새는 시조새를 연상시킬 만큼 매우 원시적인 조류에 속한다. 최초의 새와 마찬가지로 호아친 새끼의 날개에는 발톱이 나 있다. 부모 새가 물 위에 아주 엉성한 둥지를 짓기 때문에 새끼들은 실제로 발톱을 사용할 일이 많다. 둥지에서 떨어질 때마다 날개 발톱으로 나뭇가지를 붙잡고 다시 기어 올라간다. 새끼들은 수영 솜씨도 뛰어나다.

마침내 나는 큰 강의 둑에 올라섰다. 어림잡아 폭 10미터의 물길이 아름답게 뻗어 있었지만 인간의 흔적은 전혀 보이지 않았다. 수많은 통나무와 유목 때문에 강을 건너기는 무리였다. 나는 하늘을 올려다봤다. 어두컴컴한 밀림 속에서 여러 날을 헤매다가 마침내 마주한 탁 트인 하늘이 너무나 반가웠다. 수색기는 어디 있을까? 엔진 소리는 멀리서 들렸다. 갑자기 한 대가 나타나 내 위를 쏜살같이 지나갔다. 손을 흔들고 고함을 질렀지만 소용없었다. 엔진 소리는 금세 사라지고 적막만 남았다. "돌아올 거야." 나는 혼잣말을 했다. "반드시." 그러나 시간이 흘러도 지난 며칠간 끊임없이 이어지던 엔진 소리는 돌아오지 않았다. 나는 그들이 결국 수색을 포기했음을 깨달았다. 어쩌면 다른 생존자들은 전부 구조되었을지도 모른다. 오로지 나만 빼고.

화가 나서 참을 수 없었다. 내게 아직도 그런 강렬한 감정을 느낄 기력이 남아 있다는 게 믿기지 않을 정도였다. 갖은 고생을 겪으며 간신히 탁 트인 물가에 도착했는데 비행기는 어쩌면 저렇게 싹 돌아서버릴까? 이제야 눈에 띌 만한 위치로 나왔는데! 그러나 끓어오르던 분노는 금방 사라지고 끔찍한 절망이 찾아왔다. 큰 강가에서 나는 처절한 외로움을 느꼈다. 밀림에서 조금 거리를 두자 비로소 내 주위의 밀림이 얼마나 광대한지를 선명히 깨달았다.

사람이 살지 않는 곳이 몇 제곱킬로미터나 이어지는 건 아닌지 두려웠다. 여기서 사람을 만날 가능성은 극히 희박해 보였다. 사실상 '제로'에 가깝지 않을까 싶었다. 하지만 나는 포기하지 않았다. 이것은 진짜 강이다. 그리고 "강 근처에는 인간이 살게 마련"이다. 아빠가 노상 하던 말이다. 나는 스스로를 다독였다. '머잖아 마을에 도착할 거야. 절망하지 마. 이제 구조될 일만 남았잖아.'

다시 마음을 다잡고, 어떻게 하면 앞으로 잘 나아갈 수 있을지만 생각했다. 강둑에는 초목이 심하게 얽혀 있어 지나가기가 힘들었다. 맨발로 독사나 독거미를 밟을까 봐 두렵기도 했다. 둑에 가까운 얕은 물에 들어가 강을 따라 내려가기 시작했다. 그 전에 막대기부터 구했다. 미끄럼을 방지하고 내 앞의 땅 상태를 확인하기 위해서였다.

위험한 노랑가오리가 강둑 진흙에 도사리고 있거나 여울에 엎드려 있을 테지만 보이지는 않았다. 어쩌다 밟기라도 하면 발에 독침을 쏠 것이다. 그러면 다리가 심하게 붓고 고열에 시달리게 된다. 노랑가오리의 독이 치명적이지는 않지만 독침과 함께 진흙이 상처로 들어가면 패혈증이 생길 수 있다. 지금 같은 상황에서 그런 상처는 치명적이다. 전부 팡구아나에서 부모님과 이웃들에게 배운 지식이었다. 물속에 얼마나 많은 위험이 숨어 있는지 알았기에 나는 조심스럽고 신중하게 걸음을 옮겼다.

가는 길은 무척 고됐다. 수면에는 나뭇가지와 나무토막이 잔뜩 떠 있었고 바닥은 미끄러운 바위 아니면 빠지기 쉬운 진창이었다. 나는 강 가운데에서 헤엄을 치기로 했다. 깊은 물속에 있으면 적어도 노랑가오리는 걱정하지 않아도 된다. 대신에 피라냐를 만날 수도 있지만 그것들은 고인 물에서만 위험하다. 틀림없이 카이만 악어도 있겠지만, 그 악어는 좀처럼 사람을 공격하지는 않는다. 그래서 나는 흐르는 물에 몸을 맡겼다. 두려움은 없었고 내가 어떻게든 해낼 수 있다는 자신감이 돌아왔다.

모르는 편이 나았겠지만 생존자 수색이 곧 끝나지 않을까 하는 의심이 들었다. 단 한 명도 구조되지 못했다고는 생각조차 할 수 없었던 것도 차라리 다행이었다. 사실 수색팀은 비행기 잔해물의 흔적조차 찾지 못했다. 하지만 무엇보다 다행스러운 것은 나 외에도 사고 직후 살아 있었지만 추락한 지점을 벗어날 만큼 운이 따라주지 못한 사람들이 있었다는 사실을 내가 몰랐다는 거다. 나중에 알게 됐지만 엄마도 그런 사례에 속했다. 나는 매일 밤 잠을 설치며 엄마를 생각했다. 뇌진탕이 조금 나아지면서 더 이상 의식불명 상태에 가까운 깊은 수면에 빠지지는 않았다. 긴 밤은 칠흑같이 깜깜했고 한시도 마음을 놓을 수 없었다.

내려앉는 해를 보고 나는 오후 다섯 시 언저리라고 추정했다. 둑 근처에서 하룻밤을 지내기에 적당한 지점을 찾았다. 약간의 경사가 있거나 큰 나무가 서 있어서, 항상 등 뒤를 보호할 수 있는 장소여야 했다. 그래도 역시 잠을 잔다는 건 생각도 할 수 없었다. 조그맣고 성가신 깔따구나 모기가 끊임없이 나를 깨웠다. 이 귀찮은 해충들은 나를 산 채로 삼키려는 듯이 극성을 부렸다. 밤새 머리 주위를 돌며 윙윙대고 귀와 코에까지 기어들어왔다. 밤 시간은 정말로 참기 어려웠다. 죽도록 피곤해서 선잠에 빠졌다가도 모기에 따끔하게 물릴 때마다 몇 번이나 잠을 깼다.

더 끔찍한 것은 비였다. 비가 오면 적어도 모기에는 시달리지 않았지만 얼음장처럼 차가운 빗물이 무자비하게 내 위로 쏟아졌다. 얇은 여름 원피스차림의 나는 비를 맞을 때마다 끔찍한 추위에 떨어야 했다. 우기에는 낮 시간에는 찌는 듯이 더워도 밤 기온은 급격히 떨어졌고 굵은 빗방울 하나하나가 얼음송곳처럼 나를 괴롭혔다. 여기에 바람까지 불면 뼛속 깊이 파고드는 추위에 몸을 오슬오슬 떨어야 했다. 빽빽한 나무나 덤불 밑에서 커다란 이파리를 모아 몸을 감싸도 별 소용이 없었다. 영원히 끝나지 않을 것 같은 암흑의 밤이면 나는 흠뻑 젖은 채 몸을 옹송그렸다. 그럴 때면 내 자신을 지킬 수 없고 홀로 남겨졌다는 생각에 한없이 서글펐다. 우주 외딴 곳에 혼자 뚝 떨어져 있는 기분이었다. 그런 순간에는 절망하지 않을 수 없었다.

엄마 생각이 많이 났다. 어떻게 지내고 있을까? 이미 구조됐을까? 엄마가 좌석에 묶인 채로 땅에 처박혀 있던 세 사람과 같은 운명을 맞았으리라고는 추호도 생각할 수 없었다. 아빠가 지금 어떻게 지내고 있을지도 궁금했다. 심정이 어떨까? 어디에 있을까? 사고 소식은 들었을까?

내가 어쩌다 밀림에서 홀로 깨어나게 됐을지 곰곰이 생각해보았다. 다른 승객들은 다 어디 있으며, 왜 숲속 어디서도 비행기가 추락하면서 떨어진 파편을 발견할 수 없었을까? 비행기는 대체 어디로 사라졌을까? 무난하기만 했던 지금까지의 삶도 돌아보았다. 적어도 내가 보기에 열일곱 살 율리아네의 인생에 정말로 짜릿한 사건은 없었다. 여느 어린 소녀와 다를 것 없는 평범한 삶을 살았을 뿐. 동물을 사랑하고, 책을 탐독하고, 친구들과 영화를 보러 다니고, 열심히 공부하면서 밀림에서든 리마에서든 잘 적응했다. 그때까지 인생의 의미에 대해 별로 고민해본 적도 없었다. 나는 세례를 받았고 최근에 견진성사도 받았지만, 부모님은 오히려 태양을 모든 생명의 근원으로 여기는 일종의 철학적인 자연 종교를 더 신봉했다. 두 분은 나를 종교적 신념 안에서 가르치지 않았고 내가 나만의 가치관을 형성해야 한다고 믿었다. 그리스도인으로 성장하기 위한 기본을 가르치기는 했지만 그 이상은 필요치 않다고 여겼던 것 같다.

끔찍한 추위가 엄습하는 밤이면 나는 기도를 했다. 주로 엄마를 위한 기도였다. 나는 엄마와 늘 사이가 좋았고, 엄마를 친구처럼 생각했다. 엄마 외의 누구에게도 좀처럼 곁을 주지 않는 아빠보다는 엄마와 훨씬 가까웠다. 내가 살아남은 것이 기적이라는 사실을 잘 알았기 때문에, 그 많은 사람들 중에 왜 하필 나일까 하는 생각도 했다. 추락사고에서 살아남았으니 이 혹독한 상황도 잘 이겨내야 한다고 믿었다. 다른 사람들을 찾게 해달라고도 기도했다. 그리고 내가 구조되기를 기도했다. 나는 살고 싶었다. 몸이 점점 쇠약해졌지만 나는 살고 싶었다. 그리고 이 상황이 끝나면 어떻게 살아갈지도 생각했다.

아주 오랫동안.

물론 다른 친구들처럼 학교를 졸업하면 무엇을 할 것인가는 고민해본 적이 있다. 어릴 때부터 부모님처럼 생물학을 공부하고 싶다고 생각했지만 내 자신에게 그 이유와 목적을 진지하게 물어본 적은 없었다. 나는 동물을 좋아하고 식물에 관심이 많았으며 부모님이 하는 일이 마음에 들었다. 그전까지는 그 이유만으로 충분했다. 하지만 밀림에 홀로 있는 지금의 나는 비가 내리는 밤이면 뭔가 원대하고 의미 있는, 인류와 자연에 크게 공헌할 수 있는 일에 내 인생을 바치고 싶다는 생각을 했다. 그게 구체적으로 어떤 일인지는 알 수 없었다. 그저 이제부터 내 인생이 세상 속에서 의미를 가져야 한다고 느꼈다. 비행기에서 떨어지고도 약간의 상처만 입은 채 내 발로 밀림을 걸어 나온 데는 이유가 있어야 했다.

그 후 며칠간 '약간의 상처' 때문에 속을 끓여야 했다. 종아리의 찢긴 상처가 희끄무레하게 부풀었다. 다행스럽게도 아직 큰 통증은 없었다. 하지만 오른쪽 팔죽지 뒤편의 상처는 달랐다. 상태가 어떤지 확인하려고 고개를 한껏 돌렸다가 상처 밖으로 삐죽 나온 작은 아스파라거스 머리 같은 흰 구더기를 보고 나는 질겁했다! 파리가 상처 속에 낳은 알이 부화되어 애벌레가 1센티미터나 되도록 자란 것이다. 역시 내가 잘 아는 현상이었지만, 이번에는 내가 아는 지식 때문에 더 걱정스러웠다.

독일 셰퍼드 잡종개 로보가 언젠가 구더기에 감염된 적이 있었다. 우리는 생각지도 못했지만 로보의 어깨에 난 조그만 상처에 파리가 알을 낳은 것이었다. 피부 밑에 숨어서 부화한 애벌레는 살 속으로 더 깊숙이 파고들었다. 애벌레는 상처에서 피가 나지 않도록 혈관은 요리조리 피하면서 교묘하게 살 속으로 파고들어 간다. 그때 구더기는 로보의 털가죽 밑에서 살을 파먹으며 깊은 통로를 내, 다리를 거쳐 발까지 내려갔다. 밤마다 로보가 낑낑거려도 우리는 영문을 몰랐다. 우리 눈에는 구더기가 보이지 않았으니까. 그러다 결국 로보의 다리가 붓고 냄새가 나기 시작했다. 그때쯤에는 감염이 너무 심해져서 로보는 누가 자기 몸을 건드리는 것조차 꺼렸다. 그제야 우리는 무슨 일이 생겼는지 깨닫고 방법을 강구하기 시작했다. 보통은 알코올을 써서 구더기를 몸 밖으로 꺼낼 수 있지만, 아빠는 그리 하면 로보가 지독한 고통을 느낄 거라고 말했다. 그래서 우리는 통증이 덜한 등유를 상처에 부었다. 구더기가 한 마리씩 전부 기어 나온 다음에 우리는 가엾은 로보의 상처를 치료했다. 다행히도 로보의 상처는 별 탈 없이 잘 나았다.

그래서 나는 어떻게 해야 할지 알고 있었다. 우선 피부 속의 구더기를 밖으로 꺼내야 했지만 내게는 알코올도 등유도 없었다. 나선형의 은반지 하나가 전부라 그것을 구부려 펴서 구더기를 끄집어내려 했다. 하지만 내가 만든 엉성한 핀셋을 들이대자 구더기들은 살 속으로 더 깊이 들어가 버렸다. 시곗줄 버클로도 시도했지만 소용이 없었다. 구역질이 날 것 같았다. 속에서부터 산 채로 잡아먹힐지도 모른다는 생각에 섬뜩했다. 다른 유익한 기생충처럼, 구더기도 처음에는 가급적 숙주를 해치지 않기 때문에 그 자체로는 크게 위험하지 않다. 문제는 상처가 감염될 수 있다는 것이었다. 나는 더러운 흙탕물에서 하루 종일 헤엄을 쳐야 했으니 말이다. 최악의 경우 팔을 절단해야 할지도 몰랐다.

걱정이 가득했지만 당장 할 수 있는 일이 아무 것도 없어서 나는 자꾸 헤엄을 쳤다. 강둑에 나타나는 야생동물들이 사람을 별로 두려워하지 않는다는 사실은 진즉에 알고 있었다. 밀림에서 담비와 마자마사슴을 만났지만 나를 전혀 겁내지 않았다. 어느 날 아주 가까운 거리에서 짖는원숭이 소리를 듣고 나는 뭔가를 깨달았다. 그 동물은 원래 사람을 매우 경계한다. 이것은 내가 있는 강과 주위의 숲이 아직 인간의 손을 타지 않고, 인적을 찾으려면 아직 수 킬로미터는 더 가야 한다는 뜻이었다. 하지만 나는 그 생각을 억지로 밀쳐냈다.

나는 갈수록 쇠약해지고 있었다. 배가 고프다는 느낌은 없었지만 모든 상황이 점점 견디기 힘들어졌다. 강물을 엄청나게 들이켜 배를 채웠지만 뭔가를 먹어야 했다. 혼자 이동을 시작한지 며칠이 지났을까? 이레? 여드레? 손가락으로 셈을 하다가 문득 1972년 새해가 이미 시작됐다는 사실을 깨달았다. 엄마만은 해가 바뀌는 순간에 아빠와 함께였기를 간절히 바랐다. 엄마가 다른 비행기를 더 기다리지 않고 서두른 것도 그 때문이었다. 지금 아빠는 어디에 있을지 간절히 궁금했다.

최근에야 나는 돌아가신 고모가 남긴 서류 틈에서 그 당시 아빠로부터 받은 편지를 발견했다. 1971년 12월 31일자 편지에는 이렇게 적혀 있었다.

벌써 한 주가 지났는데도 비행기는 발견되지 않았어. 날씨가 대체로 좋아서 수색대가 사방팔방을 뒤지고 있는데도 말이야. 나는 비르비히 씨의 대농장에 있어. 여기에는 비행장이 있어서 송수신기도 구비돼 있거든. 직접 푸카이파에 수색 현황을 문의할 수 있어.

이 단락 뒤에는 인근 주민들의 다양한 추측과 목격담이 씌어 있었다. 다들 비행기 소리와 폭발 소리를 들었다고 주장했다. 하지만 알고 보니 지속적인 폭우로 시라산맥에서 산사태가 일어난 소리였다. 특유의 단정한 글씨체로 쓴 이 편지를 처음 읽었을 때, 나는 아빠의 마음속에서 어떤 일이 일어나고 있었을지 상상해보았다. 얼마 후에 쓴 편지 뒷부분에는 아빠의 심정이 고스란히 담겨 있었다.

그사이 클라이드 피터스Clyde Peters 라는 미국인 선교사가 비행기를 타고 비르비히 씨의 비행장에 나타나 아빠에게 희망을 주는 소식을 전했다. 랜사 항공의 비행기가 어딘가에 비상 착륙을 했다는 증거가 있다는 것이었다. 아빠의 글씨만 봐도 마음속에 다시 희망의 불씨가 생겼음을 느낄 수 있었다. 물론 생존이라는 힘겨운 여정 중에 있던 나는 그 사실을 까맣게 몰랐다. 머릿속에는 어서 사람들을 찾아야 한다는 생각뿐이었다.

낮에는 수영을 하거나 물에 떠다녔고 밤에는 덩치 큰 동물들과 몇 번 마주치기도 했다. 한번은 덤불 속에서 잠을 청하는데 바로 옆에서 쉭쉭 대는 소리와 발자국 소리가 들렸다. 재규어가 아니면 오실롯ocelot(남아메리카에 거주하는 고양잇과 동물로 몸길이 50~10센티미터에 황갈색 얼룩무늬가 있다-옮긴이)일 가능성이 컸다. 어쩌면 영어로 파커로 알려진 마하스^{majás}가 내 옆에서 소리를 냈는지도 모른다. 마하스는 중간 크기의 개만 한 설치류로 갈색 털가죽에 흰 점이 줄지어 박혀 있는 동물이다. 내가 소리를 지르자 그 동물은 화들짝 놀라 요란하게 툴툴거리며 줄행랑을 쳤다.

다음 날 아침에는 등 위쪽이 찌르는 듯이 아팠다. 손으로 건드려보니 피가 묻어났다. 물속에서 헤엄치는 사이 햇볕에 타서 피부가 벗겨진 모양이었다. 나중에 2도 화상을 입었다는 사실을 알게 됐다. 그래도 물속에 둥둥 떠 있는 것 말고는 아무것도 할 수 없었다. 다행히 물살이 강해지고 있었다. 허약해질 대로 허약해진 나는 강에 떠다니는 통나무와 충돌하거나 각종 장애물에 다치지 않게 조심하는 수밖에 없었다.

나쁜 시력 때문에 헛것을 보는 경우도 잦았다. 종종 강둑에서 민가의 지붕을 봤다고 착각했다. 귀에도 문제가 생겼는지 닭 울음소리를 들었다고 생각할 때가 많았다. 물론 닭이 아니라 다른 새의 울음소리였다. 아주 익숙한 소리였지만 나는 그런 소리에 자꾸만 속아 넘어갔다. 그럴 때마다 짜증이 나서 스스로를 나무랐다. '어리석게 굴지 마. 닭일 리 없다는 거 뻔히 알잖아.' 하지만 그런 일은 계속 반복됐고, 사람을 꼭 찾겠다는 바람도 점점 강렬해졌다. 그러다 결국 여태 한 번도 경험한 적 없는 무감각 상태에 빠졌다.

끔찍하게 피곤했다. 지칠 대로 지쳤다. 밤이면 음식 생각이 간절해졌다. 푸짐한 진수성찬도, 소박한 식사도 모든 것이 사무치게 그리웠다. 아침마다 불편한 잠자리에서 일어나 차가운 물속으로 들어가기가 점점 더 힘들어졌다. 이렇게 자꾸만 이동하는 것이 무슨 의미가 있을까 하는 무력감이 몰려왔다. '아니.' 그럴 때마다 나는 온 힘을 짜내 내 자신을 타일렀다. '계속 가야 해. 계속 가야 한다고. 여기 있으면 나는 죽어.'

한번은 한낮에 타오르는 태양 아래서 강 속의 모래톱에 파묻혔다. 조금 쉬었다 가기에 이상적인 장소 같았다. 끈질기게 따라다니며 나를 괴롭히던 강둑의 흑파리도 더 이상 보이지 않아 모처럼 휴식을 취하려 했다. 그때 갑자기 근처에서 귀에 익은 꽥꽥 소리가 들렸다. 어린 악어들이 내는 소리였다. 눈을 떠보니 겨우 20센티미터쯤 되는 어린 카이만들이 아주 가까이에 와 있었다. 나는 소스라쳤다. 굉장히 위험한 상황이었다. 새끼 악어들의 어미가 내 존재를 알아채는 순간, 나를 덮칠 게 뻔했다. 더구나 어미가 이미 내게 매우 근접해 있었다. 악어는 다리를 쳐들고 위협하듯이 내 쪽으로 다가왔다.

내가 어떻게 했을까? 다시 물속으로 미끄러져 들어가 떠다니기 시작했다. 나는 예전에 강둑에서 졸고 있는 안경카이만을 만난 경험이 있었다. 악어들은 나를 발견하자 깜짝 놀라서 물속에 있는 내 쪽으로 다가왔다. 내가 밀림에 대해 잘 알지 못했다면 틀림없이 겁에 질려 물 밖으로 뛰쳐나가 숲으로 달아났을 것이다. 그랬으면 목숨을 잃었을 공산이 크다. 하지만 나는 팡구아나에서 배운 지식을 믿었다. 카이만은 위험이 어느 쪽에서 나타나든 늘 물속으로 달아난다. 그리고 물속에서는 나를 지나치거나 내 밑으로 헤엄쳐 가겠지만 나를 공격하지는 않을 것이다. 다만 카이만이 이렇게 득실댄다는 것은 이 인근에 사람이 살지 않는다는 뜻이었다. 나중에 나는 당시 그 강가 전역에 사람이 거주하는 마을이 없다는 사실을 알았다. 그러니 그냥 어딘가에 드러누워 가만히 있었다면 나는 절대 발견될 수 없었을 것이다.

나는 계속 발걸음을 옮겨야 했다.

시간이 갈수록 점점 기운이 빠져서 발이 떨어지지 않았다. 죽기 싫으면 뭐라도 먹어야 하는 상황이었다. 그런데 뭘 먹어야 할까?

우기라서 어딜 가나 개구리들이 팔딱거렸다. 내 눈에 띈 건 독화살개구리였고 비위에도 맞지 않았지만 그중 한 마리를 잡아먹기로 했다. 원주민들이 화살에 독을 묻힐 때 쓰는 종류는 따로 있고, 이 독화살개구리의 독은 성인 한 사람을 죽이기에는 너무 약하다는 걸 나는 잘 알고 있었다. 물론 이렇게 쇠약해진 위장으로 소화할 수나 있을지 의문이었지만 그럼에도 개구리 한 마리를 잡으려고 무척이나 애를 썼다. 하지만 도저히 잡을 수 없었다. 내 코앞에 앉아 있던 개구리는 얄궂게도 잡으려고만 하면 이미 멀리 달아나고 없었다. 나는 더없이 낙담했다.

다시 귓가에 닭 울음소리가 들렸다. 이번에도 속은 것이었다.

열흘 째 되는 날에도 물 위를 떠다녔다. 피할 기운도 없어서 통나무와 끊임없이 부딪쳤다. 충돌할 때 뼈가 부러지지 않도록 나무 위로 기어 올라가려니 엄청나게 힘이 들었다. 저녁에는 운 좋게도 잠자기 좋아 보이는 자갈 제방을 발견했다. 나는 그 위에 앉아 꾸벅꾸벅 졸다가 눈을 깜박였다. 갑자기 이 세계에 속하지 않은 듯한 물체가 보였다. 꿈인 줄 알았지만 눈을 번쩍 떠봐도 그것은 현실이었다. 강둑에 보트 한 대가 있었다. 원주민이 쓰는 꽤 큰 배였다. 나는 있을 수 없는 일이라고, 내가 신기루를 보고 있다고 혼잣말을 했다. 하지만 눈을 비비고 몇 번이나 다시 보아도 배는 그 자리에 있었다.

다가가서 직접 만져보았다. 그제야 진짜라고 실감할 수 있었다. 멀쩡해 보이는 새 배였다. 강에서 비탈로 4~6미터쯤 올라가는 곳까지 나 있는 길도 발견했다. 길에는 심지어 사람의 발자국이 선명하게 찍혀 있었다. 왜 여태 보지 못했을까? 나는 벌떡 일어났다. 틀림없이 근처에서 사람을 찾을 수 있을 것이다! 하지만 사람을 찾아다니기에는 너무 기운이 없었다. 짧은 거리를 이동하는 데도 오랜 시간이 걸릴 터였다.

드디어 명확한 사람의 흔적을 찾아냈다. 탐보tambo가 내 앞에 나타난 것이다. 여러 개의 기둥에 야자 잎 지붕을 얹고 마루는 야자나무 껍데기로 만든 가로 3미터, 세로 4.5미터 크기의 소박한 움막이었다. 배의 모터는 이곳에 보관돼 있었다. 40마력이라 적힌 표시를 나는 중요한 비밀 정보라도 되는 듯이 눈여겨봤다. 가솔린도 한 통 있었다. 멀리까지 사람은 보이지 않았지만 숲으로 이어지는 길이 나 있어서 나는 배 주인이 언제라도 숲에서 나올 거라 확신했다. 가솔린을 보니 구더기가 떠올랐다. 때때로 상처가 못 견디게 아픈 것을 보니 구더기가 더 자란 모양이었다. 로보 때 그랬듯이 가솔린을 상처에 떨어뜨리면 구더기가 밖으로 나올 것이다. 힘이 없어서 통 뚜껑을 돌려 열기까지도 엄청난 시간이 걸렸다. 통 옆에서 발견한 작은 호스 토막으로 가솔린을 빨아들여 상처에 똑똑 떨어뜨렸다. 처음에는 팔 속의 구더기들이 아래쪽으로 달아나려고 살을 더 깊이 파먹는지 죽을 듯이 아팠다. 하지만 결국에는 표면으로 올라왔다. 펼친 반지로 상처에서 서른 마리 정도의 구더기를 꺼내고 나서 나는 기진맥진했다. 나중에 알고 보니 절대 그것이 전부가 아니었지만 당장은 내가 해낸 일이 무척이나 뿌듯했다.

아직 아무도 나타나지 않았다. 날이 어두워지고 있어서 나는 여기서 밤을 보내기로 했다. 처음에는 움막 마루에 누워봤지만 야자 껍데기가 너무 딱딱해서 차라리 강둑의 모래 위에 자리를 잡는 것이 낫겠다 싶었다. 움막에 놓여 있던 천막을 강둑으로 가져가 몸을 감쌌다. 덕분에 그날 밤 각다귀를 차단하고 5성급 호텔에서보다도 더 편안히 잘 수 있었다.

다음 날 아침에 잠을 깼지만 역시 아무도 없었다. 어떻게 해야 할지 난감했다. 앞으로 몇 주 동안 사람이 나타나지 않을지도 모를 일이다. 덫 사냥꾼이나 나무꾼이 가끔씩 이용하려고 밀림 속에 오두막을 세워둔다는 것은 알고 있었다. 그들이 금세 나타나지 않으면 어떡하지? 계속 가야 하는 건 아닐까? 짧은 순간 배를 타고 강을 내려가는 방법을 생각해봤지만 왠지 옳지 못한 행동

같아 그만두었다. 숲속 어딘가에 있던 배 주인이 이곳으로 돌아오면 배가 필요할 것이다. 나 살자고 남을 위험에 빠뜨릴 수는 없었다. 더구나 약해질 대로 약해진 몸으로 노를 저을 자신도 없었다. 이런 고민을 하며 강으로 돌아갈지 말지 결정을 못 하고 있는 사이 정오가 되었다. 그리고 비가 퍼붓기 시작했다. 나는 탐포로 기어가 어깨를 천막으로 감싼 채 멍하니 앉아 있었다. 가끔씩 개구리를 잡으려 시도했지만 헛수고였다.

오후에 비가 그치자 계속 이동해야 한다는 생각이 들었다. 그러나 어떤 상식도 소용없이 나는 그냥 앉아만 있었다. 이제는 일어설 기운도 남아 있지 않았다. 하루만 더 쉬고 다음 날 출발하기로 마음먹었다. 절망과 희망, 무기력과 새로운 결심이 동시에 찾아들었다.

다른 생존자들은 일찌감치 발견되었을 텐데 나 혼자 이러고 있는 것만 같아 속상했다. 한 사람이 느닷없이 사라졌는데 아무도 모른다는 사실이 너무 이상하게 느껴졌다. 그런 기묘한 감정이 내 가슴을 채우고 머릿속 깊숙이 파고들었다. 이곳에서 죽지나 않을까 걱정이었지만 내가 앞으로 어떻게 될지는 전혀 예상할 수 없었다. 만약 죽게 된다면 내가 얼마나 고된 여정을 견뎠는지, 얼마나 멀리까지 왔는지 아무도 모를 것이다. 나는 밀림 속에서 서서히 굶어 죽어가고 있었다. 아무것도 먹지 않은 채 너무 멀리까지 왔다. 예전에는 심하게 굶주리면 무척 고통스러울 거라고 상상했는데 사실 고통은 전혀 없었다. 심지어 배가 고프다는 느낌도 없었다. 그저 고단하고 허약해졌을 뿐이었다. 다시 개구리를 잡으려고 허우적거렸다. 몇 번이나 다시 시도했다. 그렇게 소득 없이 하루가 지나갔다.

동이 틀 무렵 내 귀에 사람 목소리가 들렸다. 믿을 수 없었다! 그렇게 오래 홀로 지낸 다음에는 생각조차 할 수 없는 상황이었다. '이것도 상상일 거야. 지금까지도 온갖 상상을 다 했잖아?' 나는 실망하지 않으려 이렇게 생각했지만, 사람 목소리가 들리는 게 분명했다. 그리고 점점 가까워지고 있었다. 숲에서 나온 남자 셋이 나를 보고 놀라서 멈춰 섰다. 움찔하여 물러서는 사람도 있었다. 나는 스페인어로 말했다.

"랜사 항공기 추락사고를 당했어요. 저는 율리아네라고 해요."

그들은 가까이 다가와 경악한 표정으로 나를 바라봤다.

제10장 인간 세상으로 돌아오다

1972년 1월 3일. 랜사 항공기 탑승객의 가족 중 일부는 모든 희망을 버린 채 자포자기에 빠져 있었다. 사고 후 열흘이나 지난 시점이었으니 생존자를 발견할 가능성은 거의 없었다. 사고 항공기를 수색하는 작업도 공식적으로 끝났다. 시민과 가족으로 구성된 수색대만이 아직 포기하지 않은 상태였다. 크리스마스 날 푸카이파에 몰려와서 도시에 죽치고 있던 수많은 기자들도 다 떠나고, 이 비극적인 사건은 이렇게 고통스럽게 마무리되는 듯했다. 아빠는 여전히 피터 비르비히 씨의 농장에 머무르고 있었다. 아빠도 이때쯤 아내와 딸을 잃었다는 현실을 받아들였을까?

오두막에서 나를 발견한 세 명의 삼림 노동자인 벨트란 파레

데스^{Beltrán Paredes}, 카를로스 바스케스^{Carlos Vásquez}, 네스토르 아마시푸엔^{Nestor Amasifuen}은 나를 살뜰히 보살폈다. 굶주린 내게 구워서 간 카사바를 섞은 파리냐^{fariña}(옥수수 죽)와 물, 설탕을 갖다주었다. 전형적인 나무꾼, 사냥꾼, 광부의 식사였다. 하지만 상태가 심각했던 나는 고대하던 음식을 거의 삼킬 수 없었다. 그들은 정성껏 내 상처를 치료하고 팔에서 남은 구더기를 꺼냈다.

"처음에 놀라서 혼이 빠지는 줄 알았어요." 벨트란이 내 상처에서 구더기를 하나하나 꺼내며 고백했다. "물의 여신 야쿠마마^{Yacumama}가 나타난 줄 알았거든요."

"왜죠?" 나는 당황하여 물었다. 그가 누구를 말하는지는 알고 있었다. 야쿠마마는 원주민들이 물속에 산다고 믿는 자연의 여신을 일컫는다. 임신부들은 무슨 일이 있어도 야쿠마마와 눈을 마주치지 말아야 한다. 눈을 맞추면 나중에 여신이 다시 나타나 아이를 빼앗아간다는 전설이 있기 때문이다. 그나저나 그들은 왜 나를 야쿠마마라 생각했을까?

"금발이잖아요. 당신 눈도 그렇고요. 이 인근에는 당신 같은 눈을 가진 사람이 없거든요. 사실 백인은 아예 찾아볼 수 없어요. 당신이 우리한테 곧바로 말을 걸어줘서 다행이에요."

그 말을 들으니 이 강가에는 정말로 사람이 살지 않는 듯했다.

"다른 승객들은 어떻게 됐나요?" 나는 남자들에게 물었다. "다들 구조됐나요?"

남자들은 할 말을 잃고 휘둥그레진 눈으로 나를 응시했다. 그러다 네스토르가 잠긴 목소리로 겨우 말을 꺼냈다.

"아니요, 세뇨리타. 비행기조차 발견되지 않았어요. 그냥 밀림이 주먹으로 쥐어버린듯 흔적도 없이 사라졌어요. 내가 알기로는 당신이 유일한 생존자예요."

'유일한 생존자라고? 내가?' 도저히 믿을 수 없는 소리였다. '내가 유일한 생존자라면…… 그 말은…….' 감히 하고 싶지 않은 생각이었다. 엄마는 아직 발견되지 않았다는 뜻인가?

"아무도 발견되지 않았어요." 여태 침묵을 지키던 카를로스가 반복했다. 그제야 나는 내가 생각을 입 밖으로 웅얼거리고 있음을 깨달았다. "당신이 살아서 여기 나타나 이렇게 우리와 이야기를 나누는 것 자체가 기적이에요. 우리가 여기 온 것도요. 사실은 그럴 계획이 없었거든요. 오늘 비가 오는 바람에 이 움막에 들를 생각을 한 거예요. 솔직히 자주 배를 살피러 오지는 않거든요. 그러니 아예 안 올 수도 있었다는 뜻이에요. 네스토르가 '이봐, 날씨가 너무 변덕스럽잖아. 탐보에 가 있자. 적어도 비는 피할 수 있으니까'라고 제안하지 않았다면 오지 않았겠죠. 사실 지금도 믿기지가 않아요. 여기까지 오는 데 며칠이나 걸렸어요?"

남자들은 내게 바지와 셔츠를 내주었다. 나는 시큼한 냄새가 나는 파리냐를 한두 숟가락 떠먹었다. 그것만으로도 배가 불렀다. 위장이 쪼그라든 것이 분명했다.

어둠 속에서 남자 둘이 더 나타났다. 궂은 날씨(혹은 운명)가 그들을 하필 오늘 이 오두막으로 이끈 것이다. 아마도 페레이라[Ama-]

do Pereira 와 마르시오 리베라^{Marcio Rivera} 라는 두 남자 역시 나를 보고 크게 놀랐다.

"대체 누구지?" 마르시오가 놀라며 물었다.

나는 다시 한 번 내가 겪은 일을 설명했다. 이번에도 상대방은 깜짝 놀라 할 말을 잃었다. 서로 정보를 교환하다가 나는 대규모의 수색 작업이 실패로 돌아갔다는 말을 들었다. 그날 저녁 그들과 나는 한참 이야기를 나누었다.

"일단 여기서 나가야 해요." 마르시오는 이렇게 말하며 다른 남자들과 상의했다. 사실 그들은 최대한 빨리 나를 의사에게 데려가기를 원했다. 내 상태가 갑자기 나빠져 당장 죽어버리지나 않을지 걱정하는 듯했다. 하지만 그들은 이곳에서 하룻밤을 보내는 편이 더 안전하겠다는 데 의견을 모았다. 나를 처음 발견한 세 남자는 당초 계획대로 숲속에 남아 있기로 했다. 마르시오와 아마도는 다음 날 이른 아침 나를 배에 태워 토우나비스타로 데려다주겠다고 자청했다.

그날 밤에 나는 움막의 야자나무 껍데기 마루가 너무 불편해서 차라리 모래밭에서 자고 싶다는 말을 차마 할 수 없었다. 그래서 여섯 명이 전부 탐보에서 밤을 보냈다. 남자들은 하나밖에 없는 모기장을 내게 내주었지만 그래도 나는 잠을 설칠 수밖에 없었다. 구더기 쉰 마리를 꺼낸 상처가 못 견디게 욱신거렸다.

아직 동이 트지 않은 꼭두새벽에 우리는 움막을 나섰다. 나는 걸으려 했지만 그들이 나를 한번에 옮겨 배에 눕힌 다음 천막을 덮어주었다.

배에 눕자마자 나는 모든 것을 놓아버렸다. 죽을 만큼 피곤해서 자꾸만 꾸벅꾸벅 졸았다. 깨어 있을 때는 옆으로 미끄러져 지나가는 강둑을 보거나 남자들에게 말을 걸었다. 그들이 강 이름을 알려주었다. 세보냐강이었다. 그리고 이 주위에는 정말 사람이 살지 않았다.

머지않아 나의 구조 소식은 터무니없이 변형되어 전 세계 신문에 실렸다. 가장 어이없는 기사는 내가 나뭇가지와 이파리로 직접 뗏목을 만들어 타고 세보냐강을 떠내려 왔다는 내용이었다. 그 기사에 따르면 정신을 잃은 채 떠다니는 나를 원주민이 발견해 뗏목째 물가로 끌어냈다. 그리고 의식이 돌아오자 나는 '죽은 사람이 많아요'라는 한마디만 하고 다시 정신을 잃었다. 이 기사가 나가자 수백 명의 기자들이 그 내용을 그대로 베껴 또 다른 신문에 실었다. 얼마나 많이 퍼졌는지 지금까지도 신문이나 인터넷에서 그런 기사를 찾아볼 수 있다. 나는 그런 내용에 의문을 제기하는 편지도 받았다. 이를테면 미국 워너 로빈스 지역의 똘똘한 초등학생들은 내가 정말 아무 도구도 없이 뗏목을 만들었는지, 나뭇가지와 이파리로 만든 뗏목이 어떻게 가라앉지 않았는지를 궁금해했다. 다른 기사에서는 마르시오, 아마도와 함께 배를 타고 이동한 시간을 이렇게 묘사했다. "그때 그녀는 깊은 의식불명 상태에 빠졌다." 그런 일은 없었다. 끊임없이 꾸벅꾸벅 졸기는 했지만 그 지루한 여정의 대부분을 나는 또렷이 기억했다.

여행이 끝도 없이 계속되는 듯했지만, 몇 시간 후에 나를 태운 보트는 마침내 세보냐강이 파치테아강으로 흘러들어가는 지점에 다다랐다. 절대 나 혼자서는 올 수 없었을 곳이었다.

정오쯤 되자 남자들은 요기를 하려고 배를 세웠다. 우리는 물가로 나가 초원 한가운데에 서 있는 집으로 향했다. 내가 다가가자 어린아이들이 비명을 지르며 달아났다. 한 여자는 겁에 질려 손으로 입을 막은 채 돌아섰다. "그 눈, 도저히 못 보겠어요! 맙소사, 너무 무서운 눈이에요!"

나는 남자들에게 물었다. "왜 저러죠? 내 눈이 어때서요?"

그제야 그들은 내 눈이 시뻘겋다고 말해주었다. 혈관이 전부 터져서 흰자 부분이 완전히 충혈된 탓이었다. 홍채까지 붉게 변한 상태였다. 앞이 비교적 잘 보였기 때문에 나는 그 말을 듣고 어지간히 놀랐다.

나중에 거울을 보고서야 그 여자가 왜 그토록 질겁했는지 알 것 같았다. 눈이 아니라 마치 피투성이 전구를 꽂아놓은 것 같았다. 처음 발견한 남자들이 나를 밀림의 정령이라 생각한 것도 무리가 아니었다. 그럼에도 그들은 내게 수프 한 그릇을 내주었다. 하지만 이번에도 거의 삼킬 수 없었다.

오후 네 시쯤에 보트가 토우나비스타에 정박했다. 우리가 도착하자 사람들은 환호했다. 누군가 들것을 가져왔지만 나는 내 발로 걸을 수 있었기 때문에 조금 민망했다.

내 소식이 벌써 전해졌는지, 옛날에 알던 간호사가 나를 맞으러 왔다. 아만다 델 피노Amanda del Pino 라는 그 간호사에게 나는 팡구아나에 들어가기 전에 파상풍 주사를 맞은 적이 있다. 아만다는 내게 페니실린을 먹이려 했지만 나는 거절했다. 아빠가 이 항생제에 알레르기가 무척 심한데 나도 그런 체질을 물려받았을 가능성이 있기 때문이었다. 아만다는 내 설명을 납득하고 다른 약을 주사했다.

다들 나를 무척 조심스럽게 대했다. 마치 다 죽어가는 환자를 다루는 듯했다. 곧 『라이프Life』 잡지에 실릴 거라며 사진을 찍는 사람도 있었다. 내가 현관에 서 있는 사진이었다. 어깨에 샤워가운을 덮어주는 사람도 있었다. 내 팔을 들여다보던 간호사는 무척이나 걱정스런 표정을 지었지만, 질문은 거의 하지 않았다. 그런데도 다음 날 신문에는 내가 한 적도 없는 인터뷰 기사가 실렸다.

상처를 씻어내고 소독한 다음에는 주사를 맞았다. 미국인 여성 비행사 제리 코브Jerrie Cobb 가 나타나서 나를 자기 비행기로 야리나코차에 있는 여름 언어연구소Instituto Lingüístico de Verano 로 데려다 주겠다고 나섰다. 선교사들이 원주민 언어를 연구해 성경을 번역하는 곳이었다. 제리는 그곳에 의사가 몇 명 있으니 내가 치료를 잘 받고 편안히 회복할 수 있을 거라고 했다. 다시 비행기를 탈 생각을 하니 겁이 났지만 적극적으로 반대할 기력도 없었다.

이윽고 내가 쌍발 아이슬랜더Islander 에 오르자 제리 코브는 나를 안심시키려 애를 썼다. 자신은 세계 최초로 우주 비행사 훈련을 받은 여성이므로, 이 비행기를 타면 천사의 품에 안긴 듯이 안전하게 이동할 수 있다고 나를 다독였다. 제리는 내게 누워서 가는 게 안전하다고 권했고, 내게는 앉아서 가겠다고 고집할 힘이 없었다. 그래서 20분간의 비행은 내게 고문이나 다름없었다. 무엇보다 내 두려움을 눈치채지 못한 제리가 비행기 방향을 홱홱 틀어대서 혼이 빠질 지경이었다.

야리나코차에서 위클리프 성경을 번역하는 선교사들인 언어학자들은 나를 따뜻하게 맞아주었다. 프랭크 린드홀름Frank Lind-holm 박사의 가족이 내가 곧장 치료를 받도록 배려해주었다. 의사는 내 팔과 다리의 상처에서 남아 있는 구더기를 더 꺼냈다. 팔에는 깊은 구멍이 생겼다. 그 구멍이 얼마나 깊은지는 아무도 몰랐기에 나는 한참이나 처치를 받았고, 그사이 비명을 참느라 이를 악물어야 했다. 린드홀름 박사는 50센티미터 길이의 거즈를 요오드포름에 적셔 상처 깊이 쑤셔넣었다. 다음 날까지 그렇게 두었다가 다시 꺼내어 새것으로 교체했다. 박사는 관 모양으로 뚫린 상처를 안팎으로 말끔히 치료하려면 그렇게 하는 수밖에 없다고 설명했다. 내 발바닥에서는 꽤 기다란 나무 가시를 뽑아냈다. 나는 인식조차 못하고 있던 상처였다. 벌겋게 부어오른 벌레 물린 자국들에도 처치를 받았다.

치료가 다 끝나자 사람들은 내게 무엇을 먹고 싶은지를 물었다. 별 생각 없이 '치킨 샌드위치'라고 했더니 고맙게도 하나를 뚝딱 만들어주었다. 나는 허겁지겁 먹었다.

이제 나는 안전했다. 그렇게 믿고 깊은 잠에 빠졌다.

주문한 음식이 나왔다. 석양이 찬란한 늦은 오후 시간이었다. 레스토랑을 감싼 물 위에 황금빛이 감돌고 바람이 잔잔한 물결을 일으켰다. 저 석호 너머에, 내가 머무르며 건강을 회복했던 린드홀름 박사의 집이 있다. 물론 지금까지 그곳에 남아 있는 언어학자는 많지 않다. 베르너 헤어조크 감독과 다시 찾아갔을 때도 캠프 규모가 많이 줄어 있었다. 겨우 몇 달 전 CNN에서 내 인터뷰가 방송된 후, 나를 집에 데려가 보살폈던 다른 의사의 부인인 프랜 홀스턴Fran Holston 여사가 사진 한 장을 보내주었다. 나와 그녀의 두 딸이 정원에서 함께 찍은 사진이었다. 그 사진 속 나는 무려 11일간 죽을 고생을 한 사람처럼 보이지는 않았다. 빌려 입은 치마와 블라우스 차림으로 나는 카메라를 향해 밝게 웃고 있었다. 하지만 내가 너무 왜소하게 느껴져서 깜짝 놀랐다. 사진 속 소녀는 내가 아니라 전혀 딴사람 같았다. 베르너 헤어조크의 다큐멘터리 속 나를 볼 때도 비슷한 느낌을 받았다.

1998년에 뮌헨의 우리 집에 걸려온 전화는 내게 뜻하지 않은 행운을 안겨줬다. 수화기 너머로 한 남자가 이렇게 자신을 소개했다. "저는 영화감독 베르너 헤어조크입니다. 당신에 대한 다큐멘터리를 찍고 싶습니다."

사고 후 27년이 지난 때였다. 나는 기자와 영화 제작자에 대해

안 좋은 경험이 많아서 그동안 받아왔던 비슷한 제의를 전부 거절했다. 인터뷰 요청은 단호히 뿌리쳤고 토크쇼에 출연하는 것은 더 싫어했다. 매번 똑같은 질문에 대답하려니 신물이 났고, 내 인생과 존재 전체가 끔찍한 사고의 유일한 생존자로만 규정되는 것도 지긋지긋했다. 그 일 이후로 나는 삶을 충실하게 꾸리고 9년간 결혼생활도 하면서 흥미로운 이야깃거리를 만들어왔기에, 사고에 대해서만 반복해 이야기하는 것은 별 의미가 없다고 생각했다. 무엇보다 내가 무슨 말을 하든 기자들은 제대로 듣지도 않고 자신이 꾸며내거나 독자들이 듣고 싶어 하는 이야기만 쓴다는 사실을 이미 충분히 알고 있었다. 그런데 갑자기 베르너 헤어조크가 전화를 걸어 나와 함께 영화를 찍고 싶다고 하니, 약간 혼란스러웠다.

그는 나의 망설임을 눈치챈 모양이었다. "저에 대해 더 알고 싶으시면 인터넷을 찾아보세요. 제 영화를 몇 편 보내드릴 수도 있고요."

"그러실 필요 없어요." 나는 놀란 마음을 추스른 다음 대답했다. "헤어조크 감독님을 제가 어떻게 모르겠어요?" 사실 이 걸출한 영화감독을 나는 늘 존경해왔다. 그의 영화도 여러 편 보았다. 그래서 내가 그런 인물과 통화를 하고 있다는 사실도, 그의 제안도 믿기지가 않았다.

베르너 헤어조크는 다른 사람들처럼 나와 인터뷰만 하려는 생각이 아니었다. 그는 특별한 구상을 하고 있었다. 헤어조크는 나와 함께 모든 일이 일어난 장소를 다시 찾아가고 싶다는 말을 했다. 또 내가 인간의 흔적을 찾기 위해 이동했던 경로를 되밟겠다고도 했다. 내가 정말 그 일을 반복해야 할까? 걱정이 앞섰지만 한편으로는 누구라도 그런 제안을 거절할 수는 없지 않을까 싶었다.

헤어조크는 내게 잘 생각해보라는 말을 남기고 전화를 끊었다. 그러고는 책 몇 권과 내가 본 적 없는 그의 영화를 보내주면서 생각할 시간을 주었다. 나는 남편과 상의했다. 에리히의 의견은 내게 큰 의미가 있다. 남편은 인간에 대한 놀라운 통찰력을 갖고 있어서, 늘 믿을 만한 조언을 해주었다. 남편이 말했다. "당신한테 좋은 일이야. 두 번 다시 오지 않을 기회잖아."

그래서 나는 헤어조크에게 연락해 그의 프로젝트에 관심이 있다고 밝혔다. 얼마 후 우리는 뮌헨의 멋진 레스토랑에서 만났다. 이 자리에서 촬영감독 에릭 쇨너Erik Söllner도 소개받았다. 나중에 영화를 찍으면서 헤어조크는 그의 의견을 대단히 존중했다.

그날 저녁 헤어조크는 우리에게 자신의 계획을 설명했다. 그는 추락 지점을 대충 알고 있은 지역 주민들을 중심으로 조사단을 조직해, 사고 항공기인 록히드 L-188A 일렉트라의 잔해가 여전히 흩어져 있을 밀림 속 현장을 살피고 그곳에 접근할 방법을 찾을 생각이었다. 나는 헤어조크에게 내가 팡구아나 연구 본부에 가지 못하는 사이 그곳을 관리해준 모로를 안내자로 추천했다.

모로와 몇몇 원주민이 적극 협조했지만, 안타깝게도 헤어조크

174

가 사고 항공기의 잔해를 찾으라고 보낸 조사단은 세 차례나 빈 손으로 돌아왔고, 네 번째에야 비로소 성과를 냈다. 헤어조크는 당시 여덟 살이던 자신의 아들을 데리고 사방 약 16킬로미터 범 위의 밀림 속에 흩어져 있는 비행기 파편을 직접 확인하러 현장 으로 날아가기도 했다.

뮌헨에 돌아온 그는 내게 일부 파편이 아직 놀라울 정도로 온 전하게 보존돼 있더라고 전했다. 하지만 지형이 너무 험해서, 어 떤 날은 노련한 원주민 일꾼들조차 100미터를 나아가는 데 몇 시 간이 걸릴 정도라고 했다. 상황이 그러하다면, 영화 촬영 스태프 들이 모든 장비를 짊어지고 걸어서 추락 현장에 가는 것은 불가 능했다. 이 프로젝트가 실패할 듯이 보인 적도 몇 번이나 있었지 만 나는 헤어조크와 함께라면 그럴 리 없다고 믿었다. 그는 자신 의 계획을 실현하기 위해 어떤 수고도 마다하지 않았다. 걸어서 갈 수 없다면 날아서 가면 된다고 판단한 그는, 가장 큰 비행기 파편 주위의 밀림을 베어내 헬리콥터가 착륙할 공간을 만들기로 했다.

다들 그렇게 하면 내가 무척 속상해할 거라 짐작했지만, 나는 이 모든 상황을 이상할 정도로 무덤덤하게 받아들이고 있었다. 그 현장과 다시 대면한다는 생각보다 카메라 앞에서 말하는 것이 더 긴장되었다. 내가 잘 해낼 수 있을지 의문이었다. 남편은 항 상 나더러 완벽주의자라고 했는데 그의 말은 분명히 옳았다. 베 르너 헤어조크 같은 인물을 위해 카메라 앞에 서면 잘하고 싶은 마음이 생길 수밖에 없다. 1998년 8월 초, 드디어 촬영이 시작되었다.

우리는 아메리칸항공을 타고 댈러스를 경유해 페루로 갔다. 최단 경로가 아니어서 유럽에서 바로 날아가는 직항보다 훨씬 길고 힘든 여정이 되었다. 그러나 아메리칸항공은 다른 항공사에 비해 훨씬 많은 수하물을 허용한다는 장점이 있었다. 당연하겠지만 영화 촬영에 필요한 짐과 장비가 어마어마했다. 그중 일부는 사전에 부쳐야 했다. 이번에도 모든 짐이 세관을 순조롭게 통과하도록 힘써준 이는 알뤈 라멜이었다.

촬영팀과 함께하니 시작부터 매우 순조로웠다. 모든 일이 체계적으로 진행되는 것을 보고, 나는 아무런 걱정도 할 필요가 없어서 좋다고 생각했다. 리마에서 우리는 페루 최대의 두 신문사 『라프렌사La Prensa』와 『엘 코메르시오El Comercio』의 기록 보관소를 방문했다. 여기서 나는 쿠스코 부근에서 일어난 랜사 항공의 또 다른 여객기 추락사고의 현장 사진을 보았다. 들판에 널브러진 시체들이 너무 처참해서 당시에는 대중에 공개하지 못한 사진이었다. 사고 충격으로 손상되고 뒤틀리고 일그러진 시신들을 보고 나는 깊은 충격을 받았다. 내가 당한 사고에서 나처럼 운이 좋지 못했던 승객들은 어떤 일을 겪었을지, 자꾸 생각할 수밖에 없었다.

감독은 나를 정말 이상한 경로로 이끌었다. 헤어조크가 27년 전에 추락한 항공기와 똑같은 항로를 이동하는 비행기를 타도록 나를 설득하는 것은 비교적 쉬웠다. 어쨌든 나는 밀림으로 들어가는 시간을 절약하기 위해 사고 이후로도 이미 몇 번이나 비행기를 탔으니까. 그런데 그는 나를 추락한 랜사 항공기에서와 같은 좌석인 19열 F석에 앉혔다. 사실 나는 비행기를 타고 안데스 산맥 위를 지나가고 싶었다. 나의 십 대 시절과 비교하면 사정이 판이하게 달라져서 이제 리마에서 푸카이파까지 '겨우' 20시간밖에 걸리지 않기 때문이다. 그러나 헤어조크가 워낙 사람을 구슬리는 데 선수라서, 나는 마음을 바꾸고 그와 함께 비행기를 타기로 결정했다. 지금 생각하면 잘한 일 같다. 헤어조크에 이끌려 내 과거의 일부와 대면하고 다시 대중에게 다가가지 않았다면, 내가 지금처럼 팡구아나를 많은 사람들에게 알릴 수 있었을까?

그렇게 나는 두려움을 극복했다. 그리고 카메라 속에서 우리는 그 사고가 일어난 장소로 날아갔다. 물론 헤어조크는 그 순간에도 나를 인터뷰했다. 정확한 사고 지점에서 나는 그 추락을 어떻게 경험했는지 설명했다. 다행히 한 번에 잘 끝나서 반복할 필요가 없었다. 남편이 늘 곁에 있다는 사실이 내게는 무척이나 힘이되었다. 이 영화를 보면 우리 부부가 서로에게 얼마나 큰 힘이 되며, 한쪽이 필요할 때마다 다른 쪽이 항상 가까이 다가와준다는 사실을 확인할 수 있으리라 믿는다.

푸카이파에서 밀림으로 가는 길에 나는 경악할 광경을 여럿 목격했다. 밀림으로 들어가는 새 오솔길 주변 곳곳의 숲이 파괴되어 있었던 것이다. 문명이 톱과 불을 앞세워 야생 깊숙이 파고 들어와 있었다. 그 과정에서 얼마나 많은 생명이 화염에 희생됐을지 잘 알기에 마음이 찢어지게 아팠다. 옛날에 내가 지나갔던 세보냐강 위에는 철교가 세워졌고, 거기서 몇 킬로미터 거리에는 안데스에서 온 여자가 운영하는 매점도 생겼다. 우리는 잠시 그곳에 들러 음료를 마셨다. 주인 여자가 가게 밖에 기대 세워둔 물체를 보고 나는 두 눈을 의심했다. 누군가 여기 가져다주었을 랜사 항공기의 온전한 문짝이었다. 이 원주민 여성은 그 위에 어설픈 스페인어로 '율리아나의 문'이라고 적어놓았다. 사업가 정신이 넘치는 이 여성은 나의 과거 유물이 얼마나 사람들의 흥미를 끌지 예측했던 모양이다.

그 문짝에 대해 나와 이야기를 나눠본 모든 사람은 그사이 작은 매점에서 음료를 파는 슈퍼마켓으로 성장한 이곳을 '문'이라 불렀다. 물론 베르너 헤어조크는 그 앞에 선 나를 촬영하는 걸 잊지 않았다. 그때 이후로 그곳을 지나갈 때마다 나와 동행한 사람들은 "율리아네, 거기 잠깐만 서주세요" 하고는 사진을 찍었다. 그 생각을 하면 지금도 기분이 묘하다. 심지어 불쾌하기까지 하다. 내게 그것은 구경거리가 아니라 엄마를 비롯한 91명을 죽음으로 끌어들인 문이기 때문이다. 나 혼자 살아남았을 뿐. 이후에도 그 생각은 나를 많이 괴롭혔다.

문에는 끊임없이 변화가 생겼다. 들를 때마다 달라져 있었다. 새로운 글귀가 적혀 있거나 색칠이 되어 있거나 했다. 예를 들어

최근에는 '울리아나가 탈출한 문'이라는 말이 추가됐다. 물론 사실이 아니었다. 슈퍼마켓 주인은 내 이름 철자가 틀렸고 날짜도 정확하지 않다는 말을 듣고 나를 한쪽으로 데려가서 말했다. "당신 이름을 정확하게 적어주세요. 내가 제대로 고칠 수 있게요." 그 순간에는 온갖 감정이 교차했다. 사고 당시의 공포를 대놓고 장사에 이용하다니. 분노와 함께, 짧은 순간이기는 해도 당시의 공포가 되돌아왔다.

물론 나는 그런 감정을 얼른 밀어냈다. 나쁜 의도가 아니라 별 생각 없이 한 행동일 테니까. 그리고 내가 그사이 얼마나 무뎌졌는지도 깨달았다. 이성으로 검열하거나 억제하지 않고 감정을 자연스럽게 발산한 때가 언제 있기는 했었나? 헤어조크의 촬영팀과 팡구아나로 향하면서 나는 이런 의문에 사로잡혔다.

팡구아나는 14년 만에 처음이었다. 최근까지 반정부 단체 투팍 아마루 혁명 운동Movimiento Revolucionario Túpac Amaru 세력이 이 지역을 장악하고 있었던 까닭에 팡구아나에 가려면 목숨을 걸어야 했다. 그사이 부모님과 함께 살던 집도 파괴되었다. 아빠는 모로에게 부탁해 새 숙소를 지었다. 다우림에 있는 여느 집처럼 기둥 위에 지은 나무 오두막으로, 작은 방 세 칸과 지붕 있는 테라스가 딸린 집이었다. 오늘 처음으로 그곳을 자세히 둘러볼 수 있었다. 남편과 나는 모로의 가족이 사는 집에서 묵었다. 모로는 팡구아나를 제대로 관리하기 위해 농장을 팡구아나 부지 안으로 옮겼다. 적지 않은 수의 영화 촬영진은 숙소의 방과 테라스에 꾸역꾸역 자리를 잡았다.

옛 추억이 새록새록 되살아났다. 강은 여전했고 다행히 숲도 거의 변하지 않았다. 엄마가 그토록 열심히 연구하던 새 울음소리, 다른 모든 것을 굽어보는 45미터 높이의 멋진 루푸나 나무, 나비와 곤충들……. 이 모두가 나의 세계가 아직 온전하던 시절을 떠올리게 했다. 어린 시절의 추억이 깃든 장소를 나는 꿈결처럼 거닐었다. 어릴 때 배운 방식 그대로 다우림을 둘러볼 수 있다는 사실이 감사하고도 놀라웠다. "자전거 타는 거랑 마찬가지인가 봐." 남편이 나를 지켜보다 껄껄 웃었다. "절대 방법을 잊지 않잖아."

우리는 푸에르토 잉카로 가서 과거에 나를 토우나비스타에 데려다준 마르시오를 만났다. 시간이 많이 흘렀어도 내게는 무척 감동적인 재회였다. 마르시오는 다른 사람들과 함께 다큐멘터리에 담을 사고 비행기 잔해를 찾는 작업에 힘을 보탰다. 한번은 혼자서 길을 나섰다가 노랑가오리의 공격을 받기도 했다. 독침이 마르시오의 부츠를 뚫고 들어와 발꿈치를 찔러서 발이 심하게 붓고 염증이 생겼다. 때마침 배 한 대가 지나가지 않았다면 그는 이 사고로 밀림에서 목숨을 잃을 뻔했다. 하지만 마르시오의 수중에 돈이 거의 없다는 사실을 알고 배에 탄 사람들은 그를 데려가지 않으려 했다. 마지못해 밀림에서 가장 값진 물건인 소총을 내주자 그제야 그들은 마르시오를 배에 태웠다.

나는 마르시오의 사고 소식을 듣고 헤어조크의 도움을 받아 소총을 다시 샀다. 그리고 옛날에 내게 베풀었던 호의에 대한 보답으로 총을 그에게 가져다주었다. "마르시오 씨, 당신은 그때 내 목숨을 구했어요." 그를 만났을 때 나는 이렇게 말했다. 그는 고개를 저으며 정색하고 대답했다. "내가 아니라 하느님이 구하신 거예요, 율리아나. 나는 그분의 도구였을 뿐입니다."

푸에르토 잉카에서 우리를 기다리고 있던 헬리콥터를 타고 떠나려는데 문제가 생겼다. 파일럿이 보기에 착륙장으로 쓸 공터의 나무들이 충분히 잘려 있지 않았던 것이다. 1미터에 가까운 그루터기가 무척 위험할 수 있다며 파일럿이 난감해했다. 그래서 다시 벌목을 한 다음에야 겨우 출발할 수 있었다.

처음 타본 헬리콥터는 무척 재미있었다. 수직으로 상승해서 공중의 한 지점에 떠 있을 수 있다니! 인형보다 기계에 관심이 많던 소녀 시절처럼 나는 잔뜩 신이 났다.

우리는 밀림 한가운데 자리 잡은 언덕에 착륙했다. 요리사와 길을 내는 데 도움을 준 나무꾼들까지 합세한 대규모 인원이었다. 일부는 먼저 날아가서 커다란 비닐 방수포 밑에 모기장을 친 임시 숙소를 마련했다. 남편과 나는 다른 일행과 조금 떨어진 위치에 설치된 2인용 텐트를 배정 받았다. 밀림치고는 호화로운 잠자리였다. 건기라서 식수를 포함한 모든 생필품을 직접 공수해와야 했다. 비록 따로 천막을 덮은 구덩이에 불과했지만, 독일인다운 준비성을 발휘해 화장실도 마련했다.

언덕에는 꼬마꽃벌이 우글거렸다. 침을 쏘지는 않았지만 수백 마리가 한꺼번에 들러붙는 것이 무척 성가셨다. 다들 벌에 어지간히 시달려야 했다. 촬영 스태프들은 내가 이 상황을 아무렇지 않게 견디는 것을 보고 감탄했지만, 그것은 내가 두 번 반복하기 싫어서 대사를 읊는 데 온 정신을 집중했기 때문이었다. 영화를 보면 이 벌들이 내 팔 주위에 바글바글 모여 있는 장면이 나온다. 익숙해서 잘 참았던 게 아니다. 물가에는 꼬마꽃벌이 없기 때문에, 실제로 내가 사고를 당한 후 밀림 속을 헤맬 때는 이것들을 참을 필요가 없었다.

우리가 캠프를 세운 곳은 특별한 장소였다. 주변 숲속에 비행기 잔해가 흩어져 있는, 사고 현장의 중심이었다. 처음에는 전혀 눈에 띄지 않았다. 세월이 흐르면서 밀림이 집어삼킨 탓이다. 곳곳에 숨은 파편들이 갑자기 눈에 들어오기 시작했고, 발견한 파편마다 도저히 믿기지 않을 정도로 상태가 좋았다.

밀림에 방금 떨어진 듯한 동체 조각도 하나 발견했다. 대부분 스테인리스스틸이나 알루미늄 재질이라 습한 정글에서 수십 년을 묵었어도 세월의 흔적을 찾아볼 수 없을 만큼 온전했다. 숲이 그 위를 덮고 주위를 감싸, 본래 그 자리에 속한 것인 듯 자연스레 환경에 동화되어 있었다. 추락 현장을 찾는 데 도움을 준 나무꾼 한 명은 상당히 큰 비행기 측면 조각을 발견해 일으켜 세우더니 이파리와 이끼를 털어냈다. 그 위의 칠이나 글씨는 새것과 다름없었다. 나는 꿈을 꾸는 기분이었다.

녹색 다우림이 내려다보이는 안데스산맥을 지났던 사고 비행기의 파편을 나는 전부 확인했다. 큰 감흥은 없었다. 추락 전 마지막 아침 식사를 담았던 쟁반 조각이나 플라스틱 숟가락의 일부, 지금은 사용하지 않는 동전, 아직 색이 남아 있는 카펫, 여자 구두 굽, 옆면은 사라졌는데도 잠금장치는 의연히 잠겨 있는 여행가방의 금속 틀 등 소소한 잔해들을 발견했을 때는 큰 재미를 느꼈다. 그러나 발견 자체가 흥미로웠을 뿐, 다시금 고통스럽거나 하지는 않았다. 마치 멀리서 사고를 구경을 하는 외부인 같은 심정이었다.

우리는 상태가 멀쩡한 비행기 부품, 과거에 내가 밀림을 헤매다 보았던 프로펠러와 터빈도 발견했다. 그리고 다른 것들에 비해 유난히 잘 보존된 3인석 벤치도 찾아냈다. 어쩌면 내가 앉았던 좌석일지도 몰랐다. 발견 중에 머리 바로 위로 비행기가 지나다닌다는 점도 흥미로웠다. 우리는 정확히 리마와 푸카이파 간 비행경로 밑에 서 있었다.

나를 숲 밖으로 안내해 목숨을 구해준 개울을 봐도 이상하게 비현실적으로 느껴졌다. 다우림에서는 식생이 끊임없이 변하기 때문에 물이 흐르는 길이 쉽게 바뀌는데, 나는 이 장소에 와본 적이 있다는 강한 확신이 들었다. 세보냐강에 다다르자, 둑에서 수많은 나비 떼를 목격할 수 있었다. 헤어조크는 내가 그 알록달록한 나비 구름 속을 지나가는 장면을 찍고 싶다는 말을 했다. 하지만 어떻게 나비들에게 헤어조크의 지시에 따라 모이라는 뜻을 전달할 수 있을까? 동물학자인 남편이 방법을 알려주었다. "아주 간단해요! 지금 우리가 저기다 소변을 보면 나비 대군단이 몰려올걸요."

말이 떨어지기 무섭게 촬영팀 전원이 그 자리에 오줌을 누러 갔다. 덕분에 내가 팔랑거리는 나비 떼 사이를 지나가는 아름다운 장면을 연출할 수 있었다. 이 장면은 나의 비행과 추락사고, 살아 돌아온 과정을 절묘하게 압축한 훌륭한 메타포가 되었다.

마침내 내 마음을 크게 흔드는 잔해가 발견되었다. 꽤나 거대한 파편이었지만 역시 처음에는 알아보기 힘들었다. 그것은 바퀴를 위로 향한 채 숲에 거꾸로 놓여 있는 착륙 장치의 일부였다. 그곳에 그렇게 놓여 있으니 두 발을 위로 뻗고 죽은 새의 끔찍한 시체가 연상됐다.

거대한 잔해를 발견할 때마다 사람들은 내 눈치를 살폈다. 하지만 나는 그들이 무엇을 기대하는지 알 수 없었다. 내가 눈물을 쏟을 거라 생각하는지 아니면 감정을 강하게 터트릴 거라 생각하는지. 지난 세월 동안 공고해진 생존 본능은 내 주위에 방어막을 치고 나를 평범한 삶으로 이끌었다. 그 덕에 나는 비교적 평온한 상태를 유지해왔다. 그러나 영화를 찍는 사이에 3000미터 상공에서 떨어질 때 느꼈던 충격이 고스란히 되살아났다. 그래도 괜찮다. 끔찍한 경험을 껴안고 살더라도 그 경험을 마치 타고난 반점, 상처, 고통, 때로는 축복인 듯이 취급할 수 있게 하는 심리 기제가 있기 때문이다.

하지만 오늘 야리나코차석호를 내다보던 나는 옛 기억을 멀리해야 할 시간이 이제 끝났음을 느꼈다. 이제 그것에 대해 내 입으로 이야기할 때가 되었다. 지금까지는 불가능한 일이었다. 정말 즐겁고 감사했던 베르너 헤어조크와의 작업은 나의 과거를 탐색하는 데 여러모로 도움이 되었다. 심리치료 전문가를 찾아가본 적도 없는 나에게 헤어조크와의 영화 작업, 그의 연민 어린 질문과 진심으로 공감하는 태도, 이 공포의 현장으로 함께 돌아올 수 있도록 주어졌던 기회는 최고의 치료였다. 그때 이후로 나는 평화와 내면의 안정을 얻었다.

그럼에도 과거 어느 때보다 내 이야기를 자세히 털어놓을 수 있게 되기까지는 다시 13년의 시간이 흘러야 했다. 베르너 헤어조크의 세심한 기록 작업을 바탕으로 나는 이 책을 쓸 수 있었다. 내가 오랜 세월 미루고 미룬 일이었다. 이제는 준비가 되었다.

제2부

나의 두 번째 심장,
팡구아나

제11장 생존자

구조된 다음 날 린드홀름 박사의 집에서 깊이 잠든 사이, 푸카이파에서는 난리가 났다. 내가 기적적으로 구조됐다는 소식은 푸카이파에만 머물지 않고 전 세계로 퍼져나갔다! 우리가 토우나비스타에 도착한 직후인 오후 4시쯤에 한 아마추어 무선통신사가 그 소식을 널리 퍼뜨렸다. 이미 헤어날 수 없는 충격과 화해하고, 사랑하는 이의 죽음을 받아들이려 안간힘을 쓰고 있던 다른 승객의 가족들은 열광에 휩싸였다. 생존자가 또 있을지도 모른다는 희망이 되살아난 것이다. 저녁이 되자 모두들 거리로 뛰쳐나가 연병장으로 모여들었다. 처음에는 이 좋은 소식을 듣고도 믿지 못하는 사람들도 있었다.

그날 밤 수색대를 이끈 페루 공군 사령관 마누엘 델 카르피오Manuel del Carpio가 기자 회견을 열었다. 그는 내 구조 소식을 공식 발표했지만 내가 충격에 빠진 상태라 회복이 필요하다며 나와의 접촉은 막았다. 내가 경미한 부상만 입었다는 사실이 전해지자 다른 승객의 가족들은 더 큰 희망을 품게 되었다. 율리아네가 심각하게 다치지 않았다면 나머지 탑승자들도 구조될 가능성이 있지 않을까? 추락 지점에 대한 귀한 정보도 들불처럼 퍼져나갔다. 세보냐강에서 배를 타고 내려가던 중에 나는 마르시오와 아마도에게 개울이 세보냐로 흘러들던 지점의 풍경을 설명해주었다. 내가 카냐 브라바를 언급하자 그 지역을 훤히 꿰고 있던 그들은 키 큰 갈대가 대량으로 자라는 유출구는 '노랑가오리의 개울'인 케브라다 라야 한 군데뿐이라고 했다.

다음 날 이른 아침, 선교 구호 단체 '희망의 날개' 소속 조종사 로버트 웨닝어는 나를 데려온 산림 노동자 둘과 함께 자신의 비행기에 올라 그들이 안내하는 곳으로 이동했다. 그들은 강 유역으로 날아가 케브라다 라야를 따라가다가 오전 10시쯤에 랜사 항공기 동체에서 떨어져 나온 큰 파편을 발견했다.

나는 그날 아침에 잠을 깨서도 그사이 무슨 일이 있었는지는 당연히 알지 못했다. 모든 상황이 꿈만 같았다. 큼직하고 포근한 침대에 누워 있던 나는 비로소 집에 왔음을, 인간 세상으로 돌아왔음을 떠올렸다. 내 심정을 말로 표현하기는 어려웠다. 오랜 세월이 흐른 지금까지도 그때의 감정을 제대로 설명하기는 곤란하다. 아주 긴급한 문제를 처리한 직후처럼 기분이 날아갈듯 하다가도 금방 허무감에 빠져들곤 했다. 내 자신이 해낸 일이 불만스럽지도 만족스럽지도 않았다. 그냥 아무런 감정이 없었다고 해야 할까?

이런 어중간한 상태를 헤매고 있을 때 아빠가 상기된 얼굴로 방으로 불쑥 들어와 이렇게 물었다. "좀 어때?"

나는 대답했다. "괜찮아요."

우리는 서로를 부둥켜안았다. 둘 다 눈물은 흘리지 않았다. 이루 말할 수 없이 반가웠지만 그것은 내 감정이라기보다 인식이었다. 내게는 격한 감정을 느낄 여력이 없었다. 그냥 마음이 놓일 뿐. 그 순간에는 내가 겪은 일이나 앞으로 닥칠 일을 무슨 말로 설명해야 할지 막막했다. 감정도 말로 표현할 수 없기는 마찬가지였다. 모든 감정에서 단절된 기분이었다.

아빠와 나는 침대에 나란히 앉아 말없이 서로를 마주보았다. 아빠는 말이 많은 사람이 아니었고 나도 그렇게 있는 편이 더 좋았다.

나중에 나는 이 감정의 공백이 뭔가 잘못됐다는 신호가 아닌지, 내가 너무 냉정한 것은 아닌지 걱정이 되었다. 이런 무심함이 때로는 내게 불안감을 불러일으켰다. 하지만 사고 후 40년이 지난 지금은 그것이 내가 당시에 형성한 방어기제라는 사실을 안다. 밀림을 헤쳐 가는 동안에는 살아남기 위해 그런 방어기제가 반드시 필요했고 구조된 후에도 곧바로 차단할 수는 없었다. 내

정신은 이를테면 자동조종 상태였다. 마음속으로는 아직 다우림을 헤매고 있었다. 여전히 문명 세계로 돌아오지 못했다. 어쩌면 지금까지도 완전히 돌아오지 못했는지 모른다.

그러나 내 몸은 이제 안전하다는 사실을 인지하고 긴장을 확 풀었다. 고열이 며칠씩 지속되다가 돌연 사라지는 증세가 반복되었다. 의사들은 어쩔 줄을 몰랐다. 무엇보다 왼쪽 무릎이 엄청나게 부었는데, 이유를 아무도 알지 못했다. 몇 달 후에야 사고 때 십자 인대가 찢어졌다는 사실을 알게 됐다. "이런 상태로 밀림을 11일 동안 헤맸다고요?" 정형외과 의사는 아연실색하여 내게 반문했다. "의학적으로는 절대 불가능한 일이에요."

구조되기 전까지 내 몸이 부상에 대한 자연스러운 반응을 철저히 억압했다는 사실이 놀라울 따름이다. 11일간 쉴 새 없이 돌아다니면서도 다리가 아픈 줄 몰랐고 부은 적도 없었다. 머릿속에는 추락 현장에서 멀리 떠나야 살 수 있다는 생각뿐이었다.

구조된 후 내 주위에는 늘 사람이 북적였고 뭔가가 진행 중이었다. 수색에 참가한 언어학자 집단의 소형 비행기들이 마을 위를 왔다갔다 했다. 아빠는 마침내 침묵을 깨고 엄마에 대해 물었다. 하지만 내게는 해줄 말이 거의 없어서 괜히 아빠에게 실망만 안긴 기분이 들었다. 고모에게 보낸 전보에 아빠는 이렇게 썼다. "안타깝지만 마리아에 대해서는 전할 소식이 없어. 율리아네도 사고 후에 제 엄마를 본 적이 없대." 진심으로, 바로 옆자리에 앉아 있던 엄마가 어떻게 한순간에 내 인생에서 흔적도 없이 사라졌는지 도저히 나는 이해할 수 없었다.

내가 야리나코차에 도착한 첫날 공군 사령관 마누엘 델 카피오가 나를 찾아왔다. 그는 내게 정중하게 이것저것 질문을 했고, 나는 아는 대로 알려주었다. 헤어지기 직전에 그는 내게 모든 상황이 정리되기 전까지는 언론에 사고에 대해 상세히 밝히지 말아 달라고 당부했다. 나는 그 말을 따랐다. 하지만 사고 원인에 대한 공식 발표는 끝내 없었다.

바로 그날부터, 지역 신문 『임페투』의 표현을 인용하면 기자들이 '홍수처럼' 푸카이파에 밀려들어 왔다. 그들은 이 작은 도시를 마구 들쑤시며 내 행방을 수소문했다. 다행히도 사령관이 내가 아마조니코 앨버트 슈바이처 Amazónico Albert Schweitzer 라는 유명 병원에서, 외국은 물론 페루에서도 잘 알려진 테오도어 빈더 Theodor Binder 박사의 치료를 받고 있다고 발표했다. 기자들뿐 아니라 수많은 지역 주민들이 병원으로 몰려들었다. 다들 나를 보고 싶어 했다.

거짓 정보를 흘려 사람들을 떼어놓고도, 델 카피오 사령관은 경찰을 시켜 내가 머무르는 집을 지키게 했다. 사고 현장도 폐쇄해 경찰과 군 관계자만 출입할 수 있게 했다. 그럼에도 내가 운 좋게 구조됐다는 소식에 용기를 얻은 민간인과 가족 열 명이 추락 현장을 직접 확인하겠다고 나섰다. 그들 중 마르시오 리베라 Marcio Rivera 라는 사람이 이 지역에 대한 풍부한 지식을 바탕으로 안내인 역할을 했다.

내가 발견되기 전인 1971년의 마지막 날, 아빠에게 큰 희망을 심어준 선교사 파일럿 클라이드 피터스가 낙하산을 타고 사고 현장으로 갔다. 목적은 헬리콥터가 안전하게 착륙할 수 있게 밀림에 공터를 만드는 것이었다. 그리하면 구조 작업이 훨씬 수월해질 터였다. 동시에 시민 경비대원 세 명과 군인 여섯 명으로 구성된 공식 수색팀(그들 중에는 무선통신사와 의료인 두 명이 포함돼 있었다)이 추락 현장에서 30킬로미터 이상 떨어진, 푸에르토 잉카 근처의 숭가로강에서부터 도보로 이동을 시작했다. 그사이 클라이드 피터스의 용감한 시도는 실패로 돌아갔다. 중요한 장비, 무엇보다 다리에 묶어둔 전기톱을 분실한 데다 착륙 중에 부상을 당해 무엇도 시도할 수가 없었던 것이다. 헬리콥터와 무선 연락이 끊기자 그는 비행기 소리를 따라갔다. 그리하면 추락 현장에 도착할 수 있으리라 생각한 것이다. 하지만 그마저 뜻대로 되지 않아, 그는 구조자가 아니라 실종자가 되었다. 클라이드 피터스는 사흘 뒤에야 다시 나타났다.

군 수색팀에도 운이 따르지 않았다. 30킬로미터를 수색하며 이동하는 데 이틀이나 걸렸다. 다우림을 헤치고 이동하기가 유난히 까다로운 지역이었기 때문이다. 굴곡이 심한 지형에 끊임없이 비까지 쏟아져서 길은 진창이 되었다. 인솔자가 넘어져 부상을 당하자 이동은 한층 더 더뎌졌다.

1월 6일 오후에는 민간인 몇 명이 클라이드 피터스와 같은 방법으로 밀림 진입을 시도했다. 다만 그들은 낙하산을 타는 대신 전기톱을 몸에 지닌 채 헬리콥터에서 밧줄을 타고 내려갔다. 군 수색팀과 시민 순찰대도 같은 날 저녁에 그곳에 도착해 함께 작업을 개시했다. 사고 현장에 이렇게 총 20명이 모였고 그중에는 신문 기자도 두 명 있었다.

그동안 평소에는 점잖기만 하던 아빠가 점점 참을성을 잃어가고 있었다. 생존 가능성이 있는 탑승객을 구조하려는 노력이 충분하지 않다며 사령관과 큰 말다툼을 벌일 정도였다. 아빠가 보기에는 구조팀의 진행이 너무 느렸다. 또한 많은 에너지와 귀중한 시간이 내부의 영역 싸움으로 허비되고 있었다. 돌아가신 고모의 서류 틈에서 최근에야 발견된 편지에서, 아빠는 고모와 할머니에게 이렇게 푸념했다.

안타깝지만 페루 정부는 최선의 노력을 하지 않네요. 율리아네가 돌아와서 비행기를 어디서 찾아야 하는지 알려주지 않았다면 이미 포기하고도 남았어요. 그저께 수색팀 최고 책임자인 델 카피오 사령관과 심하게 다퉜어요. 북미 특별기 요청이 너무 늦어졌거든요. 밀림 경험이 있어 충분히 도움을 줄 수 있는 언어학자와 재림교 신자들(전부 페루인이 아닙니다)에게 수색 참여를 허락하지도 않았고요. 언어학자 측에서 도움을 줄 밀림 원주민 30~50명을 요구한 지 한참이 지났어요. 그 와중에 '사령관 나리'는 율리아네를 지키는 경찰들을 물리겠다네요. 이제 집 밖에는 우리를 지키는 경찰이 없습니다.

델 카피오를 비난한 사람은 아빠만이 아니었다. 사령관은 언론과 실종자 가족들에게도 신랄한 공격을 받았다. 하지만 내 귀에는 그런 소식이 조금도 들어오지 않았다. 집 주위에서 온갖 소동이 벌어지고 경찰의 보호도 취소되면서, 이 집 주인들이 나를 지키느라 진땀을 빼고 있다는 사실만을 느꼈을 뿐이다. 그 시점부터 수많은 기자가 내가 있는 곳 주변을 에워싸기 시작했다.

아빠는 『슈테른Stern』지와 독점 거래를 하기로 결정했다. "거기 기자들이 그나마 점잖거든. 그 핑계로 다른 기자들을 전부 막을 수도 있고."

아빠는 기자 두 명이 나를 만나러 올 거라고 했다. 내가 인터뷰를 감당할 정도로 회복되었다고 판단했던 걸까?

나는 말없이 고개를 끄덕였다. 아빠의 모든 결정에 동의했다. 그런 결정에는 이유가 있을 테니 나는 그냥 받아들이기만 하면 되었다.

다음 날인 1972년 1월 7일에 손님이 찾아왔다. 『슈테른』소속 기자의 게르트 하이데만Gerd Heidemann과 헤로 부스Hero Buss가 자신들을 소개했다. 몇 년 전에 탐험 때 아빠와 동행했다가 친해진 영국인 니콜라스 애쉬쇼브Nicholas Asheshov도 함께했다. 그는 『페루비안 타임스Peruvian Times』와 페루의 일간지 『라프렌사La Prensa』의 기자였다. 이날부터 나는 『슈테른』의 기자들을 매일 만나 대화를 나눌 계획이었다.

고모에게 보낸 1월 8일자 편지에 아빠는 이렇게 썼다. "나머지 사람들(기자들을 가리킨다)은 전부 '쫓아버리고'(…)오늘 오전에 『슈테른』 기자 두 명을 만나기로 했어. 율리아네가 그 기자들한테 아는 대로 상세히 설명할 거야."

게르트 하이데만, 헤로 부스와 이야기를 나누는 동안 나는 아빠가 늘 곁에 있어주어서 좋았다. 날마다 그들은 집에 찾아와 한두 시간쯤 머물렀다. 처음에는 간략한 예고 기사가 나왔고 다음에는 큰 사진이 첨부된 상세한 기사 네 건이 실렸다. 그렇다 보니 나는 제대로 쉴 틈이 없었다. 리마에서 오는 다른 방문자들까지 만나기 시작한 다음에는 특히나 그랬다.

대부님의 딸과 과거 영어 선생님이 찾아와서 나와 함께 기도를 올리고 싶다고 했다. 하지만 부담스러웠던 나는, 종교를 믿지만 혼자 기도하는 쪽을 선호한다고 그들에게 이야기했다. 부모님의 오랜 친구들도 왔다. 한넬로어^{Hannelore} 와 하인리히 마울하트^{Heinrich Maulhardt} 는 야리나코차석호 인근에 있는 그들 소유의 멋진 단층 호텔 라카바냐에서 아빠를 재워주기도 했다. 리마의 자연사박물관장 또한 의사 친구, 간호사 등을 대동하고 찾아왔다. 내 친구들은 편지와 함께 사탕을 보내왔다.

수색팀에 소속된 민간인과 군인들은 그사이 비교적 매끄럽게 협조하며 꿋꿋이 밀림을 수색하고 있었다. 1월 7일 아침에는 첫 비행기 파편을 찾아내기도 했다. 착륙장을 만들기까지는 꼬박 6시간이 걸렸지만, 실종자 가족들의 지칠 줄 모르는 노력 덕분에 그나마 시간이 단축된 것이었다. 첫 공군 헬리콥터가 저녁 다섯 시즘에 그곳에 착륙했다. 겨우 몇백 미터 범위 내에서 그들은 사고 항공기의 조리실과 온전한 비행기 꼬리, 완전히 부서진 선반을 찾았다. 선반 내용물은 넓은 범위로 흩어져 있었다.

그날 푸에르토 잉카에 수상 비행기가 착륙하자 동네 어린이들이 환호했다. 전면 수색을 위한 기지가 세워지면서 밀림 속 마을은 다시 한 번 크게 술렁거렸다. 작은 마을에 활기가 넘쳤고, 호텔 몇 군데는 긴급하게 숙박료를 올렸지만 금방 예약이 끝났다. 레스토랑에는 손님이 넘쳐서 음식 재료가 남아나지 않았다. 푸에르토 잉카의 사람들은 그렇게 많은 인원을 먹일 준비가 되어 있지 않았다. 푸카이파에도 호텔방이 충분치 않았다. 그리고 리마에서 출발하는 비행기는 며칠 내내 만석이었다.

1월 8일에는 현장에서 추가로 잔해가 확인되고, 처음으로 스무 구의 시신도 발견되었다. 절대 잊히지 않을 끔찍한 현장과 처참한 이미지가 여러 언론에 보도되었다. 시신 대부분은 사지가 잘려 나갔거나 흉측하게 훼손돼 있었다. 언론에서는 단테의 「지옥편Inferno」과 비교하기도 했다. 보도에 따르면 정부의 요청으로 투입된 검시관은 사고 현장과 남아 있는 시신들을 보고 '역겨움'을 느껴 서둘러 작업을 마쳤다. 직경 4킬로미터에 걸쳐 선물, 짐가방과 그 내용물, 옷가지, 신발, 포장된 크리스마스 슈톨렌이 여기저기 흩어져 있었고 시신의 일부도 나무 곳곳에 걸려 있었다. 모든 시신 주위에는 지독한 썩은 내가 감돌았다. 나뭇가지에 앉아 있던 독수리들은 수색팀의 등장에 심기가 불편해졌다.

부랴부랴 투입된 검시관은 현장을 딱 15분간 조사하고는 시신을 수습하라는 지시만 남긴 채 떠나버렸다. 당국의 무관심이 이 정도였으니 추락의 진짜 원인이 밝혀지지 못한 것도 당연했다.

처음으로 신원이 확인된 시신은 조종사와 열네 살 소녀였다. 조종사 카를로스 포르로Carlos Forno 의 시신은 조종석에서 빼내기 위해 톱으로 잘라야 했는데 그가 앉은 좌석과 제복, 서류만으로도 신원 확인이 가능했다. 엘리사베트 리베이로Elisabeth Ribeiro 라는 가엾은 소녀의 시신은 그의 아빠가 선물했다는 보석으로 확인되었다. 그 아빠는 딸의 발견된 시신 일부를 수색팀에게 제공된 검정 비닐봉지에 담아 헬리콥터까지 직접 운반하겠다고 고집했다. 발견된 시신들은 일단 헬리콥터로 푸에르토 잉카까지 운반되어 그곳에서 다시 푸카이파 중심가에 특별히 마련된 시체안치소로 옮겨졌다. 빈 공장 건물인 그곳에서 더 정확한 신원 확인이 진행될 예정이었다. 이곳에서도 썩은 내는 대번에 독수리를 끌어들였다.

자꾸만 비가 억수같이 쏟아졌다. 수습 작업에 온 힘을 다하던 시민들은 정부에서 필요한 물품을 제공하지 않는다며 분통을 터뜨렸다. 배급된 장갑과 검정 비닐봉지는 이 일에 전혀 적합하지 않았다. 골짜기에 떨어졌거나 가파른 비탈에 누워 있는 시신을 수습하는 고달픈 작업이 더욱더 힘들게 진행됐다.

나는 이 모든 상황에서 멀찍이 물러나 있었다. 무엇보다 내 마음의 평화를 지키고 싶었다. 그러나 날마다 찾아오는 『슈테른』의 기자들과, 나를 즐겁게 해줘야 한다고 생각하는 방문객들과 대화를 나누어야 해서 피곤했다. 아빠는 하루도 빠지지 않고 푸카이파에 갔다. 나중에 듣기로 임시 시체안치소에서 날마다 엄마를 기다렸다고 한다. 하지만 엄마라고 확신할 수 있는 시신은 없었다.

푸카이파에 가지 않는 날에는 아빠가 내 방 한구석에 조용히 앉아 있는 모습을 자주 볼 수 있었다. 한번은 매일같이 찾아오던 선교 본부 아이들이 다녀간 다음, 그 자리에 멍하니 앉아 고개를 떨구고 있는 아빠를 보고 내가 물었다. "왜 그러세요?"

아빠는 저세상에서 돌아온 사람처럼 힘없이 고개를 들었다.

"아니, 아무것도 아니야." 아빠는 억지로 어색한 미소를 지으며 대답했다. "그냥 네 엄마를 애도하는 거란다."

제12장 전 세계에서 온 편지

몇 주, 몇 달에 걸쳐 내게 산더미 같은 우편물이 배달되었다. 날마다 그 수가 늘었다. 편지를 쓰지 않고는 못 배기겠더라며 보내온 전 세계 낯선 사람들의 글은 대부분 내게 큰 감동을 주었지만, 때로는 거부감도 들었다. 주로 미국, 캐나다, 호주, 독일, 프랑스, 영국, 폴란드, 이탈리아, 스웨덴, 아르헨티나 그리고 페루에서 온 편지였다. 그에 못지않게 부룬디, 뉴질랜드, 프랑스령 기아나, 우루과이, 쿠바, 코스타리카에서도 많은 편지가 왔다. 봉투에는 종종 희한한 주소가 적혀 있기도 했는데, '페루의 율리아네 쾨프케'라고만 씌어 있는데도 어김없이 내게 도착했다.

편지를 쓴 사람의 연령은 아홉 살에서 여든 살까지 다양했다. 특히 내 운명에 연민을 품은 어린이와 젊은이, 엄마들은 내가 절대 혼자가 아니라며 위로했다. 예를 들어 호주의 한 친절한 여성은 "나는 특별한 사람이 아니라 한 가족의 엄마이며……"라고 자신을 소개했다. 전 세계의 많은 사람들이 나를 걱정하고, 내게 행운을 빌어주었다.

또한 내가 밀림을 빠져나오는 길을 찾은 것이 얼마나 대단한 일인지 모른다며 나더러 '용감하고' '침착하고' '대담하다'며 추켜세우는 사람들이 많았다. 모두 고마운 말이었지만, 사실 나는 선택의 여지가 없었을 뿐이다.

그리고 내 부모님을 잘 알거나, 이야기를 들은 적이 있거나, 킬에서 같이 교수 생활을 했거나, 예전에 페루의 밀림을 함께 조사했다는 사람들의 편지도 있었다. 라틴 아메리카에 거주하는 독일 이민자들은 '고국 출신의 소녀'가 그런 대단한 일을 해낸 것이 정말 자랑스럽다고 썼다. 정확히 어떤 의미인지는 모르겠지만, 한 미국인 조종사는 '자신의' 승무원들이 내게서 교훈을 얻으리라 믿는다고 했다. 한때 항공기술을 연구했다는 콜로라도의 밥이라는 사람은 내가 동체의 일부와 함께 떨어졌는지 홀몸으로 떨어졌는지를 알고 싶어 했다. 그는 서투른 독일어로 재밌는 문장도 적어 보냈다.

의사나 전문가들은 내 부상에 대해 조언을 해주었다. 한 벨기에인은 쇄골 골절이 폐 손상을 일으킬 수 있다고 알려주었고, 뮌헨의 곤충학자는 내 상처에 기생충^{Würmer}이 생겼을 리는 없다고 했다. 그가 옳았다. 독일 신문 기사에서 영어 단어 'worms'

와 스페인어 'gusanos'를 독일어로 파리 유충을 뜻하는 'Fliegen-maden'가 아닌 'Würmer'로 잘못 옮긴 탓이었다. 내 또래나 조금 어린 남자아이들은 주로 동물들에 대해 질문했다. 호주의 피터라는 아이를 비롯한 몇몇은 어류에 특히 관심이 많아 노랑가오리에 대해 더 알고 싶다고 했고, 캐나다의 브라이언이나 남부 독일의 헤르베르트는 페루에서 재규어가 정말로 멸종되었는지 궁금하다는 질문과 더불어 아마존 다우림의 야생동물에 대해 이것저것 물었다.

간혹 발신자의 처지를 엿볼 수 있는 편지도 있었다. 텍사스 샌안토니오의 한 여성은 3년 전에 당시 열일곱 살이던 딸을 잃었다고 했다. 그 여성에 따르면 딸은 나를 무척 닮았을 뿐 아니라 동물을 무척 사랑해 수의사가 되는 것이 꿈이었는데 다이빙 사고로 사망했다. 그러면서 그 여성은 내게 자신의 다른 딸과 함께 살면서 텍사스대학교에서 공부하는 게 어떻겠느냐고 제안했다. 그 여성은 자신이 내 엄마의 빈자리를 채우고, 내가 죽은 딸의 자리를 대신할 수 있다고 굳게 믿었던 걸까?

몇몇 젊은 남성은 만나본 적도 없고 먼 곳에 있는 내게 푹 빠진 모양이었다. 그들은 내게 필요할 때면 언제나 곁에 있어 주겠다는 식의 달콤한 편지를 보냈다. 어떤 사람은 종교적인 주제가 담긴 시를 지어 보내기도 했고, 다른 남자는 깨알 같은 글씨의 이탈리아어, 프랑스어, 라틴어로 엽서에 하고 싶은 말을 적어 보냈다.

어이없게도 점점 뻔뻔해지는 사람도 있었다. 내가 답장을 안 써 준다며, 아빠한테 화를 내고 따지는 편지를 보내기도 했다.

한 미국인 예술가는 언젠가 나를 만나 내 청동상을 만들고 싶다는 뜻을 전했다. 그리고 뮌헨에 사는 한 열여섯 살 소녀는 나의 이야기를 짧은 소설로 쓰고 싶다며 사고에 대해 시시콜콜 묻기도 했다. 국제 공용어인 에스페란토어의 열렬한 지지자 한 사람은 내게 영어와 에스페란토어의 두 가지 언어로 편지를 보냈다.

이제 세계적으로 유명한 사람이 됐으니 국제 언어인 에스페란토어를 배워두면 쓸모가 있을 거예요. 브라질의 유명한 '축구 황제' 펠레는 『나는 펠레다I amd Pelé』라는 자서전을 에스페란토어로 출판했지요. 그 책은 역사에 길이 남을 겁니다. 에스페란토어를 사용하는 축구 팬들은 모국어에 관계없이 그 책을 읽을 수 있을 테니까요. 부디 에스페란토어를 배워서 당신의 삶과 모험에 대한 책을 써주세요. 에스페란토어를 아는 전 세계의 남녀가 읽을 수 있게요.

그는 에스페란토어 학습에 도움이 될 조그만 문법책과 어휘 책도 동봉했다. 한편 독일 힐데스하임에서는 다음 시가 적힌 재미있는 엽서를 보내주었다.

하늘에서 내려온 천사가
케이크 한 조각을 먹고

길을 떠났네.

다시 행복을 되찾았네.

이렇게 간단하게 행복해진다면 얼마나 좋을까!

어린 학생들이 여러 궁금한 점을 적어 보낸 편지들도 재미있었다. 그 학생들은 밀림 한가운데에서 비행기 폐허 옆에 서 있는 나를 그린 그림도 보내주었다.

하지만 기분을 떨떠름하게 하는, 심지어 불쾌감을 주는 편지도 다수 도착했다. 어떤 사람들은 저승에 있는 내 엄마와 영적으로 접촉했다는 터무니없는 주장을 했다. 그런 사람들은 엄마의 죽음이 공식적으로 확인되기 전부터 엄마의 '정다운 안부 인사'를 전했다. 독일 프라이부르크에 산다는 한 영매는, 사고가 일어난 순간부터 엄마의 영혼이 나와 함께 했고 내가 살아남은 것은 오로지 엄마가 길을 안내해준 덕분이라고 주장했다. 어이없게도 그 여자의 상황 묘사는 오류투성이인 신문 기사 내용과 똑같았다.

이를테면 이런 식이다. '내가 폐허에서 기어 나왔더니 주위에 많은 시신이 널브러져 있었다. 엄마의 조언에 따라 나는 케이크 한 조각을 집어 들었다. 엄마의 보이지 않는 영혼이 나를 안전한 길로 인도하지 않았다면 나는 육식동물에 잡혀먹었을지도 모른다. 마지막으로 엄마는 빛에 둘러싸인 채 공터에 앉아 마지막 케이크 조각을 먹는 나를 지켜보았다.' 전부 웃어넘길 수도 있는 얘기지만, 그 여자가 전한 죽은 엄마의 소식은 화가 날 정도로 허무

맹랑했다.

이상한 편지는 그뿐만이 아니었다. 나를 자신들의 목적에 이용하려는 사람들도 있었다. 몇 달 후에는 스위스의 바이오리듬 전문가라는 사람이 내가 사고 후 최적의 바이오리듬 상태에 있었기 때문에 초인적인 힘을 낼 수 있었다고 주장했다. 그는 이렇게 덧붙였다. "그런 의지력은 주로 개인의 성격에 달려 있지만 그마저도 바이오리듬이 약한 상태일 때는 소용이 없다." 그러면서 그는 내 밀림 대장정이 바이오리듬의 원칙을 보여주는 완벽한 예라 확신한다고 전했다. 그리고 이를 증명하겠다며 내 생일과 가능하다면 생시까지 알려달라고 요구했다. 그 여자에게는 무척 중요한 문제였던 모양이었다. "당신의 경험에 대한 내 추측이 옳다면, 이 사례는 바이오리듬을 절대 믿지 않는 사람들도 그들의 생각이 틀렸음을 인정할 수밖에 없는 설득력 있는 증거가 될 겁니다."

2년 뒤에 뉴저지의 한 여성은 극도로 흥분하여 내게 황당한 편지를 보냈다. 편지는 이렇게 시작된다. "율리아네, 나는 비행기 추락사고가 행성의 위치에 영향을 받는다는 새로운 패턴을 발견했어요." 나의 사례부터 시작해 비행기 사고가 일어난 날들의 별자리 위치를 계산한 결과, 깜짝 놀랄 만한 사실을 발견했다는 것이었다. 즉, 행성이 특정 형태로 배열되면 비행기가 하늘에서 떨어진다는 게 그 여성의 주장이었다. "친구들은 다들 내가 제정신이 아니라고들 하지만 나는 그런 반응에 아랑곳 않고 열심히 연구하고 있어요."

그에 따르면 비행기 추락은 태양과 명왕성이 직각을 이룰 때 일어난다. 하지만 1971년 크리스마스에는 금성, 명왕성, 토성이 삼각형을 이루어 나를 살렸다는 것이다. 그러고는 지금으로부터 1년 뒤에 틀림없이 유사한 사고가 발생하는데 이번에는 캐리비 안을 지나가는 프랑스 항공기가 추락할 것이라고 했다. 이 말을 어떻게 받아들여야 할까? 점성술에 대해서는 전혀 아는 바가 없 었기에 불행히도 이 주장에 의견을 표시할 수는 없었다.

사고 2년 후에는 훨씬 더 황당무계한 편지가 도착했다. 내용은 이랬다. "나는 정확한 원 관계수를 발견했습니다.(…) 고등학교 졸업자인 당신(나를 가리킨다)의 도움을 받아, 그것으로 킬에서 전 세계 수학 분야의 지적 혁명을 일으키고 싶습니다." 그 사람이 주장하는 '파이텔 이어'에 대한 복잡하고 획기적인 새 공식은 내 가 아비투어에서 괜찮은 성적을 받은 후에도 전혀 이해할 수 없 는 수준이었다. 그 지적 혁명이라는 것은 한참을 기다려야 볼 수 있을 것 같았다.

몸 상태가 나아지자, 나는 조금씩 초조해지기 시작했다. 언제 까지 친절한 '언어학자'들의 손님으로서 야리나코차 선교 본부의 침대에 누워 있어야 할까 싶었다. 날마다 새 편지가 가득 담긴 바 구니를 전달받고 그것들을 전부 읽은 다음 불편한 마음으로 생각 했다. '이 많은 사람들에게 어떻게 답장을 다 쓰나?' 너무 많아서 답장을 보내는 건 불가능했다. 그래서 특별히 마음에 드는 편지에만 답장을 했다. 스웨덴의 어떤 학생과 폴란드의 한 여성처럼 편지를 주고받다가 친구가 된 사람들도 있다.

우표를 붙이거나 먼 거리를 이동하지 않고도 내게 도착하는 편지도 있었다. 이웃들이 건넨 편지였다. 나를 따뜻하게 받아들이고 돌봐준 선교사 공동체 역시 이 사고로 구성원 몇 명을 잃었다. 나는 그들 옆에서 회복할 수 있다는 사실에 한층 더 감사했다. 하지만 마음 깊은 곳에서는 남들이 다 죽을 때 혼자 살아남았다는 죄책감이 싹텄다. 아빠는 마음이 특히 괴로울 때마다 내게 이렇게 물었다. "왜 하필 랜사 항공기를 탔니?"

'내가 절대 타지 말라고 단단히 일렀는데! 도대체 왜!' 문장의 뒷부분을 소리 내 말한 적은 없지만, 나는 아빠가 무슨 생각을 하는지 알았다. 우리가 안전한 포세트 항공을 이용하지 않은 것이 내 잘못이라는 사실도 안다. 엄마는 그 비행기를 탈 생각이었지만, 전부 내가 어린애처럼 학교 졸업 파티에 참석하겠다고 우긴 탓이다. 나는 죄책감과 깊은 후회를 느꼈다. 학교 행사쯤은 빠져도 되는 거였는데. 나는 살아남고 엄마만 돌아가셔서 한없이 미안했다. 이렇게 많은 가족이 슬픔에 빠져 있는데 나 혼자 침대에서 나날이 건강을 되찾고 있는 것도 미안했다.

그러나 나는 미안함을 표현하지 못했고 심지어 의식하지도 못했다. 재난에서 살아남은 사람들이 예외 없이 이런 과정을 겪는다는 사실은 나중에야 알게 됐다.

제13장 끔찍한 의혹, 고통스런 의혹

오한을 동반한 고열 때문에 몸이 쇠약해졌다. 나는 하루도 빠짐없이 50센티미터 길이의 거즈를 팔에 생긴 상처에 쑤셔넣어야 했다. 그렇게 나만의 고치에 싸여 있느라 여태 어떤 일들이 벌어지고 있었는지 까맣게 몰랐다. 그 무렵부터 악몽에 시달렸지만 그 의미를 이해할 수 없었다. 내 방에 앉아 있던 아빠는 가끔씩 조용히 나갔다 돌아오곤 했다. 그사이 발견된 시체의 수도 점점 늘었다. 나는 날마다 『슈테른』의 기자들을 만나 이야기를 나누었다. 페루 기자들은 내 사진이 외국 잡지인『라이프』『패리스 매치 Paris Match』『슈테른』에 먼저 실리자 몹시 불쾌하게 여겼다. 델 카피오 사령관은 나를 보호하기 위해 지역 언론사의 접근을 막았다. 1월 9일에 사고 항공기 제조사인 록히드에서 보낸 사람들이 도착했다. 그들은 추락 현장을 방문했지만 사고 이유에 대해 새로운 사실을 제시하지는 못했다.

1월 11일에 나는 린드홀름 박사의 집에서 홀스턴 박사의 집으로 거처를 옮겼다. 다음 날에 열세 살 네이선 라이온Nathan Lyon 과 열여덟 살 데이브 에릭슨Dave Ericson 의 장례식이 열렸다. 당시에는 몰랐지만 그 둘은 앞으로 몇 시간 뒤에 무슨 일이 생길지 아무도 예측하지 못했던 1971년 12월 24일 아침, 우리 앞에 줄을 섰던 소년들이었다. 나는 그 사실을 몇 년 뒤에야 알게 됐다. 그날로 시신 수습은 공식적으로 종료되었다.

같은 날인 1월 12일에 아빠는 또 푸카이파에 갔다. 오후에 돌아온 아빠는 표정이 어둡고 안색이 창백했지만 담담해 보였다.

사실은 엄마를 확인하고 온 것이었다. 아빠는 아연으로 만든 관에 카메라를 들이대며 엄마의 시신을 찍으려던 기자와 몸싸움을 벌였다는 얘기를 내게 아주 차분히 전했다. 기자의 손에 들린 카메라를 쳐서 떨어뜨렸다고 했다. 나는 경악했다. 평소에 아빠는 절대 그런 행동을 할 사람이 아니었다.

아빠는 그 여성의 시신이 엄마라고 100퍼센트 확신하지는 않는다고 덧붙였다. 시신은 아래턱만 남고 머리 윗부분이 없었다. 아빠는 시신의 발을 유심히 보았다고 했다. 엄마의 발은 무척 특이했다. 양발의 둘째 발가락이 엄지발가락보다 훨씬 길고 새끼발가락은 많이 굽어 있었다. 그래서 아빠는 발모양을 두고 엄마를 놀리곤 했다. 문제는, 이 시신의 발도 비슷했다는 것이다. 아빠는 내게 사고 당일 엄마가 어떤 구두를 신었는지 기억나느냐고 물었다. 몇 년 전 유럽 여행 때 사온 납작한 가죽 구두를 신었다고 설명하자, 아빠는 보일 듯 말 듯 고개를 끄덕이고는 시선을 떨궜다. 그 시체도 그런 구두를 신고 있었던 모양이다.

그러니까 엄마는 정말로 돌아가신 거였다. 그 순간 엄마의 사망이 확실해졌지만 나는 별 감정이 느껴지지 않았다. 그런 내 자신이 이상했다. 이미 한참 전부터 그 사실을 알고 있어서가 아니었을까? 사고 후 19일이나 지난 시점에 어떤 희망을 가질 수 있을까? 나는 정체 모를 공허한 감정 때문에 혼란스러웠다. 지금 나는 주저앉아 울음을 터뜨려야 할까? 하지만 아빠도 나도 울지 않았다. 아빠 역시 아무 감정이 없어 보였다. 그것이 당시에 우리 자신을 보호하기 위한 반응이라는 사실을 지금은 안다. 유리로 만들어진 사람처럼 모든 감정이 내게서 떨어져나갔다. 아빠는 연구 사례를 설명하듯 건조하게 엄마의 사망 소식을 전했다. 그렇다고 그 문제를 아빠가 대수롭지 않게 여긴 것은 아니었다. 사실은 생각과 감정을 완전히 잠식할 정도로 아빠에게 큰 영향을 주었다.

사고 이후 아빠는 늘 분통을 터뜨리는 식으로만 감정을 드러냈고, 세상에서 가장 사랑하는 사람의 시신을 마주한 인생 최악의 순간에 심기를 건드린 기자들에게도 그렇게 대응했다. 형편없이 늑장을 부리고 감정을 짓밟는 정부에도 분노를 쏟아냈다. 아연 관 22번에 누워 있던 시신이 폰 미쿨리치라데츠키 가문의 마리아 쾨프케라고 정말로 확신하기까지, 아빠는 온갖 수고를 마다하지 않았다.

당시에 아빠는 완전히 확신할 수 없다고, 자꾸 의심이 생긴다고 끊임없이 말했다. 시신의 상태가 너무 미심쩍다고도 했다. 다른 부위는 전혀 다치지 않았는데 머리 위쪽만 사라진 이유는 뭘까? 무엇보다 시신이 그렇게 멀쩡하다는 점을 가장 혼란스러했다. 밀림 속에서 사체는 기껏해야 며칠간 온전한 상태를 유지할 수 있다는 사실은 나도 잘 알았다. 사고 나흘 뒤에 세 구의 시신 근처에서 본 왕대머리수리를 나는 분명히 기억했다. 개미, 벌레, 파리, 거북이, 독수리는 사체를 금방 먹어치운다. 아무리 잘 숨겨져 있어도 동물들은 어떤 시체든 대번에 찾아낸다.

엄마의 시신은 어떻게 그토록 온전히 보존돼 있었을까? 한 가지 끔찍한 이유밖에 떠올릴 수 없었다. 엄마가 한참을 살아 있었다는 것이다. 숨이 끊긴 지 며칠밖에 안 됐을지도 모른다. 정말 그렇다면 2주 전에 엄마는 어떤 고통을 겪어야 했을까?

내 머리는 이 가정을 사실로 받아들였지만, 내 방어기제는 그것을 거부했다. 아빠에게 내가 너무 몰인정한 딸로 비칠까 봐 그랬을까? 엄마는 어떤 이유에선지 움직이지 못하고 (아마도 골반이나 척추가 부러져서) 밀림 속에 무력하게 누워 있었을 텐데, 이 딸이라는 아이는 거기에 대해 일언반구도 하지 않았다. 침대에 누워 다시 잠만 잔다. 그러다 일어나서는 오늘은 『슈테른』 기자들이 언제 오는지 묻기나 한다. 아무 일도 없었다는 듯 저녁을 먹는다.

어쩌면 당시에 아빠는 내가 어떤 상태를 거치고 있는지 이해했는지도 모른다. 아니면 내 걱정에 골머리를 썩고 있었는지도 모르겠다. 시체안치소에서 기자들과 다툰 일도 남의 일 말하듯 담담히 설명한 것을 보면, 어쩌면 아빠도 나와 같은 상태였을지 모른다. 당시에 그리고 지금까지, 아빠가 진짜 어떤 생각을 하고 어떤 감정을 느꼈는지는 알 수 없다. 어느 정도 시간이 흐른 후에는 둘 다 당시의 일을 좀처럼 입에 올리지 않았으니까.

시신을 확인한 다음 날 고모에게 보낸 짧은 편지에는 아빠의 심란한 마음이 잘 담겨 있다.

어제 마리아의 시신을 봤어. 미리 제작된 관 속에 누워 있더라. 마음이 너무 힘들었어. 기자들과 드잡이까지 했지. 마리아의 결혼반지도 확인했지만 그것이 실제로 손가락에 끼워져 있던 것인지는 아무도 모르더군. 확실한 신원은 치아를 보고 확인해야 하는데, 시신에 두개골 윗부분이 없더라. 어쩌된 일인지 시체는 독수리와 곤충에게 조금 뜯긴 흔적만 있을 뿐 놀랄 만큼 깨끗했어. 내 경험상 숲속에 포유동물의 시체가 놓여 있으면 대엿새만 지나도 뼈와 피부 일부만 남게 되거든. 한쪽 발은 비교적 알아볼 만하더라. 마리아의 발 같았지만 (발가락 모양이 워낙 특이하니까) 완전히 확신은 못하겠어. 네가 독일에서 검시를 좀 도와줬으면 해. 마리아가 며칠간 살아 있다가 나중에 두개골 일부가 훼손됐을 가능성도 없지 않다고 생각해. 요한(의사였던 외삼촌)에게 부탁하는 게 좋겠어. 다른 가족들은 당분간 이 사실을 몰랐으면 해. 1월 7일 이후부터 시체가 발견되기 시작했는데 대부분 못 알아볼 지경이 됐더라. 총 91개의 두개골을 찾으려면 아직 멀었어.

여러 생각이 아빠를 얼마나 괴롭혔는지 느껴지는 편지다. 나도 고모와 할머니에게 편지를 보냈다. 아빠와 나의 편지는 그야말로 대조적이었다.

아빠가 편지를 쓰고 계셔서 저도 고모님께 몇 줄 적고 싶었어요. 글씨가 비뚤배뚤해도 이해해주세요! 침대에서 쓰고 있거든요. 오른쪽 쇄골도 부러져서 조심해야 해요.
저는 점점 회복되고 있어요. 상처도 잘 낫고 움직이기도 힘들지 않아요. 여기 사람들은 다들 친절해서 제게 책이랑 초콜릿을 많이 가져다줘요. (사실 너무 많이 갖다 줘서 문제예요.) 음식도 정말 맛있고요. 지금은 미국인 의사의 집에서 지내고 있어요. 이곳이 마음에 들어요.
오늘은 이만 줄일게요. 편지를 또 써야 해서요.

내가 열일곱 살이나 됐고 글솜씨가 꽤 있었던 점을 고려하면, 아무래도 이때는 힘든 일들을 겪어서 넋이 나간 상태였던 모양이다. 이 편지는 꼭 얼빠진 사람이 쓴 글 같다. 어쨌든 나는 모두에

214

게 잘 지내고 있다는 인상을 주고 싶었다. 독일어로 '좋다'는 뜻의 'gut'이 이 짤막한 편지에 네 번이나 등장한다. 더구나 이날은 엄마의 시체가 발견된 다음 날이었는데 말이다.

그날 나는 스스로에게 몇 번이나 이렇게 말해야 할 것 같았다. "넌 잘 하고 있어, 율리아네. 정말 잘 하고 있어!" 적어도 비탄에 빠진 주위 사람들을 걱정시키고 싶지는 않았던 것 같다.

2010년 여름에 고모가 세상을 떠난 후에야 나는, 당시 아빠가 시신의 신원을 확인하고 죽음의 원인을 밝히려는 노력을 포기하지 않았음을 알게 됐다. 아빠는 확실히 알고 싶어 했다. 하지만 푸카이파의 어수선하고 혼탁한 상황과 시신이 이송된 후 독일에서 얻은 당황스러운 결과는 아빠를 훨씬 더 헷갈리게 만들었다.

수습 환경이 워낙 열악해서 아무도 시신이 발견된 위치나 자세를 사진으로 남겨두지 않았다. 게다가 그 인근 지역도 조사하지 않았다. 구두가 발견된 위치를 확실히 아는 사람은 없었다. 독일에서는 사고 때마다 당연히 적용되는 원칙들이 그 시절의 페루 밀림에서는 모조리 무시되었다. 아마도 수습 당시의 극단적으로 열악한 사정 때문이었을 것이다. 결국 시신들은 아무렇게나 봉지에 쑤셔넣어진 채 운반되었다.

아내로 추정되지만 확실치는 않은 시신 앞에 선 아빠에게, 누군가가 결혼반지를 보여주었다. 안쪽에 두 사람의 이름과 결혼 날짜가 새겨져 있었으니 엄마의 결혼반지가 틀림없었다. 하지만 그것을 시신의 손에서 발견했느냐는 아빠의 질문에는 아무도 대답하지 못했다. 아빠가 반지를 돌려받고 싶다고 하자 그들은 일단 감정부터 받아야 한다며 돌려주지 않았다. 이후로 아빠는 두 번 다시 그 반지를 보지 못했다. 판사, 군 관계자, 담당 병원에까지 문의했지만 다들 그런 반지는 듣도 보도 못했다고 답했다.

아빠가 보는 앞에서 관이 닫히고 다시 납땜이 되었다. 같은 날인 1월 12일에 관은 리마로 보내졌다. 1월 13일에 루이스 페릴페 로베레도Luis Felipe Roveredo 박사는 관을 독일행 비행기에 태울 수 있도록 시신에 방부 처리를 했다. 대부님의 정원에서 딴 꽃으로 만든 작은 꽃다발이 관을 장식했다. 결혼식 날 엄마의 화관을 만든 꽃과 같은 덤불에서 핀 꽃이었다.

1월 14일 저녁 여섯 시에 리마-카야오의 호르헤 차베스Jorge Chávez 국제공항의 격납고에서 장례식이 열렸다. 나중에 참석자들은 장례식이 정말 감동적이었고 이착륙하는 비행기들 때문에 특히 극적인 효과가 연출됐다고들 했다. 많은 친구와 동료들이 엄마에게 작별 인사를 했다. 다음 날 아침 엄마의 관은 루프트한자 항공기에 실려 프랑크푸르트에 도착한 후 뮌헨으로 옮겨졌다. 그리고 1월 21일에 외할아버지가 묻힌 슈타른베르크 호수가의 아우프키르헨에 매장됐다. 내 형편 때문에 아빠와 나는 매장식에 참가하지 못했다. 아빠가 내 곁에 남은 것은 나를 혼자 둘 수 없어서였지만, 더 큰 이유는 슬픔을 견디지 못해서였을 것이다.

엄마는 왜 페루가 아닌 독일에 묻혔을까? 아빠가 그 이유를 설명해주지 않아서 나는 추측하는 수밖에 없었다. 부모님은 팡구아나에 있을 때 원래부터 몇 년 후 독일로 돌아갈 계획을 갖고 있었다. 엄마의 사망을 인지한 후, 아빠가 스스로 목숨을 끊는 것에 대해 얼마나 깊이 고민했는지는 고모에게 보낸 다른 편지에서 확인할 수 있었다. 그 편지에서 아빠는 본인의 무덤을 어떻게 설계할지, 장소를 어디로 정할지 상세히 밝혀놓았다. 고모는 답장에 이렇게 바람직한 조언을 했다. "오빠는 율리아네를 위해서라도 반드시 그 자리에 있어야 한다는 사실을 명심해야 돼. 이미 엄마를 잃었으니 율리아네에게는 아빠가 두 배로 필요해."

그 무렵 아빠의 머릿속은 아름답지 못한 갖가지 생각으로 복잡했다. 한번은 엄마가 발견된 순간에도 살아 있었을 가능성이 있다는 의혹을 제기했다. "그러면 엄마는 왜 돌아가셨을까요?" 나는 간담이 서늘해져서 이렇게 물었다.

아빠는 한참 말이 없다가 이렇게 대꾸했다. "살해당했을 수도 있잖아?"

나로서는 도저히 받아들일 수 없는 끔찍한 대답이었다. 누가 무슨 이유로 그런 짓을 한단 말인가?

사실 아빠는 그 생각을 머릿속에서 한동안 떨치지 못했다. 그리고 시신이 아내가 맞는지 아닌지 확실히 알고 싶어 했다. 엄마가 언제 어떻게 사망했는지도 궁금해했다. 아빠는 코둘라 고모에게 뮌헨에서 부검을 의뢰해달라고 부탁했다. 고모는 부탁에 따랐지만 결과가 나오기까지는 한참이 걸렸다.

매장 후 4주가 지난 2월에, 『슈테른』 기자 게르트 하이데만이 아빠의 요구로 이 일에 관여하게 됐다. 하이데만은 정밀한 부검을 위해 지방 검찰청까지 끌어들였지만, 결국 아빠의 기대를 산산조각 내는 결과가 나왔다. 부검 후에도 시신이 마리아 쾨프케가 맞는지 분명히 밝히지 못했을뿐더러, 방부 처리된 멀쩡한 시신 대신 뼛조각 몇 개만 뮌헨에 도착했다는 사실을 알게 된 것이다. 아빠는 경악했다.

어떻게 그런 일이 있을 수 있을까? 만족스런 대답은 끝끝내 얻지 못했다. 관이 우연히 바뀌었을까? 그렇다면 엄마의 치과의사가 확인해줄 경우 신원을 분명히 밝힐 수 있는 유일한 신체부위인 마리아 쾨프케의 아래턱은 왜 관 속에 있었을까? 시신에 방부 처리를 한 리마의 의사와, 부검을 한 또는 했다고 주장하는 뮌헨의 의사는 둘 다 시신이 며칠 사이에 그렇게 완전히 부패하는 것은 불가능하다고 인정했다. 뭔가를 숨기기 원하는 누군가의 소행이었을까? 아빠는 그 부분을 의심했다. 하지만 91명이 사망한 사고에서 엄마에게서만 숨길 게 어디 있겠는가? 그것은 절대 풀리지 않을 미스터리였다.

다음 몇 주 동안 아빠는 엄마의 시신을 되찾기 위해 할 수 있는 일을 다 했다. 함부르크에 보낸 선서진술서에서 아빠는 1972년 1월 12일에 푸카이파에서 본 것을 꼼꼼하게 설명하고, 밀림에서 척추동물의 시체를 발견했을 때의 상태와 비교해 분석했다. 여기에 리마에서 발송되기 전에 시신을 마지막으로 본 의사에게서 확인서도 받아 첨부했다. 고모가 확인서를 독일어로 번역해 전달했다. 1972년 2월 23일『슈테른』에 다음의 기사가 실리긴 했지만, 이 문제는 결국 아무런 진실도 밝히지 못한 채 흐지부지 끝났다.

엉뚱한 시신

페루 비행기 추락사고의 유일한 생존자인 17세 소녀 율리아네 쾨프케는 밀림에서 홀로 11일간의 대장정을 마치고 인간 세상으로 돌아왔다. 그런데 이 사고와 관련한 수상한 뒷얘기가 전해진다. 율리아네의 아빠는 사고 15일 후에 발견된 아내의 시신이 '놀라울 정도로 온전'하다는 사실에 의혹을 품고, '온전한' 시신이 안치된 관에 방부처리를 한 다음 뮌헨으로 보내 검시를 의뢰했다. 그러나 뮌헨에 도착한 관 속에 든 것은 뼛조각 몇 개가 전부라 시신이 남성인지 여성인지조차 알 수 없는 상황이 됐다. 돌아온 뼈 중에는 쾨프케 부인의 아래턱도 있었다. 이제 그 여성 조류학자가 비행기 사고 후에도 살아 있다가 나중에 사망했는지의 여부는 영영 밝힐 수 없게 됐다.

내가 야리나코차에서 웬만큼 회복되고 몇 주가 지날 때까지, 아빠는 내게 이 찝찝한 사실을 알려주지 않았다. 지금까지 유일하게 마음을 열었던 사람을 잃은 것도 모자라, 누군가의 장난질로 사랑하는 아내가 어떻게 죽었는지, 시신의 나머지 부위가 어디로 사라졌는지 끝내 알지 못하게 됐다는 현실을 아빠로서는 받아들이기가 무척이나 고통스러웠을 것이다.

아빠의 암울한 의혹에 대해서는 나중에 알게 되었지만 나는 지금까지 엄마가 슈타른베르크 호숫가의 아우프키르헨에 묻혀 있음을 의심한 적이 없다. 그렇게 생각해야 덜 힘들었으니까. 나는 내면의 균형을 회복하는 것이 얼마나 중요한지 본능적으로 알고 있었다. 더 이상 할 수 있는 일이 없었기에, 한참 후에는 아빠도 그 문제를 내려놓았다. 아니, 내려놓은 줄 알았다. 고모가 세상을 떠난 후에야 나는 충격적인 관련 문서들을 발견하게 됐다.

당시에 나는, 1972년 1월 24일에 푸카이파에서 이 도시 출신 사망자 54명의 장례식이 치러졌고 시신들이 '희망의 날개'라고 새겨진 묘지에 안치했다는 소식조차 듣지 못하고 있었다. 최근에야 그날 푸카이파의 『임페투』지에 실린 특별 기사를 확인할 수 있었다. 그 내용에 따르면 당초에 정부는 신원 미상의 신체 부위들을 커다란 무덤에 한꺼번에 묻을 계획이었다. 그러나 희생자 가족들이 '무례하고 불경스럽고 비인간적'이라며 들고일어나는 바람에, 일부만 발견된 시신들도 그 묘지에 안치되었다. 나는 27년 뒤에야 베르너 헤어조크와 함께 그곳을 방문할 수 있었다.

시신 수습 과정에서 마리오 자르베^{Mario Zarbe}라는 26세의 자원봉사자는 놀라운 직관을 발휘해 혼자서 거의 절반가량의 시신을 발견했다. 개인들의 진술과 여러 사망 기사가 포함된 한 신문 특별판에 따르면 사고 직후에 살아남은 사람은 최소 여섯 명이었다고 한다. 열두 명이었다는 주장도 있었다. 시신 수습이 공식적으로 끝난 후에도 포기를 원치 않았던 시민들은 여섯 구의 시체를 더 찾아냈다. 그중에는 이미 장례식을 마친 18세 미국 소년 데이비드 에릭슨의 시신도 있었다.

사실 당시에 나는 엄마가 범죄에 희생됐다고는 믿지 않았고, 아빠의 의심 또한 슬픔으로 제정신이 아닌 사람이 보이는 암울한 망상이라고 여겼다. 그런 끔찍한 의혹에 빠져 있다는 것 자체가 아빠의 비참한 상태를 드러낼 뿐이라고 생각했다.

내 생각에 엄마의 마지막 안식처는 시신의 대부분이 묻혀 있을 '희망의 날개' 기념비가 아닐까 싶다. 엄마의 이름이 적혀 있지 않다고 해서 달라질 게 있을까? 그곳은 아우프키르헨 못지않게 엄마에게 좋은 장소일지도 모른다. 그리고 무엇보다 나는 엄마가 안식을 되찾았으리라 확신한다.

열대지방에서만 볼 수 있는 숨 막히게 아름다운 석양이 하늘을 핏빛으로 물들였다. 몇 분만 지나면 사방이 깜깜해질 터였다.

"이제 슬슬 가봐야 하지 않아?" 누구보다 나를 잘 아는 남편이 조심스레 물었다. 내가 10분 이상 말을 하지 않는다는 것은 수상한 징조다. 그때마다 남편은 내가 옛날 생각에 빠져 있다고 짐작한다.

에리히가 옳다. 우리는 내일 긴 여행을 앞두고 있다. 그러니 어서 숙소로 돌아가 쉬는 게 좋다. 그 생각을 하니 가슴이 두근거렸다. 곧 팡구아나에 돌아갈 수 있다니.

1시간 뒤에 다시 짐을 쌌다. 문득 뜻밖에 우리에게로 돌아온 여행 가방이 생각났다. 1971년, 밀림에서 크리스마스를 보내기 위해 리마에서 엄마와 내가 썼던 짐가방이 거의 온전한 상태로 돌아왔다. 겉이 물에 조금 젖었을 뿐. 그 안에는 크리스마스 슈톨렌이 들어 있었다. 신문 기사에 자주 묘사된 것과 크게 다르지 않았던 빵. 아빠와 나는 실제로 그것을 나눠먹었다.

새소리가 녹음된 테이프 여러 개를 비롯한 반가운 물건들도 함께 배달됐다. 그중 하나는 친구들도 대부분 똑같은 만년필을 썼기 때문에 섞이지 않도록 방수 잉크로 내 이름을 적어둔 만년필이다. 만년필은 오랫동안 내가 가장 아끼던 물건이었다. 몇 년 후 산라몬 여행 중에 지갑과 함께 만년필을 도둑맞고 나서 나는 한동안 가슴이 아팠다. 사고 이후로 만년필은 내 가장 충실한 벗이었다. 둘 다 온갖 역경을 이기고 깊은 밀림을 빠져나왔다는 공통점이 있었다. 건초 더미에서 잃은 바늘 같은 물건이 내게로 돌아온 셈이었다.

다음 날, 다시 팡구아나로 출발할 시간이 되었다.

제14장 예전 같지 않은 삶

이른 아침, 사륜구동 픽업트럭이 우리를 태우러 왔다. 오랫동안 우리와 손발을 맞춘 운전사를 불렀다. 그들은 험한 경로를 자기 손바닥처럼 훤히 알고 있었고 차량도 항상 믿을 만했다.

"길이 트였어요." 인사를 나눈 후 운전사가 이렇게 덧붙이자 나는 안도의 한숨을 내쉬었다. 폭우 때문에 며칠 동안 길이 막혀 통행이 불가능한 상태였다. "상태가 썩 좋지는 않지만 그럭저럭 지나갈 수 있을 겁니다. 다른 기사가 그러는데 어제는 7시간이 걸렸대요."

7시간이라면 나쁘지 않다. 무엇보다 낮 시간에 유아피치스에 도착하는 것이 관건이다. 밤에 파치테아강을 건너 연구소까지 도보로 이동하려면 여간 고생스럽지 않을 테니까.

"괜찮을 거예요." 동행한 네리가 나를 안심시켰다. "필요하다면 언제든 유야피치스의 우리 집에서 자고 가면 돼요."

늘 그렇듯이 우리가 구입한 모든 생필품이 포함된 짐을 전부 트럭 짐칸에 싣기까지는 시간이 꽤 걸렸다. 널빤지 한 장을 교체용 연료로 쓸 기름통 위에 얹어 모로와 보조 운전사가 앉을 자리를 마련했다. 오랫동안 이동해야 하기 때문에 운전사들은 서로 교대하며 운전을 한다. 내 경험상 작열하는 태양 아래서 먼지와 진흙투성이의 울퉁불퉁한 길 위를 달리는 것은 별로 유쾌하지 않았다. 모로는 내 말을 듣고 껄껄 웃더니 그 정도는 아무것도 아니라며 실컷 잠이나 자겠다고 했다.

안데스로 향하는 밀림을 통과해 결국 리마까지 이어질 도로에 들어서자 나는 기분이 좋아졌다. 오늘 저녁에는 팡구아나에 있을 것이다. 독일에서 그렇게 오래 살았어도 팡구아나는 내게 영원한 고향이다.

이 행복감은 언어연구소에서 4주를 지낸 다음 마침내 의사에게 침대를 떠나도 좋다는 허락을 받은 그때의 기분과 비슷했다. 며칠 동안 아빠와 나는 단층 호텔인 라카바냐에서 우리를 따뜻하게 맞아준 마울하트 가족에게 신세를 졌다. 여기서 나는 『슈테른』의 신임 기자 롤프 빈터Rolf Winter 와 마지막 인터뷰를 했다. 솔직히 그의 모든 질문이 내 신경을 긁었다. 게르트 하이데만, 헤로부스와의 만남은 비교적 유쾌했는데. 사실 그들의 글도 오류투성이였다. 그런데도 다른 언론에서 1000번 쯤은 그대로 베꼈다.

그 두 사람이 나를 직접 만나기 전에 실렸던 초기 기사는 근거 없는 뜬소문만을 전했지만, 그렇다고 삭제할 수도 없었다. 그 기사는 『라이프』지에 처음 실린 기사를 베낀 것이 틀림없었다. 『라이프』의 기사는 기자가 토우나비스타의 간호사와 비행사 제리 코브, 나를 구조한 나무꾼들을 비롯한 많은 사람들을 인터뷰하고 쓴 기사였다. 그래서인지 『슈테른』 초기 기사에는 내가 추락 현장에서 케이크 한 개를 집어왔다고 씌어 있다. 진흙이 흠뻑 스며들어서 도저히 먹을 수 없었기에 가져갈 생각도 하지 않았던 파네토네는 이후 다양한 형태로 변형되어 온갖 신문 지면을 통해 전 세계로 퍼져 나갔다. 케이크 한 개가 여러 개로 바뀌기도 했다. 급기야 『패리스 매치』에서는 케이크가 아주 많았지만 담을 가방이 없어서 내가 그 자리에 두고 떠났다는 내용으로 바뀌기까지 했다. 나중에 그 케이크는 내가 아빠를 위해 구운 크리스마스 슈톨렌으로 둔갑했고, 다른 신문에서는 내가 사고 항공기에 앉아 있는 내내 케이크를 무릎에 얹어두었기에 나중에 숲속 바닥에서 깨어났을 때 곧바로 손에 집을 수 있었다고 전하기도 했다.

『슈테른』의 기자들은 내가 추락 현장을 떠났다는 사실을 의아하게 생각했고 심지어 '실수'가 내 목숨을 구했다고 썼다. 하지만 나는 내 행동의 의미를 잘 알았다. 의식을 되찾은 지점에 머물러 있으면 아무도 나를 발견할 수 없다는 것을 알고 있었기에 나온 행동이었다. 그리고 나는 분명 공포에 질려 정글 속을 내달린 것이 아니라, 물길을 따라 신중하게 이동했다.

내가 직접 뗏목을 만들었다는 터무니없는 초기 기사 역시 『라이프』에서 차용한 내용이었다.

율리아네가 뗏목을 만드는 데 적합한 나뭇가지나 넝쿨이 무엇인지 잘 알았다는 사실은 그녀의 목숨을 구한 두 번째 행운이었다. 뗏목 재료를 잘못 선택했다면 탈출은커녕 강 한가운데에 빠져 죽었을지도 모른다. 우기에는 아마존의 지류인 작은 강조차 엄청나게 빠른 속도로 흐르기 때문이다.

내 팔에 '많은 기생충^{viele Würmer}'이 생겼다는 설명도 그 첫 기사에서 나왔다. 뮌헨의 한 전문가는 그 사실에 의문을 제기하는 편지를 보냈다.

기사 다음 부분에는 나중에 많은 사람들이 내게 반감을 갖게 할 문장이 실려 있었다. "사고 직후 율리아네는 결심했다. '아빠가 아내는 잃었어도 딸은 잃지 않을 거야.'" 이 문장은 내가 죽은 엄마나 다른 시신, 혹은 다친 사람들을 목격했다는 것처럼 읽힌다. 물론 그것은 사실이 아니다. 또한 이 문장은 다친 사람들이 울부짖으며 숲속을 헤매고 있는데 나 혼자 달아났다는 다른 거짓 기사를 낳았다. 하지만 이는 전 세계의 기자들이 피해가지 못하는 고질적인 부정확성에서 만들어졌다. 더 신경 쓰이는 것은 롤프 빈터가 쓴 기사의 마지막 부분에 드러난 어조와 내용이었다.

226

1972년 2월 17~23일자 제9호의 54쪽에 나는 냉정하고, 오만하고, 맹랑한 아이로 그려졌다. (이 기사에는 '어린 율리아네'라는 표현이 총 일곱 번 등장한다!) 게다가 끔찍한 경험이나 엄마의 죽음에도 전혀 흔들리지 않고 어이없게도 다시 밀림으로 돌아가고 싶어 하는 이기적인 사람처럼 묘사됐다. 아마도 그는 내가 한동안 극심한 충격의 후유증에 시달리고 있었음을 전혀 눈치채지 못한 모양이다. 1972년이라고 사람들이 그런 증상에 대해 전혀 몰랐을 리는 없다. 그에게 앙심을 품은 것은 아니지만 롤프 빈터가 쓴 기사의 마지막 단락은 지금까지도 용서가 안 된다.

앞으로 인생의 여정을 계속하면서 율리아네가 자신의 지나치게 여성스러운 감정 때문에 두려워할 필요는 없다. 또 돌아가신 엄마와 자신이 사실은 추락한 비행기를 탈 생각이 없었고 다른 비행기의 탑승권을 이미 구입했었다는 비극적인 상황 때문에 잠을 못 이룰 필요도 없다. 누군가 그들에게 그 항공편이 취소되었다고 잘못 알려주는 바람에 모녀는 사고 항공기를 탔고, 결국 엄마는 죽음에 이르고 딸은 비극으로 포장된 행운을 얻게 된 것이다.

여성이라기보다는 아이에 가까우며, 지금은 너무 가녀리고 도움이 절박해 보이지만, 어린 율리아네는 전부 극복할 것이다. 율리아네도 인간일 뿐이다. 누군가 팡구아나의 연구소에서 그의 새 '핑시'가 죽었다고 말해주었다. 둥지에서 떨어진 것을 율리아네가 발견해 돌보던 새였다. 율리아네는 그 새를 사랑했지만 이제 핑시는 세상을 떠났다.

어린 율리아네는 울음을 터뜨렸다.

언제나 당혹감을 안기는 다양하게 각색된 내 이야기를 읽는 것
이나, 생판 모르는 사람들이 당시 상황을 나보다 더 잘 안다고 말
하는 것에는 차츰 익숙해질 것이다. 하지만 절대 익숙해질 수 없
는 것들도 여전히 존재한다. 밀림을 헤매던 내 경험이 사람들의
상상력을 얼마나 자극했는지를 생각하면 소름이 끼칠 지경이다.
그중의 끝판왕은 유치하기 짝이 없는 소설『밀림의 여신은 울지
않는다A Jungle Goddess Must Not Cry』이다. 저자인 콘살리크Konsalik 는
내 이야기에 영감을 받아 이 조잡한 소설을 쓴 것이 틀림없다. 열
일곱 살의 금발 소녀가 아마존 유역에서 비행기 추락사고를 당하
는데, 참 편리하게도 용감한 젊은 남자와 함께 살아남게 된다. 그
러다 위험한 인간 사냥꾼의 눈에 띄어 태양의 여신으로 유괴된다
는 얼토당토않은 유치한 이야기다. 여러 기사에 원피스가 갈가리
찢어져 내가 반나체 상태였다는 자극적인 내용이 실리기도 했다.
하지만 내가 입고 있던 미니 원피스는 고장 난 지퍼와 옆 솔기에
생긴 작은 구멍을 제외하면 놀랄 만큼 멀쩡한 상태였다. 기자들
에게 진실은 별로 중요하지 않았던 모양이다. 사람들의 황당한
상상에 따라 뒤로 밀려나는 일이 잦았던 것을 보면.

1972년 1월 말, 다행히도 나는 두 발로 자연스럽게 이동할 수
있을 만큼 회복되었다. 이제는 아빠와 함께 팡구아나로 갈 수 있

었다. 그런 일을 겪은 후로 아빠와 나의 관계는 급격히 변했다. 해맑은 어린아이였던 내가 단 하룻밤 사이에 어른이 된 기분이었다. 리마의 학교에서도, 밀림 학교에서도 어른이 되는 법은 배우지 못했는데 말이다. 숲속에서는 며칠간 목숨을 부지할 수 있었지만, 구조된 후에 내게 닥친 상황들에 대해서는 완전히 무방비 상태였다.

그때까지 나는 엄마와 훨씬 가까운 사이였다. 아빠에게도, 내게도 엄마는 가장 절친한 친구였다. 그제야 나는, 엄마가 아빠를 세상과 이어준 일종의 중재자였다는 사실을 깨달았다. 엄마가 남긴 공백 때문에 나는 아빠와 좀 더 가까워졌지만, 엄마의 상실을 끝내 극복하지 못한 아빠는 오랫동안 내게 조금은 딴사람처럼 느껴졌다.

사고 후 리마로 떠나기 전까지 팡구아나에서 지내던 5~6주 사이의 구체적인 기억은 별로 없다. 엄마는 세상에 없었지만, 외국으로 여행을 떠났다고 생각할 수도 있었다. 나는 어린 긴코너구리를 선물받고 우르시^{Ursi}라는 이름을 붙였다. 녀석 때문에 한시도 긴장의 끈을 놓을 수가 없었다. 도무지 길들여지지 않고 집 안에서 터무니없는 저지레를 일으켰기 때문이다. 한번은 녀석이 집에 있던 아스피린 알약을 몽땅 먹어치우기도 했다. 또 우리의 소중한 온도계를 낚아채 오두막 지붕 위로 달아나기도 했다. 먹을 것을 찾느라 주방을 자꾸만 난장판으로 만들기도 했지만, 나는 우르시가 있어서 즐거웠다.

내가 야리나코차에 머무르는 사이, 롤프 빈터가 쓴 기사대로 개똥지빠귀 핑시가 죽었다. 아빠가 집을 비우면서 새들을 친구에게 맡겼는데, 아마도 그 집에서 핑시가 소화시킬 수 없는 음식을 먹인 모양이었다. 그 이후로 나는 다른 개똥지빠귀 풍키를 서서히 자연으로 돌려보내기 시작했다. 풍키를 풀어줬더니 녀석은 금세 가까운 나무에 집을 짓고 있는 개똥지빠귀 무리에 합류했다. 하지만 내가 보일 때마다 내가 있는 쪽으로 돌아오곤 했다. 한번은 주방으로 쓰는 오두막에 날아들어 예고도 없이 그곳에 놓여 있는 물건으로 돌진하기도 했다. 나는 속이 상해서 녀석에게 머스타드 한 숟가락을 내밀었다. 식탐왕 풍키는 곧바로 숟가락에 부리를 담갔고 그 이후로는 조심성이 생겨 아무 그릇에나 무작정 달려들지 않았다.

익숙한 환경에서, 내 손에 길들여졌거나 집밖의 숲에 사는 사랑스런 동물과 시간을 보내는 것이 행복했다. 하루는 아빠와 미래에 대한 이야기를 나누다가 내가 원하는 것이 무엇인지 정확히 깨달았다. 리마로 돌아가 학교를 2년을 더 다닌 다음 아비투어를 치르는 것은 사고가 나기 전의 계획일 뿐이었다.

1971년 12월 24일에 끊어진 인생의 실낱을 다시 주워들고 싶었다. 예전처럼 평범한 일상을 계속 누리고 싶었다. 어느 날 아빠가 나를 독일에 보내겠다고 했다. 그때 나는 아빠와 좀처럼 하지 않는 말다툼을 했다. 당장은 가고 싶지 않았다. 당시 내게 독일은 외국이나 다름없어서, 그곳에 가는 것은 감당하기 어려운 변화였다. 나는 모든 것이 예전처럼 돌아가기를 바랐다. 아니면 그 비슷하게라도.

아무도 엄마를 돌려줄 수 없었다. 그리고 모든 것이 한결같은 밀림에서도 과거와 같아질 수는 없었다. 이 역설은 오랫동안 나를 괴롭혔다. 평범한 삶에 대한 강렬한 욕구 때문에 종종 가슴이 미어졌다. 1972년 2월에 팡구아나에 있던 나는 내가 '그 일'을 정말로 극복했다고 믿었다. 사실은 내 자신을 기만하고 있었다는 사실은 머잖아 깨닫게 된다.

나는 떠나보낸 엄마를 향한 슬픔을 아직 실감하지 못하고 있었다. 3년 뒤 크리스마스 날까지 그랬다. 그날 나는 이 돌이킬 수 없는 상실을 절절히 깨달았고, 하루 종일 끝도 없이 울고 또 울었다. 그전까지 엄마의 죽음은 내게 막연하게만 느껴졌다. 엄마가 언제라도 숲에서 걸어 나와 유쾌하게 웃으며 새로 발견한 흥미로운 사실을 이야기해줄 것만 같았다. 사고 후 몇 년이 지나도록 자꾸만 길 건너편에서 엄마를 우연히 마주치는 꿈을 꾸었다. 엄마를 부르며 달려가 힘껏 끌어안으면 모든 문제가 해결될 듯이 느껴졌다. 나는 한없이 안도하며 행복해하다가 잠에서 깨곤 했다.

엄마를 만나는 건 절대 일어날 수 없는 일이라는 사실을 모르지 않았지만, 내 생각과 감정은 따로 놀았다. 사고 후 몇 주 사이 나는 뭔가를 이해하는 것과 그것을 받아들이는 것은 전혀 다르다는 사실을 깨달았다. 덕분에 나는 약간의 평화와 안정을 찾았다. 비록 유난히 끈질긴 일부 기자들이 접근하기도 힘든 우리의 보금

자리로 내내 나를 따라와 힘들었지만.

한번은 간호사 한 명이 내 상처를 확인해야 한다며 접근했는데 얼굴이 낯익었다. "어디서 만났었죠? 야리나코차에서 본 적 있는 것 같은데요?" 자세히 보니 온갖 핑계를 대며 내게 접근한 기자가 틀림없었다. 아빠는 그 여자를 쫓아버렸지만 그날 하루 종일 표정이 영 어두웠다. 머릿속으로 무슨 생각을 하는지 궁금했다. 아니, 차라리 모르는 편이 낫겠다 싶기도 했다.

몇 주 동안 내 삶은 순조롭게 흘러갔다. 나처럼 아비투어를 준비할 학교 친구들이 무척 보고 싶었다. 영화와 밀크셰이크, 해변 나들이를 즐길 수 있는 리마의 삶도 그리웠다. 아비투어를 치른 다음에는 생물학을 공부할 생각이었다. 그러려면 오래전에 엄마와 상의한 대로 독일로 가야 했다. 엄마는 공부를 위해서는 독일에 있는 대학교가 더 낫다고 하셨다. 나도 엄마와 아빠처럼 킬에서 공부해 동물학자가 되고 싶었다. 하지만 그때가 찾아오려면 2년이나 기다려야 했다. 열일곱 살 소녀에게 2년은 긴 세월이었다. 시간이 흘러 새 학기가 코앞으로 다가왔다.

나는 하루빨리 리마로 가고 싶었다. 그런데 리마의 학교로 돌아가려면 어쩔 수 없이 안데스산맥을 지나야 했다.

"내가 같이 가줄게." 아빠가 말했다. 나는 기뻐서 목이 멨다. 당연히 랜사 항공은 예약하지 않았다. 타려야 탈 수도 없었다. 그 항공사는 마지막 남은 비행기를 잃었을 뿐더러 면허까지 취소됐기 때문이다. 사고 후 리마에서 랜사 항공사를 상대로 소송을 하려다 아빠는 이미 회사가 청산된 지 오래임을 알게 됐다. 하지만 다른 항공사의 비행기를 탄다고 내 비행공포증이 사라질 리는 없었다.

"꼭 날아가야 돼요?" 나는 아빠에게 물었다.

아빠는 나를 흘끔 보고는 대답했다. "안데스의 구불구불한 길을 사흘이나 달리는 것보다는 나을 것 같은데, 안 그러냐?"

그게 나을지는 알 수 없었지만 더 이상 군말은 하지 않았다. 용감해지는 법은 오래전에 배웠으니까.

한동안 세상이 나를 잊었다고 생각했지만 푸카이파에 가보니 완전한 착각이었다. 내가 그날 리마로 날아간다는 사실을 기자들이 어떻게 알아냈는지, 사방에서 몰려나와 내 얼굴 앞으로 마이크를 들이밀었다. 윙윙대는 카메라 소리와 플래시 세례에 눈이 멀 지경이었다. 누군가 내게 꽃을 건넸고, 질문이 쏟아졌다. "잘 지내고 있는지? 다친 데는 잘 낫고 있는지? 앞으로 어떻게 살 계획인지? 푸카이파의 소녀들에게 인사 한 마디 해줄 수 있는지? 다시 비행기를 타는 것이 두려운지?"

어떻게 대답해야 할지 난감했다. 이 상황이 두려웠고, 느닷없이 떼거리로 덤벼드는 기자들이 너무나 무서웠다. 비행기 좌석에 앉는 순간 안도감이 느껴질 정도였다. 하지만 그것도 이륙하기 전까지였다. 비행기가 활주로를 달리기 시작하자, 내 몸의 모든 근육이 긴장하기 시작했다.

눈을 감고 심호흡을 했다. 아무리 미세한 소리라도 놓치지 않으려고 귀를 쫑긋 세웠다. 오늘은 저 멀리까지 폭풍우가 보이지 않았다. 다행히도 비행시간은 1시간 이내였다. 50분도 끔찍하게 길게 느껴지긴 했지만.

비행을 잘 견뎌냈다고 생각하는 순간에 들려온 소리에 나는 또 다시 공포에 질렸다. 덜컹거리고 쿵쿵거리는 소리였다. 심장이 두방망이질 치고 모공에서 땀이 쏟아져 나왔다. 나는 내 앞의 좌석을 붙잡았다.

"안심해. 착륙 장치가 내려지는 소리야. 몇 분만 참으면 착륙할 거야." 아빠가 나를 달랬다.

나는 한숨을 푹 내쉬었다. 잠시 후 무릎을 후들거리며 비행기 출구 쪽으로 걸어갔다.

출구 앞에 선 순간 계단 아래를 빼곡이 메운 군중이 눈에 들어왔다. 비행장에 엄청난 군중이 몰려와 있었다. 허락이라도 받고 저러나? 나를 기다리는 걸까? 이번에도 나를 발견한 사람들은 사진을 찍고 마이크를 들이댔다. 나는 당장이라도 돌아서서 비행기 속으로 다시 숨어버리고 싶었다. 하지만 다른 승객들이 뒤에서 나를 떠밀었다.

나는 기자들의 집중 공격에 시달려야 했다. "율리아나, 여기 보고 웃어요!" "율리아나, 녹색 지옥에서 완전히 벗어났나요?" "율리아나, 앞으로 어떤 계획이 있나요?" 아무 말도 하고 싶지 않았다. 그저 흔적도 없이 사라지고 싶었다. 본래 수줍음이 많은 편인 나는 이런 관심이 너무 부담스러웠다. "율리아나, 남자친구는 있어요?" "율리아나, 흑인 성자 성 마르틴 데 포레스^{San Martín}^{de Porres}에게 기도한다는 게 사실이에요?"

마침내 그곳을 빠져나왔다. 왜 다들 내게 이렇게까지 관심을 보이는지 이해할 수 없었다. 팡구아나에서 지내는 몇 주 동안에는 사람을 고작 몇 명밖에 만나지 못했다. 하지만 여기서는 사람들에게 치여 정신을 잃을 것 같았다.

늘 그러듯이 아빠는 리마에 체류하는 동안 모두와 담을 쌓은 채 자연사박물관 숙소에서 지냈다. 아무것도 보려고도 들으려고도 하지 않고 홀로 슬픔에 잠기는 쪽을 택한 듯했다. 나는 학교 친구 에디트의 할머니네 아파트에 묵었다. 리마에 도착하면 모든 상황이 사고 전으로 돌아갈 줄 알았는데, 이제 어느 것도 예전과 같아질 수 없다는 사실을 깨달았다. 거리에서 전혀 모르는 사람들이 다가와 사인을 부탁하거나, 내 몸에 손을 대고 싶어 했다. 대체 왜 저러나 싶었다. 나는 아직 이 갑작스런 '명성'에 대처하는 법도 배우지 못한 평범한 소녀였을 뿐이었다.

기자들은 나를 잠시도 편히 내버려두지 않았다. 집 대문만 나서도 기자들이 진을 치고 있었다. 시내에서 친구들과 산책을 해도 기자가 우리를 졸졸 따라왔다. 해변에 놀러가도 이미 우리를 기다리고 있었다. 망원렌즈로 방 안에 있는 나를 찍으려고도 했다. 나는 꼼짝없이 포위당한 기분이었다. 더 이상 무엇을 해도 즐겁지 않았다. 리마에 돌아오는 순간부터 삶이 이렇게 바뀌리라고는 상상도 하지 못했다.

도저히 그럴 기분이 아닌데, 에디트가 독일 클럽에 같이 수영을 하러 가자고 나를 꼬드겼다. 부모님이 잘 가지 않는 곳이라 나도 별로 가본 적이 없었지만 에디트는 고집을 꺾지 않았다.

"아, 잘 모르겠어. 틀림없이 거기도 기자들이 숨어 있을 거라서 가고 싶지 않아."

"하지만 언제까지나 커튼을 내리고 방 안에만 숨어 있을 수는 없잖아. 차라리 기자들에게 익숙해지는 편이 낫지 않을까? 생각만큼 널 괴롭히진 않을 거야."

에디트의 말에도 일리가 있었다. 에디트는 이미 메달을 여러 개 딴 페루의 육상선수였으니 유명인이라 할 만했고 언론인을 상대한 경험도 많았다. 늘 내 옆에 있어주겠다고 약속하는 에디트를 믿어보기로 했다.

"네가 쓸 데 없는 걱정을 하는 거야. 독일 클럽에서 기자들을 들여보낼 리 없잖아. 어서 가자, 날씨도 이렇게 좋은데."

결국 함께 나가기로 했다. 에디트가 옳았다. 머잖아 학기가 다시 시작되면 이런 활동을 할 기회도 별로 없을 것이었다.

처음에 독일 클럽은 조용하기만 했다. 하지만 수영복을 갈아입고 나오는 순간 나는 기자들과 마주쳤다. 어떻게 들어왔는지 도저히 모르겠지만 기자들은 또다시 순식간에 나를 에워쌌다. 이번에는 내게 TV 카메라까지 들이댔다.

"얘, 일단 몇 가지 질문에 기분 좋게 대답해봐. 그러면 저 사람들 금방 물러날 거야." 에디트가 내게 소곤소곤 귀띔했다.

에디트의 조언에 따라 나는 순순히 그네에 앉아 밝게 웃으며 기자들의 악의 없는 질문에 대답했다. 방송국에서 온 사람들은 정말로 얼마 지나지 않아 전부 돌아갔다. 그래도 왠지 찝찝한 기분을 떨칠 수 없었다. 기자들이 육식동물처럼 나를 우르르 쫓아오는 모습이란. 밀림 속 재규어도 나를 공격한 적이 없는데 문명인이라는 사람들이 그렇게 끈질기게 나를 쫓아다니다니, 참 힘든 하루였다.

그날 저녁에 대부님이 아빠를 초대하지 않았다면 내 인생은 달라졌을지도 모른다. 뉴스를 보려고 TV를 켰다가 딸의 모습을 본 아빠는 경악했다. 자신의 딸이 비키니 차림으로 그네에 앉아 카메라를 향해 미소를 지으며 아주 잘 지내고 있다고 온 세상에 떠벌리고 있었다. 아빠는 평소 TV를 거의 시청하지 않았기 때문에 화면 속의 나를 발견한 것은 기막힌 우연이었다. 하필 그 2분 분량의 장면을 보게 된 아빠는 처음에는 충격을 받았다가 곧이어 크게 분노했다.

"너는 네 엄마를 그런 식으로 애도하는구나!"

같은 날 저녁, 나를 만나자마자 아빠는 노한 목소리로 이렇게 말했다. 그러고는 내게 번복할 수 없는 선고를 내렸다. 당장 이 나라를 떠나라는 것이었다. 리마가 아닌 독일에서 아비투어를 치르라고 했다. 아빠는 하루 속히 나를 비행기에 태워 코둘라 고모에게 보내겠다고 선언했다.

나는 겁에 질려 울음을 터뜨렸다. 제발 여기 있게 해달라고 애원했다. 진심으로 독일에 가고 싶지 않았다. '내 집까지 빼앗지는 말아요.' 나는 소리라도 지르고 싶었다. '그건 너무하잖아요. 나는 이미 많은 것을 잃었다고요.' 하지만 "너는 네 엄마를 그런 식으로 애도하는구나"라는 아빠의 가혹한 질책 한마디에 내 권리는 전부 사라진 듯했다. 'TV에 나왔듯이 나는 잘 지내고 있다. 아빠 혼자만 사랑하는 아내를 잃은 슬픔에 잠겨 있다.' 나는 이렇게 외치고 싶었지만 차마 하지 못했다. 다음 며칠 동안 나는 아빠의 화가 풀리기를 간절히 희망하고 기도했다. 일단 노여움이 가라앉으면 아빠가 다시 생각해볼지도 모른다는 희망을 버리지 않았다. 그러나 아무리 애원해도 소용없었다. 아빠의 결심은 확고했다.

며칠 뒤에 아빠는 이렇게 말했다. "여기 페루에서는 사람들이 널 가만 내버려두지 않을 거다. 기자들 때문에 정상적으로 살기는 다 틀렸어. 다 너를 위한 일이야. 독일에서는 새로운 삶을 시작할 수 있잖아."

새로운 삶. 하지만 나는 새로운 삶을 원하지 않았다. 그저 여느 학생들처럼 학창 시절을 보내고 아비투어를 치르고 싶었을 뿐이다. 독일에는 그 이후에 가면 된다. 하지만 지금은, 이런 일들을 겪은 직후에는 도저히 갈 마음이 생기지 않는데……

아빠는 요지부동이었다. 결국 출국을 준비하는 여권 사진 속의 나는 눈물을 글썽이고 있었다. 깨어날 수 없는 나쁜 꿈을 꾸는 듯 모든 일이 너무 신속히 진행됐다.

내가 곧 떠난다는 소식을 들은 학교 친구들이 조촐한 송별회를 준비했다. 이날 친구들은 우리를 영원히 잊지 말라며 내게 분홍 토르말린이 박힌 예쁜 금반지를 선물했다. 친구들이 돈을 조금씩 보태 마련한 선물에 감동한 나는 다시 울음을 터뜨렸다.

아빠와 함께 리마 미라플로레스의 거리를 거닐던 어느 날 오후가 생각난다. 그때 아빠는 내게 뭔가를 설명하려 하셨다. 아빠와 엄마가 믿던, 생명의 원천인 태양을 중시하는 고대 이집트의 철학이었다. 나는 아빠가 할 말을 신중히 고르고 있다고 느꼈다. 아빠는 뭔가를 떨치려는 듯 이상한 손동작을 했지만 손에는 아무것도 없었다.

"뭐 하세요?" 나는 놀라서 물었다. "왜 그러세요?"

"아, 아니다." 아빠가 걸음을 멈추었다.

"율리아네." 싹 달라진 어조로 아빠가 말을 이었다. "네 엄마와 내가 항상 지켰던 몇 가지 규칙이 있단다. 그중 한 가지는 다투고 나서 화해를 하기 전에는 절대 먼저 자리를 뜨거나 자러 가지 않은 거였어."

나는 다음 말을 기다렸다. 아빠는 손으로 거칠게 얼굴을 쓸었다.

"그건 아주 중요한 규칙이었단다."

더 이상 말이 없었다. 나는 아빠의 얼굴에서 깊은 주름, 입가에 깃든 절망, 긴장, 안구 속으로 푹 꺼진 이글거리는 두 눈동자를 보았다. 그 순간 나는 깨달았다. 아빠는 어쩔 줄을 모르고 있었다.

아빠는 그런 말로 나와 화해를 시도한 걸까? 감정 표현에 그렇게 서툴렀던 아빠가? 당시에 그것을 알아차리기에 나는 너무 어리고 심란하고 혼란스러웠다. 마침내 독일로 떠나는 날, 함께 사는 친구의 조부모님에게 나는 이렇게 작별 인사를 했다. "곧 돌아올게요!" 하지만 두 분은 서로 시선을 교환하더니 이렇게 말했다. "우리는 그렇게 생각하지 않아, 율리아네. 금방 돌아올 수는 없을 거야." 하지만 그런 말을 듣고 싶지 않았다. "금방 돌아온다니까요. 틀림없이 그럴 거예요."

리마의 공항에서도 나는 사진에 찍혔다. 페루 기자들은 마지막 순간까지 나를 따라왔고, 독일에도 그들의 동료 기자들이 나를 기다리고 있을 것이었다. 그날의 사진들을 보면 나는 카메라를 향해 슬프게 손을 흔들고 아빠는 초췌한 얼굴로 나를 바라보고 있다. 사진 속 아빠는 걱정스러워 보인다. 혹시 자신의 결정에 회의감이 생긴 걸까? 아니면 내가 마지막 순간에 아빠의 계획을 비틀어버릴까 두려운 걸까?

나는 독일에 강제로 보내졌다는 비참한 심정을 오랫동안 속으로 삭였지만, 다른 사실들처럼 결국에는 표면에 드러나고 말았다. 그 후로 나는 입버릇처럼 이런 말을 했다. "그러니까 아빠와 나는 독일에 가는 쪽이 내 인생에 훨씬 나을 거라고 판단한 거야." 하지만 실은 전적으로 아빠가 결정한 일이었고, 나는 내키지 않았지만 따를 수밖에 없었다. 물론 지금은 그 결정이 결국 옳았음을 알고 있다.

하지만 당시 내 마음속에는 불안이 가득했다. 무엇보다 나는 처음으로 혼자 외국으로 날아가야 했다.

제15장 낯선 고국

나는 다시 한 번 비행기를 타는 고통을 견뎌야 했다. 이번에는
50분이 아니라 무려 18시간이었다. 다행히 그중 얼마간은 조종
실에서 보낼 수 있어서 시간이 조금 더 빨리 흘러갔고 두려움도
어느 정도 잠재울 수 있었다. 뉴욕에 체류한 저녁 시간이 특히 행
복했지만 조종실에서만 밖을 내다봐야 했다. 이번에도 나는 기계
에 대한 호기심으로 쉴 새 없이 질문을 던졌고 친절한 조종사들
은 끈기 있게 답해주었다.

대서양을 건너는 이 비행기 안에서 내 마음은 꽤나 싱숭생숭
했다. 과거의 삶이 갑자기 끝났고 새 삶은 아직 시작되지 않았다.
추락사고는 단순히 경험하고 극복하고 잊어야 할 불쾌한 사건으
로만 그치지 않았다. 나는 기적적으로 다우림 바닥에 비교적 '사

뿌히'내려앉았지만, 여전히 내 발 밑에는 마음 놓고 디딜 만한 온전한 토대, 기반이 없는 듯이 느껴졌다.

나는 엄마를 잃었고 고향을 빼앗겼다. 그리고 새로운 인생에 무엇이 기다리고 있을지 전혀 알지 못하고 있다. 나는 금방 팡구아나로 돌아갈 수 있다고 믿고 떠나왔다. 하지만 사랑하는 밀림을 실제로 다시 만나기까지는, 그 이후로 오랜 세월이 지나야 했다.

페루 다우림 한가운데로 돌아가는 여행이 내게 늘 특별한 이유는 아마 그 때문일 것이다. 나는 오늘 또다시 인내력 테스트를 치러야 했다. 고속도로를 벗어나 유야피치스로 향하는 지저분한 길로 들어서자마자 여기저기 진흙 구덩이가 눈에 띄었다. 비 내린 후의 붉은 토양 위에서 차들이 끊임없이 미끄러졌다. 굵은 소나기가 몇 주나 쏟아진 도로에 도사린 갖가지 위험을 헤치고, 짐이 잔뜩 실린 트럭을 안전하게 운전하려면 꽤 노련한 운전사여야 한다. 다양한 길 상태에서 밀림을 여행해본 나는 지금 이런 생각을 할 수밖에 없다. '길이 이렇게 험한데 지나갈 수나 있을까!' 특히 트럭이 깊이를 헤아릴 수 없는 물웅덩이 속으로 미끄러지듯 몇 미터를 가파르게 내려갈 때는 더더욱 이런 생각을 떨치기 어렵다. 그러나 우리 트럭의 운전사는 아랑곳하지 않고 이 진창 사이로 꿋꿋이 트럭을 몰았다. 도중에 우리는 물건과 사람이 잔뜩 실린 크고 작은 트럭들을 만났는데, 사람들이 포도송이처럼 짐

위에 단단히 달라붙어 있었다. 이런 상황에서 차가 심하게 휘청 댈 때면 간이 쪼그라들 수밖에 없다. 하지만 이 외진 지역의 주민들은 태워줄 차만 찾는다면 그 정도 위험은 얼마든지 감수할 것이다.

"일단 '문'까지 가면 사정이 좀 나아질 거예요."

운전사의 말이 맞았다. 우리는 타이어를 한 번 갈아야 했는데 두 명의 운전사는 날마다 하는 일이라는 듯 수월하게 해냈다. 실제로 그렇기도 했다. "타이어 가는 일요?" 트럭 화물칸에서 털럭거리기만 하느니 차라리 할 일이 생겨서 기쁘다는 듯, 두 번째 운전사가 웃음을 터뜨렸다. "아무것도 아니에요!" 물론 교제한 '새' 타이어도 낡을 대로 낡아 보였지만 아무도 신경 쓰지 않았다.

여행은 계속되었다.

오늘은 '문'에서 잠깐만 머물렀다. 주인 여자가 없어서 나는 그의 딸에게 지난번에 찍은 주인 사진을 몇 장 건넸다. 우리는 맥주를 한 잔 마시고 다시 이동했다. 곧 세보냐강을 건너게 될 터였다. 내게 여전히 특별한 강이었기에 여기서 트럭을 잠깐 세우고 주변을 탐색하기로 했다. 세보냐강을 가로지르는 다리로 다가가 반쯤 건넌 다음 철 구조물 사이로 물속을 들여다봤다. 여기를 헤엄쳐 지났는지, 아니면 물에 둥둥 떠서 지나갔는지, 노랑가오리를 조심하며 강둑을 따라 걸었는지 따위의 질문을 내가 얼마나 여러 번 받았는지 모른다. 이 인근 어디서 비행기 잔해가 나왔는지를 사람들에게 물었더니 저마다 대답이 달랐다. 파편을 꼭 쥐고 있던 원시림은 베르너 헤어조크의 집념에만 제대로 시달린 모양이다.

우리는 흙탕물 급류가 흐르는 넓은 숭가로강을 건너고, 같은 이름의 마을을 지나 계속 남쪽으로 나아갔다. 먼 거리는 아니었지만 진행이 더뎠다. 기대가 커지면서 초조함도 더해갔다. 검은 물이 흐르는 아름다운 야나야쿠강을 건넌 우리는 유야피치스로 이어지는 막다른 길에 이르렀다. 결국 동이 트기 3시간 전에야 겨우 마을에 도착했다. 마음이 급했던 나는 모로를 재촉했다. 우리와 짐을 실을 배를 서둘러 준비해야 조금이라도 빨리 목적지에 도착할 것이기 때문이었다. 하지만 여기서는 무슨 일이든 신속하게 진행되지 않는다는 사실을 모르지는 않았다.

결국 나는 정신없이 분주한 도시의 속도에서 서서히 벗어나야 했다. 밀림에도 나름의 속도가 있고 사람들은 거기에 적응하여 살고 있다. 그래서 모로가 1시간 뒤에야 땀을 뻘뻘 흘리고 숨을 헐떡이며 나타나도 속상해하지 않았다. 모로는 우리와 짐가방을 실을 만한 배는 찾았지만 식료품을 실을 수는 없다고 했다. 그래서 우리는 최소한의 식량만 챙기고 나머지는 당분간 네리의 집에 맡기기로 하고 강으로 향했다. 마냐나, 마냐나^{Mañana, mañana}, 내일이 또 있으니까.

강을 건너는 여행은 언제나 내게 신비의 경계를 건너는 것과 같았다. 한쪽에는 현실이 있고 다른 쪽에는 팡구아나가 있다. 물론 팡구아나도 리마나 뮌헨만큼이나 현실이지만, 확연히 다른 세

245

계에 속해 있다. 도시에서 자연은 너그러운 손님이다. 나무 몇 그루를 심고, 창문 앞에 화분을 두고, 동물을 키울 때만 만날 수 있다. 하지만 여기 팡구아나에서는 자연이 주인이고 우리는 방문객에 불과하다. 서류상으로는 내 소유지만 나는 이 땅을 대자연으로부터 빌린 것 혹은 위임받은 것으로 생각한다. 그렇기에 우리 생물학자들은 이곳에 와서 감탄하고 배우고 기록하고 새로 습득한 지식을 인간 세상에 전한다.

"이 주위에 딱정벌레, 개미, 풍뎅이, 진드기 같은 생물이 몇 마리나 기어다니고 날아다니는지 알아야 하는 이유가 뭡니까? 우리한테 무슨 소용이 있죠?" 나는 종종 이런 질문을 받았다. 그리고 이렇게 답했다.

"연구를 통해 잘 알게 된 대상만 제대로 보호할 수 있습니다. 숲과 생물다양성을 눈앞의 이익을 위해 파괴하는 것보다 보존하는 것이 장기적으로 훨씬 유익하고 가치 있다는 사실을 언젠가는 많은 사람들이 깨닫게 될 겁니다." 하지만 인간이 다우림을 오로지 버려진 땅, '녹색 지옥'이라고 여긴다면 돈의 가치를 모르고 지폐를 불쏘시개로 쓰는 어린아이들처럼 경솔한 행동을 할 수밖에 없다.

아직도 그 비밀을 거의 파헤치지 못한, 이 녹색 우주를 향한 나의 애정에 대해서는 더 이야기하지 않겠다. 많은 사람이 감정은 타당한 근거가 될 수 없다고 여기기 때문이다. 물론 숲을 보호해야 할 훌륭한 이유는 얼마든지 있다. 만약 열대우림이 파괴되면 과거에 바이오매스biomass(화학 에너지로 전환될 수 있는 동식물과 미생물 속의 에너지 – 옮긴이)에 저장된 수십억 톤이나 되는 이산화탄소가 대기 중으로 빠져나가고 다른 유해 가스도 방출된다. 임상식물forest cover이 훼손되면 토양은 갈수록 건조해지고 지하수 수위는 낮아지고 기온은 오르게 된다. 그 결과는 광범위하여 지구 전체의 기후에 끔찍한 결과를 가져올 수도 있다.

40년 전에 부모님이 처음 이곳에 도착했을 때만 해도 아마존 밀림은 개발되지 않은 상태로 잘 보존돼 있었다. 두 분의 목표는 한정된 지역 내에서 공생하는 생물종을 연구하는 것이었다. 부모님은 광구아나를 연구 대상으로 선택해 생물 연구의 좋은 본보기로 삼으려 했다. 무엇보다 두 분은 그곳에서 생활하고 성장하는 생물을 관찰하여 기록에 남기기를 원했다. 그래서 부모님은 종 목록을 작성하는 일에 많은 시간을 할애했다.

동시에 두 분은 수많은 생물종이 상호작용하는 저지대 다우림의 생태계, 특히 동물과 식물의 '생태적 지위'를 연구하고자 했다. 모든 종은 생태계 안에서 다른 종과 공존하기 위해 필요한 지위를 스스로 찾아낸다. 그 결과 매우 복잡하고 흥미로운 '관계의 거미줄'이 형성된다. 조류학자인 엄마는 주로 조류의 생태를 연구한 반면 아빠는 늘 '큰 그림'(아빠의 시대에는 이런 용어 자체를 쓰지 않았지만)에 초점을 맞춰 처음부터 생태적 관점에서 연구를 시작했다.

본래 부모님은 여기서 5년간 연구를 하다가 리마로 돌아가서 그 결과를 분석할 계획이었다. 처음에는 이렇게 외진 곳에서 5년 이상을 머무르리라고는 생각하지 못했을 것이다. 그러나 머잖아 안데스 인근 저지대 다우림의 생물다양성이 너무 풍부해서 종 목록을 완성하는 데만도 평생이 걸릴 거라는 사실을 깨달았다. 당시에는 덩치가 크거나 흔한 동식물의 목록만 학계에 존재했다. 넓은 지역이나 나라 전체를 아우르는 대략적인 목록은 있었지만, 생물학적 맥락을 무시한 경우가 많았고 다우림을 특별히 고려하지도 않았다. 이런 이유로 내 부모님이 좁은 지역을 철저히 조사하고 생태계를 깊이 있게 조명한 것은 진정으로 선구적인 업적이라 할 만하다.

  팡구아나의 생물 형태가 엄청나게 다양하다는 소문을 듣고 전 세계의 학자들이 이곳으로 모여들었다. 부모님, 특히 엄마는 수많은 학자들과 인맥이 있었다. 이메일과 인터넷은 존재하지도 않았고, 편지를 한번 보내려 해도 도착하기까지 수개월이 걸리는 시절이었는데 말이다. 엄마가 쓴 편지를 보면 우편물을 주고받는 것이 얼마나 힘든지를 푸념하는 내용이 많았다. 배달에 문제가 생길 때면 엄마는 우체국을 찾아가 편지 한 통이 푸파이파에서 팡구아나까지 오는데 꼬박 다섯 달이나 걸리는 이유를 따져 묻곤 했다.

  엄마는 학회에 참석하기 위해 미국이나 유럽으로 쉴 새 없이 출장을 다녔다. 1970년 초에 유럽에 특히 오래 머물렀던 기억이 난다. 당시 우리 집에는 수많은 학자들이 찾아왔고, 나는 그들을 위해 날마다 식사를 준비하느라 고생깨나 했다.

부모님은 직접 발견한 생물 형태가 그 서식 환경에 어떻게 통합되는지, 포식자의 압박을 어떻게 피하는지, 먹이 경쟁자에 도전하기 위해 어떤 전략을 개발하는지 등을 처음으로 조사했다. 이 조사에서는 모든 요인을 고려하고 아무것도 배제하지 않고 우선순위도 정하지 않을 작정이었기 때문에, 누군가의 도움을 받지 않으면 시간이 무한정 소요되는 방대한 작업이 될 것이 분명했다. 그래서 부모님은 팡구아나의 다른 동료들이 새 연구 분야에 흥미를 보이면 무척 기뻐했다.

오늘날까지도 생물 목록을 완성하지 못했지만, 그럼에도 팡구아나는 페루 다우림 내에서 가장 많은 연구 성과를 낸 연구소가 되었다. 가장 오래되었지만 규모가 가장 크지는 않고 다른 연구소들에 비해 많은 자원을 갖춘 것도 아니었기에, 더욱 놀라운 성과였다. 1974년에 팡구아나를 떠나 함부르크에서 교수 생활을 시작한 아빠는, 팡구아나에서 아직 제대로 조사되지 않은 생태 문제를 학생들에게 연구와 논문 주제로 할당했다. 시간이 흐르면서 학생들의 연구 결과가 쌓여갔고, 많은 지식이 수집되었다. 하지만 팡구아나의 어류에 대해 포괄적이고 체계적인 연구를 한 사람은 없었다. 언젠가 부모님은 강 속에 쳐둔 자망에서 서른다섯 종의 어류를 발견했다. 이 분야에도 앞으로의 연구거리가 얼마든지 남아 있다는 뜻이다.

배가 기다리고 있는 파치테아 강둑을 내려가면서 나는, 만약 엄마가 팡구아나가 어떻게 변했는지를 직접 확인한다면 무척 흡족해할 거라 생각했다. 눈을 찡긋하며 이렇게 말할지도 모른다. "뭐라고? 세월이 얼마나 흘렀는데 아직 물고기 종 목록도 완성하지 못했다고?"

나는 두세 걸음 만에 배에 씩씩하게 올라탔다. 전통적인 통나무배인 팡구아나 1호는 양면에 널빤지를 덧대 보강하고 확장해 비교적 안전한 배였다. 하지만 정확히 한복판을 딛지 않으면 순식간에 물속에 빠질 수도 있어 주의해야 한다. 요즘은 퉁퉁거리는 요란한 소음 때문에 '페케페케스$^{peque-peques}$'로 알려진 7마력 선외 발동기를 배에 장착해 동력으로 사용한다. 기다란 조타봉의 도움을 받으면 물속에서 신속히 이동할 수 있다. 조타봉은 뜻하지 않게 배가 모래톱에 끼였을 때도 정말 유용하다. 내 귀에 '페케페케스'는 고향의 소리처럼 들린다.

저녁이 되면 아마존 유역의 강들은 유난히 아름다워진다. 커피와 우유를 섞은 듯한 갈색 물은 금빛으로 반짝이고 하늘은 비현실적인 색조를 띤다. 강둑의 새, 개구리, 곤충은 다양한 음색으로 배경음악을 만들어낸다. 아무도 말을 하지 않는다. 우리는 마법의 리본 같은 강을 미끄러져 하류로 내려가면서 드넓은 파치테아를 가로지르고, 광부들의 오두막과 아이들이 뛰노는 집 그리고 숲의 녹색 벽을 지난다. 문득 내 목숨을 구한 적이 있는 호아친을 어린 내가 가만히 지켜보는 광경이 떠올랐다. 사실 호아친은 엄마가 정성을 쏟아 연구한 새이기도 하다. 연구를 위해 엄마는 수 없이 많은 저녁마다 강으로 내려가 특유의 인내심을 발휘해 이 독특한 새들의 행동을 관찰했다. 하지만 오늘은 호아친을 어디서도 볼 수 없었다.

우리는 유야피치스 강어귀에 도착했다. 뱃사공은 방향을 틀어 모래 덮인 교각으로 향했다. 언덕 꼭대기에 한때 모로의 조부모님이 관리했던 옛 모데나 농장이 보였다.

이제, 여행의 마지막 단계인 트레킹을 시작해야 한다.

과거에는 여기서부터 빽빽한 1, 2차 다우림을 힘겹게 (물론 요세파의 집에 들러 기력을 회복한 다음에) 지나야 팡구아나에 닿을 수 있었다. 현재는 모데나 농장과 팡구아나 사이의 숲이 많이 제거되어서 이동이 조금 수월해졌지만 나는 그것이 유감이다. 지난 30년간 토지 소유자들은 업종을 가축 목장 경영으로 바꾸면서 숲을 마구 베어냈다. 그렇다고 그 사업이 크게 흥한 것도 아니었다. 이런 식으로 만든 목초지가 목장의 수익성을 높이는 데 필요한 조건을 충족하지 못했기 때문이다. 토양이 비옥한 시기는 잠깐이고 화전 후에 남은 재거름 속에는 영양분이 별로 없어서 이미 척박했던 토양이 점점 더 황폐해졌다. 밀림에서처럼 촘촘하게 얽힌 나무뿌리가 없는 땅은, 비가 내려도 빗물을 머금을 수 없기 때문에 수분이 금방 빠져버려 점점 건조해진다. 이미 부족한 표토가 강으로 씻겨 나가면 침식은 더 빨라진다. 풀은 드문드문해지고 영양분도 부족해져 목장 주인은 값비싼 비료를 사 부족한 양분을 보충해야 한다.

밀림에 도로 같은 기반시설이 없는 것도 목축으로 이윤을 남기기 어려운 이유 중 하나다. 배에 빽빽이 실려 이동하는 과정에서 소들은 스트레스를 받기 십상이고, 체중이 점점 빠져 푸카이파에 도착할 즈음에는 좋은 가격에 팔기 어려운 야윈 몸이 된다. 그럼에도 해마다 상당한 면적의 다우림이 파괴되고 있다. 충분한 지식과 괜찮은 대안이 부족한 탓에 소를 키워서 큰돈을 벌 수 있다는 근거 없는 믿음이 좀처럼 사라지지 않고 있다. 참으로 안타까운 일이다.

저녁 무렵에 우리는 모데나 농장의 목초지를 횡단했다. 이때는 해가 하늘 높이 떠 있지 않아서 걷기에 참 좋다. 우리는 깊은 수렁을 비척대며 지나갔다. 유야피치스강의 오래된 여울에서 강물은 고무 부츠의 목 끝까지 차오른다. 유야피치스 마을부터 합류한 모로의 아내 네리와 두 딸은 이미 우리보다 한참 앞서 있다. 우리는 강의 우각호를 따라 몇 킬로미터를 더 나아간다. 기쁘게도 카이만 악어가 최근 그곳에 다시 서식하기 시작했다는 소식이 들렸다. 가축을 보호한다는 구실로 원주민과 농부들은 오랫동안 악어의 씨를 말렸다. 악어 고기를 먹거나 팔려고 사냥하는 일도 많았다.

마침내 루푸나 나무가 시야에 들어왔다. 수많은 다른 나무들 위로 우뚝 솟아 위풍당당하게 가지를 펼치고 있는 모습이 경이로웠다. 팡구아나의 상징인 이 나무는 높이가 45미터, 나이는 수백 살이다. 조금 더 걸어가자 먼저 모로의 집이, 그다음에는 숙소 두

동이 보였다. 이곳은 평범한 통나무 오두막에 불과하지만 내게는 지상 낙원이나 다름없다. 2년 동안 우리는 (밀림에서는 대개 상상도 하지 못할) 샤워실도 갖추고 살았다. 찬물밖에 나오지 않았지만 대단한 호사였다. 그전에는 흑파리와 각다귀가 득실거리는 강에서 몸을 씻었으니 말이다. 그런 벌레에 물리면 불쾌한 염증이 생기고 못 견디게 가려웠다. 샤워실 물은 오두막 지붕 위에 놓인 커다란 물탱크로 퍼올린 강물로 충당했다. 물과 함께 빨려 들어간 흙이 바닥에 가라앉으면 배관으로는 아주 깨끗하고 상쾌한 물이 나왔다. 물론 식수는 다른 식료품과 함께 푸카이파에서 가져와야 했다.

우리를 보고 모로의 개가 반갑게 짖었다. 우리는 집에 돌아왔다. 모로의 집 굴뚝에서 연기가 피어나는 것을 보며. 네리가 벌써부터 불을 피우고 저녁 식사를 준비하기 시작했다는 걸 알았다. 비록 식료품은 유야피치스에 남겨두고 왔지만 네리는 우리에게 맛난 전통 음식을 만들어줄 것이다.

고된 여정을 소화하느라 지칠 대로 지쳤지만, 우리는 팡구아나에서의 첫날 저녁에 발전기를 꺼두고 테라스의 촛불 옆에 한참이나 앉아 있었다. 고맙게도 모로가 배낭에 맥주를 담아 와줘서, 함께 마시며 행복하게 열대의 밤에 귀를 기울였다. 밀림의 소리가 나를 에워쌌고, 머리 위로 박쥐들이 맴돌았다. 팡구아나에 사는 박쥐만 해도 50종이 넘는다. 나는 몇 년에 걸쳐 박쥐를 연구해 그 결과를 논문으로 정리했다. 1972년에 이곳을 떠난 후 여러 해가 지났지만 나는 결국 팡구아나로 돌아왔다. 지금 이보다 내게 더한 기쁨을 주는 일이 있을까?

리마에서 뉴욕을 거쳐 독일로 가서 마침내 녹초가 된 상태로 프랑크푸르트에 도착했을 때, 거기서도 나를 기다리고 있다가 사진을 찍어대는 기자들을 만났다. 나는 그들을 보고도 그러려니 했다. 비행기 안에서 한숨도 못 잔 데다 시차에도 적응해야 해서 신경을 쓰고 싶지 않았다.

도착해 보니 부모님의 친구들이 내가 그곳에 잠시 체류하는 동안의 스케줄을 정해놓고 나를 기다리고 있었다. 나는 다시 킬로 이동해야 했다.

내가 독일에서 처음 만난 사람들 중에는 베른하르트 그지메크Bernhard Grzimek 도 있었다. 그는 언론에 널리 알려진 동물 전문가이며 프랑크푸르트 동물원의 관리자였다. 동물원 가는 것을 워낙 좋아하는 내게, 이제 유명 동물원을 방문할 기회도 생긴 것이다. 하지만 그 무렵에는 몸이 너무 고달파서 모든 게 귀찮기만 했다. 그래도 누가 무슨 제안을 하면 무덤덤하게 받아들였다. 나중에 그지메크 씨의 아들 미하엘Michael 이 13년 전 세렝게티에서 비행기 사고로 목숨을 잃었음을 알고 나서는, 우리의 만남이 그분에게도 의미가 있을 거라는 생각이 들었다. 미하엘은 작은 비행기를 타고 세렝게티를 탐험하다가 독수리와 충돌해 추락사고로 사망했다.

프랑크푸르트에서는 조그만 비행기를 타고 고모와 할머니가 사는 킬까지 이동해야 했다. 하지만 작은 비행기를 타려니 너무나 겁이 났다. 킬에서 나를 돌봐주기로 한 친절한 부부가 내 두려움을 눈치채고 킬까지 차를 타고 가겠느냐고 몇 번이나 물었다. 나는 "네!" 하고 대답하고 싶었지만 그럴 용기가 나지 않았다. 그래서 랜사 항공기처럼 터보프롭이지만 훨씬 작은 비행기에 올라 이를 악물고 끝까지 견뎠다. 모든 일이 순조로웠다. 킬에 도착했을 때는 너무 지쳐서 만사를 제쳐두고 내리 13시간을 잤다.

코둘라 고모와 할머니는 나를 더없이 따뜻하게 맞아주었다. 방두 칸짜리 아파트에서 나 혼자 방 한 칸을 차지하는 바람에 고모는 방을 포기하고 그날부터 거실에서 잠자고 일해야 했다. 하지만 한 번도 내게 그것이 희생이라고 느끼게 한 적이 없었다. 고모는 당연히 감내해야 할 일이라고 여기는 듯싶었다. 처음부터 나는 이 두 여자와 잘 지냈다. 특히 나를 헌신적으로 보살핀 고모에 대해 나는 평생 감사하는 마음을 간직하고 살아야 할 것 같다. 그래도 적응이 결코 쉽지는 않았다. 독일은 늘 춥다는 점이 가장 인상적이었다. 4월 초였는데도 안데스에서나 겪을 만한 추위가 지속되었다.

고모는 내 사고 소식을 독일에서 어떻게 알게 됐는지 설명해주었다. 당시에는 이메일이 없었고 먼 대륙에는 전화를 거는 것조차 간단하지 않았다. 팡구아나에 있던 아빠와는 연락이 닿지 않아서 기자인 고모의 인맥을 동원했다고 한다.

처음 사고 소식을 들었을 때는 엄마와 내가 12월 23일에 이미 출발했다고 생각해서 별로 걱정하지 않았다고 했다. 하지만 우리가 그 비행기에 탔다는 사실을 알면서부터는 불안해서 견딜 수가 없었다고 한다. 그때 AFP 통신사가 큰 도움이 되었다. 12월 26일에 기자들은 리마 지국의 도움으로 3시간 만에 랜사 항공의 승객 리스트를 입수했다. 코둘라 고모의 동료들도 구조 작업에 대한 소식을 계속 알려주었다. 후에 기자들에게 보낸 감사 편지에 고모는 이렇게 썼다. "1972년 1월 4일 저녁 늦게 제 조카가 발견됐다는 소식은 지금 독일에 살고 있는 가족들에게는 무척이나 반가운 정보입니다."

지금 생각해도 믿을 만한 정보를 얻기가 쉽지 않았을 그 시절에, 고모가 얼마나 대단한 융통성을 발휘하고 인맥을 동원했는지 나는 그저 감탄스러울 뿐이다.

킬에서의 첫 주는 멍한 상태로 보냈다. 몸 상태가 좋지 않았고 끊임없이 구역질이 나서 다른 생각을 할 여력이 없었다. 독일에 너무 급히 오는 바람에, 내가 다니면서 아비투어를 준비할 학교도 미처 구하지 못했다. 운 좋게도 엄마 친척의 남편이 킬 소재 벨링도르프 김나지움의 교장이었다. 그곳은 학생들이 각자 심화 과목을 선택해 대학 입학 자격을 취득할 수 있는 상급학년 제도oberstufe를 처음으로 도입한 학교였다. 그분은 내게 곧바로 11학년에 들어갈 기회를 주었다. 일단 그 단계에서 시작한 다음 내가 잘 적응하는지 지켜보겠다고 했다. 사실 11학년 과정은 내게 식은 죽 먹기였다. 나와 가장 잘 맞는 과목을 선택할 수도 있었다. 하지만 리마에서는 새 학년이 4월에 시작되는 반면, 여기서는 9월에 시작되어서 나는 학기 중에 수업에 합류해야 했다. 그건 정말 별로였다.

등교 첫날부터 사건이 있었다. 교실을 제대로 찾지 못해 수업에 늦게 도착했던 거다. 선생님이 나를 꾸짖었다. "첫날부터 이렇게 지각을 해서야 쓰겠니!" 나는 그간 모르고 살아왔던 독일 학교만의 관습에도 적응해야 했다. 예를 들어 리마에서는 뭔가 발언을 할 때 자리에서 일어서야 했는데, 독일에서도 그렇게 했다가 반 아이들의 웃음거리가 되고 말았다. 이 바람에 그 버릇은 금방 버릴 수 있었다.

나는 금세 다른 학생들과 어울렸고 곧 좋은 친구들도 사귀었다. 물론 여기 사람들도 내가 누구인지, 무슨 일을 겪었는지 잘 알았기에 괴로운 질문 공세를 피할 수 없었다. 나는 내 의사에 반해 페루에서 쫓겨난 처지라 모든 사실을 솔직히 털어놓기가 힘들었다. 그러나 새로운 환경에서 만난 모든 사람들은 내가 쉽게 적응할 수 있도록 최대한 배려해주었다.

그렇지만 나는 사실 괜찮을 수가 없는 상태였다. 정신적, 육체적으로 큰 충격을 받았고 아직 그 무엇도 완전하게 회복하지 못한 상황이었기 때문이다. 지난 몇 주 사이 나는 너무 많은 일을 겪었고, 급기야 몸은 내가 아무것도 극복하지 못했음을 스스로 드러냈다. 야리나코차에서 무릎이 부은 이후로 나는 걸을 때마다 심한 통증을 느꼈다. 고모는 치료를 위해 나를 정형외과 의사에게 데려갔다. 의사는 내 무릎보다 얼굴을 심각하게 살펴보더니 이렇게 말했다. "눈이 너무 노랗구나! 당장 큰 병원에 가서 검사를 받아야겠다!" 그 자리에서 나는 격리 병동에 들어가게 됐다. 십자인대 파열에, 심한 간염을 앓고 있었던 것이다. 간염은 밀림에서 음식물 없이 살아남기 위해 마셔댄 물 때문에 걸렸을 공산이 컸다. 간이 잔뜩 부어서 끊임없이 욕지기가 일어났다.

병상에 누워 있는 것은 별로 나쁘지 않았다. 내게 간절히 필요했던 평화를 마침내 얻은 기분이었다. 식단을 엄격히 통제해야 했지만 그것도 별로 힘들지 않았다. 한마디로 나는 병원에 있는 것이 좋았다.

의사와 간호사들은 친절했고 활달한 병실 친구도 있었다. 간만에 안정을 얻었다. 솔직히 꽤 마음에 들어서 여기서 영원히 지낼 수도 있을 것 같았다. 병원에 입원하고서야 마침내 평화를 얻었다는 사실이 이상하지 않은가? 내가 감당하기 벅찬 일을 너무 많이 겪은 탓이었다.

야리나코차에서도 편안한 환경에서 지내긴 했지만 여전히 너무 많은 것들이 나를 괴롭혔다. 기자들도 있었고 시신 수습에 대한 소식도 날마다 쏟아져 들어와 내가 유일한 생존자라는 암울한 현실을 일깨웠다. 엄마의 죽음도 마주해야 했다. 거기다 아빠와 나 사이의 미묘한 긴장과, 아빠가 드러내지도 숨기지도 못하는 슬픔도 보았다. 우리 사이에는 하지 못한 말들이 너무 많았고 페루를 서둘러 떠나야 했던 충격도 여전히 극복하기 어려웠다. 이제 내게는 시간이 생겼고 간절히 바라던 평화도 얻었다. 이 격리 병동을 떠나기 싫은 이유는 그 때문이었다.

몇 주 후 몸 상태가 훨씬 나아졌을 때, 의사는 내게 독일 의료보험이 없어 병원비를 고스란히 감당해야 한다는 사실을 알렸다. 그는 침대에서 쉬면서 식단을 조절하는 것은 집에서도 할 수 있으니 이제 퇴원하라고 지시했다. 나는 생각했다. '아, 싫어, 또 다른 곳으로 가야 하다니!' 하지만 고모의 극진한 보살핌에 집에서도 점점 마음이 편해졌다. 그렇게 침대에 몇 주를 더 누워 있었다. 새 학교 친구들이 가끔씩 병문안을 왔다. 그러다 보니 어느새 여름 방학이 되었다.

9월이 되어 나는 정상적인 시기에 새 학년을 시작할 수 있었다. 고모의 도움으로 11학년을 반복할 필요 없이 12학년에 들어갔다. 심화 과목은 당연히 생물학을 골랐다! 고모의 조언에 따라 독일어도 선택했다. 작가인 고모는 문학에 대한 내 관심을 어떻게든 지원해주고 싶었던 모양이다. 독일어 성적은 늘 좋았지만 고모 덕분에 표현법을 좀 더 개선할 수 있었다. 수학 성적만 좀 떨어졌다. 페루에서는 집합을 배우지 않았고 교과과정도 여기와 조금 달랐기 때문이다. 결국 나는 뿌듯하게도 꽤 우수한 성적을 거뒀다.

코둘라 고모가 워낙 재밌는 사람이어서 나는 고모와 함께 살게 된 것을 날마다 감사하게 여겼다. 앞에서 언급했듯이 고모는 기자이자 작가였다. 결혼은 하지 않고 할머니와 같이 살았다. 고모는 정치와 예술 분야에 해박했다. 과거에는 별 관심이 없던 분야지만 나도 고모 덕분에 흥미를 갖게 됐다. 고모가 쓴, 지식인 루 안드레아스살로메Lou Andreas-Salome 와 철학자 수녀 에디트 슈타인Edith Stein 의 전기는 큰 성공을 거뒀다.

에세이 작성이나 작품 해석을 도와줄 때 고모는 정말 대단한 능력을 보여줬다. 고모에게서 배운 시 해석 방법은 절대 잊지 못할 것 같다. 고모는 내가 시에 담긴 모든 것을 이해하기를 원했고, 이것을 잘 해낼 때까지 나를 격려했다. 그러면서 우리는 서로 더 가까워졌다. 내가 다양한 문화에 마음을 열도록 도와준 데 대해 지금도 감사하게 생각한다.

킬에서의 첫 2년간 나는 그림을 많이 그렸다. 주로 분필과 목탄을 사용했다. 이 재능은 뛰어난 동물 삽화가였던 엄마에게서 물려받은 모양이다. 엄마는 뮌헨의 한스 크리크Hans Krieg 교수 밑에서 날아가는 새와 민첩한 동물을 그리는 법을 배우면서 크로키 기술을 완성했다. 아빠의 책에 실린 수백 장의 그림도 직접 그렸다. 엄마의 사후에 페루에서는 엄마의 새 그림 다섯 점이 담긴 우표 세트가 발행되었다. 사고 반 년 전에 의뢰받은 이 우표 디자인은 비행기 사고로 엄마가 갑작스레 돌아가시기 직전에 완성됐다. 아빠와 내게 그 우표는 엄마의 재능을 증명하는 소중한 유산이 되었다.

그림에 꽤 흥미를 붙이기 시작한 나는 생물학 대신 미술을 전공하는 편이 낫지 않을지 진지하게 고민할 정도가 됐다. 가깝게 지내던 벨링도르프 김나지움의 선생님도 내 관심 분야를 폭넓게 키워주려 애썼다. 나를 각종 전시회에 데려가고, 자신의 집에서 열리는 행사에 초대해 킬 문화계의 예술가들에게 소개시키기도 했다. 페루에서는 상상할 수 없었던 특별한 경험이었다.

과거를 잊고 싶었지만, 한편으론 내가 겪은 일을 되풀이하여 기억할 시간도 필요했다. 『슈테른』은 내 이야기에 대한 권리를 한 영화 제작사에 팔았고 주세페 스토테제Giuseppe Scotese 라는 이탈리아 감독이 직접적인 정보를 얻기 위해 나를 찾아왔다. 나는 다시 내가 겪은 모든 이야기를 처음부터 반복하고 수많은 질문에 대답해야 했다. 처음에는 인내심을 갖고 그와 이야기를 나눴지만, 그 이후에는 영화 제작에 관여하지 않았다. 영화가 어떤 모습으로 만들어지든 상관없었다. 나랑 관계없는 영화일수록 더 좋다고 생각했다.

킬에서의 첫해가 저물고 있었다. 고모는 끔찍한 경험을 한 날인 크리스마스가 돌아오면 내가 힘들어할까 봐 전전긍긍했다. 하지만 이상했다. 독일의 크리스마스 풍경이 밀림과는 판이하게 달라서인지, 스스로 슬픔을 인정하기 싫어서였는지 확실치 않지만, 놀랍게도 그날의 고통은 되돌아오지 않았다. 나는 아무 일도 없었다는 듯 다가올 여름 방학 계획을 세웠다. 그것도 향수병을 극복하는 한 가지 방법이었다. 고모는 아빠에게 편지로 내가 1973년 여름 방학에 팡구아나를 방문할 예정이라고 전했다.

딸이 여름 방학에 집에 가겠다는 건 사실 누가 봐도 자연스러운 계획이었다. 나는 아빠가 내게 바라는 일을 전부 다 했다. 몸이 많이 아픈데도 외국에서 뛰어난 성적으로 교과과정을 이수하고 월반까지 하지 않았나? 독일에서 보낸 첫해에 고모가 아빠에게 쓴 편지에는 같은 말이 자꾸 반복됐다. "요즘 율리아네는 학교에서 공부하느라 여간 바쁘지 않아." 그런데 내 기억에 그렇게까지 할 일이 많지는 않았다. 그저 지나간 일은 전부 뒤로 하고 향수병을 극복하기 위해서는 학업에 몰두하는 것이 최선이어서 무의식중에 바쁘게 지냈는지도 모르겠다.

나는 킬에 서서히 잘 적응해갔다. 건강도 완전히 회복되어 팡구아나에서 아빠를 다시 만날 날만 고대하고 있었다. 하지만 5주간의 여름 방학에서 길고 수고스러운 이동 시간을 제외하면 팡구아나에서 보낼 시간이 며칠 남지 않는다는 사실을 깨닫고는 생각이 달라졌다. 고모도 팡구아나에서 딱 2주를 지내려고 그렇게 오랜 시간 비행기를 타는 것은 너무 부담스럽지 않겠냐며, 내게 가지 않는 편이 낫겠다고 타일렀다. 사실 다시 비행기를 탈 생각을 하면 온몸에 소름이 끼쳤다. 거기다 외할머니까지 슈타른베르크 호수로 놀러오라고 설득하자 페루에 가고 싶다는 마음이 점점 시들해졌다.

하지만 내가 꿈에도 몰랐던 사실이 있었다. 바로 아빠가 나를 오지 못하게 막았다는 것이다. 고모가 돌아가실 때 남긴 서류에서 나는 모골이 송연해지는 편지를 발견했다. 당시 여러 동물학자들의 방문을 받느라 정신이 없었던 아빠는 이런 편지를 썼다.

율리아네가 벌써부터 돌아오려 한다니 정말 실망이다. 그건 절대 잘 하는 짓이 아니니까 제발 그 애를 좀 설득해줘. 율리아네가 여기 오는 건 정말 분별없는 행동이야. 만약에 마리아의 오빠가 오고 싶어 한다면 말릴 생각은 없어. (⋯) 그래도 이곳에 일손이 부족하고, 여기가 여름 휴양지가 아니라는 사실은 고려해야겠지. 율리아네가 내 뜻을 어기고 기어이 여기 나타난다면 따끔한 맛을 보게 될 거야.

고모는 이렇게 답장을 썼다.

율리아네는 이미 혼자 페루에 가겠다는 계획을 포기했어. 방학이 5주밖에 안 되니 팡구아나에서 길어야 17일밖에 있을 수 없다는 걸 깨달은 모양이야. 그러니까 오빠는 12월 30일자 편지에 쓴 대로 애한테 험한 소리는 하지 마. 그랬다가는 가까스로 회복한 몸과 마음의 안정을 또 위협하게 될 거야. 그래서 오빠 얘기는 아예 전하지 않았어.

40년이 지난 지금에야 이 사실을 알게 된 나는 의아했다. '왜 아빠는 나를 보기 싫어했을까? 무엇 때문에 내가 가는 것을 분별 없는 행동이라 여겼을까? 내 존재를 참을 수 없었던 걸까? 엄마가 아니라 내가 살아남아서 못마땅했을까?'

이렇게 오랜 세월이 흐른 다음에도 내가 집에 가는 것을 반대한 아빠의 매정한 표현에 나는 큰 상처를 받았다. 더 이상한 점이 있다. 이 편지를 발견한 몇 주 전까지 나는 내가 당시에 팡구아나에 갈 생각이었다는 사실을 완전히 잊고 있었다. 누가 물었다면 나는 그런 생각을 한 적이 없다고 단호히 부인했을 것이다. 그런데 이 편지에는 분명 그런 내용이 적혀 있다. 나는 왜 그 사실을 아예 잊고 있었을까?

내가 스스로 그 계획을 포기한 이유는 뭘까? 고향이 정말로 그리웠다면 17일은 그리 짧은 시간이 아니다. 아빠에게 환영받지 못하리라는 사실을 멀리서도 느꼈던 게 아닐까? 아빠가 2000년에 돌아가셨으니 정확한 이유는 지금도 앞으로도 알 수 없다. 왜 우리는 너무 늦기 전에 서로 중요한 의문들을 해소하지 못했을까?

그래도 나는 아빠에게 섭섭해할 수 없었다. 1972년 11월 말에 썼지만 내게 제때 도착하지 않은 아빠의 크리스마스 편지는 다음과 같은 문장으로 시작된다.

사랑하는 율리아네!

크리스마스 행복하게 보내고, 1973년 새해에는 좋은 일만 함께하기를 바란다. 지난번 크리스마스 이후로 다시 돌아온 이 시기는 우리에게 특별한 의미가 있겠지. 너에게 크리스마스는 언제까지나 새 삶을 얻은 날로 남겠구나. 내게는 지금부터 슬픈 나날이 시작될 것 같다. 네 엄마가 죽은 1월 6일 또는 7일까지 슬픔은 점점 더 커질 거야.

고모에게 내가 팡구아나에 오지 못하게 말리라고 당부한 매정한 편지는 1972년 12월 30일, 즉 사고 1주년 직후에 쓴 것이었다. 처음으로 엄마 없이 크리스마스를 보낸 아빠의 심정이 어땠을지 나는 상상조차 할 수 없다.

"음, 베시나."

모로가 침묵을 깨자 나는 상념에서 빠져나왔다.

"피곤하지 않아요?"

"피곤해요. 정말 고된 하루였잖아요. 그래도 여기 돌아와서 진심으로 기뻐요."

"우리는 더 기쁜 걸요! 팡구아나에 돌아온 걸 환영해요!"

우리는 손전등을 들고 샤워실로 가서 이를 닦은 다음, 각자의 침대로 향했다. 딱딱했지만 별로 불편하지는 않았다. 오늘은 단잠을 잘 수 있을 것 같았다.

제16장 기적은 계속된다

　며칠 뒤, 푸에르토 잉카 시청에 가서 토지 등기 문제를 해결해
야 할 때가 됐다. 아침 일찍 모로와 차노Chano 는 긴 여정을 조금
이나마 줄여주기 위해 우리를 배에 태워 여울로 데려갔다. 반갑
게도 강둑에서 커다란 새들이 푸드덕 날아올랐다. 호아친 무리
였다.

　모데나 농장에서 모로의 삼촌 엘비오를 만났다. 그는 우리를
따뜻이 맞이한 후 배로 유야피치스 마을까지 데려다주었다. 그곳
에서 우리는 숭가로 강가에 있는 같은 이름의 마을로 데려다줄
자동차를 찾아 계속 이동할 것이다.

　밀림 생활과 그 규칙, 관습에 적응하고부터 나는 그것을 최대
한 즐기게 되었다. 정확한 시간에 출발하는 대중교통은 없지만

어떻게든 목적지에는 늘 도착한다. 멀리 떨어진 밀림 마을 사이에는 어김없이 두 마을을 왕복하는 차량이 있다. 보통은 그런 이동 수단을 빠르게 찾을 수 있지만 운이 나쁘면 몇 시간을 기다려야 한다. 밀림에서는 모든 게 원래 그런 법이니 괜히 불만을 가질 이유는 없다. 아마도 유럽인이라면 적응이 필요하겠지만 이런 법칙은 빨리 받아들일수록 좋다. 투덜대고 불평해봤자 소용없다. 기분만 망칠 뿐이다.

승가로로 가는 길은 질퍽거리지는 않지만 주먹만 한 조약돌이 흩어져 있어 운전하기에 까다롭다. 움푹 팬 부분도 많아서 우리 운전사는 이 덜커덩거리는 길 위를 가급적 신속히 지나가려 갖은 애를 쓴다. 이곳의 길은 도로라기보다 다 큰 아이들의 구슬 굴리기(marble run(블록을 연결해 구불구불하고 경사진 길을 만든 다음 맨 위에서 구슬을 굴려 떨어뜨리는 장난감 – 옮긴이)를 연상시킨다. 차량의 서스펜션 뿐 아니라 우리의 등짝과 엉덩이도 큰 수난을 겪는다.

최악의 도로를 지난 후 작은 마을에 도착한 우리는 모두 멍하고 어질어질했다. 여기서 푸에르토 잉카까지는 딱 30분 거리다. 유럽 기준으로는 이미 만석인 스테이션 웨건이 우리 일행까지 추가로 받아들였다. 승객들은 서로 몸을 가까이 밀착했다. 남편과 내가 조수석에 끼어 앉으니 일반 4인승 승용차에 여덟 명이 탄 셈이 되었다. 가끔 무모한 여행자는 열린 트렁크에 앉기도 한다. '아무리 불편한 차를 타도 걷는 것보다 낫다'라는 모토에 참으로 충실한 사람이다.

파치테아 강둑에 다다라 강 반대편에서 푸에르토 잉카를 볼 때마다 이곳이 엄마와 함께 여러 차례 들렀던 곳임을 떠올린다. 그러나 사고 현장에서 20킬로미터 거리에 있는 이 작은 도시와 나의 가장 큰 연결고리는 추락사고다. 나는 페루 전역에 '랜사 추락사고의 생존자 율리아네'로 알려져 있긴 하지만, 이곳에서 나는 지역 유명인사나 다름없다. 강둑에 서서 손님을 기다리던 뱃사공들도 즉시 나를 알아봤다. 나룻배를 저어 우리를 건네준 노인은 주름진 얼굴로 우리를 향해 환히 웃었다.

이제 정오가 되었다. 맞은편 둑에서 강변도로로 이어지는 콘크리트 계단을 오를 때 태양은 우리의 머리를 무자비하게 그슬었다. 아직 점심시간이 안 됐는데 부동산 부서의 담당 공무원은 '잠시 자리를 비웠다'고 했다. 나중에 돌아오기는 할까? 그의 비서는 잘 모르겠다고 했다. 2시 이후에 시청에 다시 찾아와서 우리의 운을 시험해보기로 했다.

그리고 여기서 (나는 우연 같은 것은 없다고 확신한다) 우리는 옛 지인과 마주쳤다. 과거에 나를 밀림에서 토우나비스타로 데려다준 마르시오가 내 앞에 서 있었다. 우리처럼 그도 나이 든 모습이었다. 나를 본 그는 환한 미소를 지었다. 늘 그렇듯이 내게는 가슴 벅찬 만남이었다. 늙은 나무꾼인 그는 아직도 정정했다. 하지만 올해 벌써 일흔셋이 되었기에 예전만큼 몸을 많이 쓰지는 않는다고 했다.

"옛날 생각 나네요. 별별 일이 다 있었죠." 그러면서 그는 내게 아직 '내' 영화 테이프가 남아 있는지 물었다. 손자들에게 보여주고 싶다고 했다.

이 작은 도시에서 랜사 추락사고와 그 후의 수색 작업은 대단한 사건이 분명하다. 이탈리아 영화감독 주세페 스코테제가 여기서 그 사고를 영화로 만든 것 역시 또 하나의 대단한 사건이었다.

영화에는 푸카이파 공항, 야리나코차, 라카바냐, 푸에르토 잉카에서 찍은 장면들도 있다. 내 역할은 영국의 신인 배우 수전 펜할리곤Susan Penhaligon이 맡았다. 그녀가 나와 많이 닮았다며 내가 직접 연기하는 줄 알았다는 이들도 있었다. 반면 나와 조금도 닮지 않았다고 단언하는 이들도 있었다. 사람마다 의견이 얼마나 엇갈리는지를 보여주는 대목이다. 내 부모님 역할도 배우들이 연기했지만, 그 외의 배역에는 전문 배우가 아닌 일반인을 많이 썼다. 그래서 많은 사람들이 본인 역할로 영화에 등장하게 되었다. 마르시오도 내 구조자 역할로 영화에 출연했다. 오늘날까지도 이 조그만 밀림 도시에서는 영화 촬영 당시의 재미있는 일화들이 회자되고 있다. 사람들은 다우림에 사는 개구리와 같은 이름을 지닌 진짜 지역 주민 팜파 왈로Pampa Hualo의 짧은 출연 장면이 특히 인상적이라고들 했다.

스코테제 감독은 팡구아나에 있는 내 아빠를 찾아가 현장에서 관련 장면을 촬영하는 것을 검토한 모양이다. 하지만 이후에 생각을 바꿔 야리나코차의 라카바냐 호텔 부지에 우리가 팡구아나에서 썼던 오두막을 재현했다. 아빠가 보기에는 무척 허접했다고 한다.

나도 다른 사람들처럼 그 영화를 1974년에 독일에서 개봉했을 때 처음 보았다. 킬에 있는 어떤 극장주가 나와 고모를 시사회에 초청해 관객들에게 소개해도 되겠느냐고 물었다. 나는 초대를 기꺼이 수락했지만 그 자리에서 정체를 밝힐 생각은 없었다. 근사한 칸막이 자리에 앉아 영화를 보는 내내, 나는 몹시 긴장해서 몸을 부들부들 떨었다.

내 뒤에서 한 젊은 커플이 나누던 이야기를 아직도 선명히 기억한다. 여자가 남자에게 이렇게 말했다. "정말 터무니없다! 말도 안 되는 영화야." 나는 그들을 돌아보며 이렇게 쏘아붙이고 싶었다. "말도 안 된다니요! 내가 직접 겪은 일이라고요!" 하지만 잠자코 있었다.

다소 오글거리는 장면도 꽤 많았다. 나를 연기한 소녀가 탈진하여 비탈에 웅크리는 장면이었다. 깜깜한 밤에 갑자기 재규어에 쫓긴 어미 원숭이가 새끼를 데리고 나타났다. 다급한 어미는 새끼를 잽싸게 소녀의 품으로 던진 다음 재규어에게 질질 끌려갔다. 소녀와 어린 원숭이는 서로를 끌어안고 다독였다. 아침이 되어 새끼 원숭이가 떠나려 하자 소녀는 울부짖으며 뒤를 따라갔다. "가지 마! 나를 혼자 두지 마!"

뭐랄까? 걸작이라기에는 뭣한 영화였다. 하지만 내 역할을 맡은 배우는 정말 몸을 사리지 않고 열심히 연기했다. 진흙탕에 서슴없이 뛰어드는 등 많은 장면에서 엄청난 열정을 쏟아냈다. 하지만 영화는 지루하게 늘어질 뿐이었다. 감독은 진실에 가까워지려 노력했고 일반인 배우들도 최선을 다했지만, 영화는 별로 설득력이 없었다.

그래도 독일에서 이 영화는 「녹색 지옥을 빠져나온 소녀」라는 선정적인 제목으로 12주간 극장에 걸렸다. 페루를 비롯한 남미에서는 「녹색 지옥에 빠지다Perdida en el Infierno Verde」로 좀 더 오랜 기간 상영되었다. 미국에서는 「기적은 아직도 일어난다Miracles Still Happen」라는 제목으로 개봉됐다. 정글을 지옥에 비유한 독일과 남미의 제목과 대조적으로, 미국에서는 생존기에 초점을 맞췄다. 그럼에도 영화는 결국 손실을 입었고, 나는 영화 수익을 한 푼도 받지 못했다. 이 영화는 아주 이상한 제목들을 달고 TV에서도 방영되었다. 아쉽게도 나는 영화의 정식 복사본을 받지 못했다. 그사이 감독이 사망하고 제작사도 해체된 지 오래였다.

아빠는 수전 펜할리곤이 다른 영화에서 누드 신을 찍었다는 사실 때문에 분개했다. 여러 신문에서 청바지와 티셔츠 차림의 내 사진 옆에 그녀의 누드 사진을 실었다. 나는 별로 신경 쓰이지 않았다. 하지만 그게 내 사진인지, 내가 요즘 누드 영화를 찍는지 묻는 사람이 많았다.

수전 펜할리곤이 1990년대에 미국에서 사고로 죽었다는 가짜 뉴스가 돌기도 했다. 언론이 정확하지 못한 보도로 제 발등을 어떻게 찍는지를 보여주는 좋은 예다. 사망은 사실이 아니었고, 그 배우는 지금까지 잘 살고 있는데도 소문은 끈질기게 나돌았다.

심지어 당시 사고를 당한 사람이 바로 나라는 이야기로 변질되기도 했다. 그렇다면 역시 현실과 허구를 구분하지 못하고 영화에서 내가 직접 내 역할을 연기했다고 믿는 사람이 많다는 뜻이다. 그런 황당한 상황은 되풀이하여 발생했다.

언젠가 리마에서 알뢴 라멜과 함께 차를 타고 북쪽으로 가다가 도중에 차가 서버렸다며 도움을 청한 한 과학자를 태워주게 되었다. 마침 그는 내 엄마를 알고 있었다. 남자가 말했다. "마리아 쾨프케가 목숨을 잃은 건 참 안타까운 일이에요. 게다가 추락 사고에서 기적적으로 살아남았다는 그녀의 딸이 나중에 미국에서 또 사고를 당했다니 정말 안 됐죠!"

그러자 장난기가 발동한 알뢴이 이렇게 물었다. "율리아네 말이죠? 그녀와 얘기 좀 나눠볼래요?"

그 과학자는 당황하여 알뢴을 흘겨봤다.

"오늘 진짜 운이 좋으신 거예요! 원하신다면 율리아네랑 바로 대화할 수 있으니까요. 그녀가 지금 당신 뒤에 앉아 있거든요." 알뢴이 너스레를 떨었다.

남자는 소스라치게 놀랐다. 내가 정말로 살아서 자신과 같은 차를 타고 있다는 사실을 도저히 못 믿는 눈치였다.

나는 비슷한 일을 숱하게 겪었다. 한번은 연회장에서 만난 사람들이 내가 정말 율리아네 쾨프케라는 사실을 믿지 않아서 여권을 보여주기까지 했다. 최근에는 모로의 어린 친척이 내게 현재 사진을 한 장 달라고 부탁했다. 그의 선생님이 내가 멀쩡하게 살아 있다는 사실을 믿지 않더라는 것이다. 소문이 다 그렇듯이 내가 미국에서 당했다는 사고는 황당한 내용으로 변형되어 나돌았다. 자동차 사고라는 소문도 있고 자전거 사고였다는 소문도 있었다. 놀랍게도 사람들은 그런 소문을 굳게 믿었다. 내가 뻔히 앞에 서 있을 때조차 그들은 직접 눈으로 보는 것보다 떠도는 소문을 믿곤 했다. 심지어 푸에르토 잉카 사람들도 내가 다시 돌아왔다는 사실을 믿지 않았다.

시청에서 팡구나 문제를 도와주는 사람은 한 명도 만나지 못했지만, 모든 직원들이 모여들어 나와 사진을 찍고 싶어 했다. 그 사이 점심시간이 되어 우리는 한 젊은 여성이 추천해준 레스토랑으로 향했다.

알고 보니 그 여성의 모친은 내가 사고를 당하기 전부터 알던 사람이었다. 하지만 별로 의외는 아니었다. 과거에 그 모친은 특이한 이름의 호텔을 운영했다. '라 람파라 데 알라디노La Lampara de Aladino', 곧 '알라딘의 요술램프'라는 뜻으로 자신의 남편 이름인 알라디노에서 착안한 상호였다. 엄마는 종종 그곳에 들렀고 나도 몇 번 따라간 적이 있다. 레스토랑 주인은 우리를 보고 입이 귀에 걸리도록 환히 웃었다.

우리는 옛날 얘기를 나눴고, 주인은 엄마가 이 호텔에 묵을 때 짐가방에 뱀이 한 마리 들어 있었다고 했다. 역시 소문에 불과하겠지만 나는 구태여 따지지 않았다. 우리의 화제는 자연스럽게 1971년의 크리스마스로 넘어갔다. 무시무시한 폭풍우 속에서 비행기가 숲 위를 뱅뱅 돌다가 결국 자취를 감췄다는 얘기였다. 이 번에도 나는 낯선 이들이 어떻게 내 이야기를 자신들이 직접 겪은 일처럼 말하는지 유심히 살폈다.

베르너 헤어조크의 말이 떠올랐다. "당신의 이야기는 더 이상 당신만의 것이 아니에요. 모두의 것이죠." 좋든 싫든 그의 말은 옳다.

과거에는 영화 판권뿐만 아니라 내 이야기를 책으로 낼 권리도 『슈테른』이 가지고 있었다. 다행히 모든 절차는 고모가 처리했다. 고모는 그런 일에 능했기에 나는 고모를 전적으로 신뢰했다. 실제로 내 이야기를 담은 책 한 권이 쓰였지만, 원고를 직접 읽어보니 썩 마음에 들지 않았다. 그래서 그 원고를 출간하겠다는 출판사가 나타나지 않는다는 얘기를 들어도 전혀 신경이 쓰이지 않았다. 당시에 나는 이미 책 쓰는 일은 내가 직접 하거나 믿을 만한 사람과 공동으로 해야 한다고 느꼈다.

그사이 전혀 모르는 사람들이 우리 테이블에 합석해 오랜 친구처럼 내게 말을 걸었다. 수색 작업 때 큰 희망에 부풀었던 이곳 사람들은 여전히 나 혼자 하늘에서 뚝 떨어져 무사히 살아남은 것이 신성한 징조라고 믿는 듯했다.

나보다 조금 연장자일 듯한 여자가 말했다. "푸에르토 잉카도 당신 고향이에요." 나는 그의 말이 고마웠다. 그리고 뮌헨의 집을, 억지로 페루를 떠난 후 진정한 나의 집을 찾기까지 얼마나 오래 걸렸는지를 떠올렸다.

나의 첫 집은 훔볼트 하우스였고 그다음은 팡구아나였다.

그런데 벽도 없는 원주민 오두막 몇 개를 집이라 할 수 있을까? 장소는 중요치 않다. 나에게 집이란 부모님이 계신 곳이었다. 하지만 엄마는 갑자기 돌아가셨고, 아빠는 한동안이지만 나를 곁에 두기 싫어서 온갖 구실을 만들어 멀리 떠나보냈다. 1973년 여름 방학 때 나는 결국 팡구아나 대신 슈타른베르크 호숫가 근처 지비히하우젠에 사시던 외할머니를 찾아갔다. 그곳에서 외가 쪽 친척들과 서서히 안면을 익혔다. 외동인 내게는 매우 특별한 경험이었다.

외할머니는 인정 많고, 유쾌하고, 지극히 사교적인 분이었다. 사람들과 어울리는 것을 워낙 좋아해서 유명한 산부인과 의사인 외할아버지 생전에는 집에 손님이 끊임없이 드나들었다고 한다. 노년의 할머니는 여름이 되어 집 안이 친척과 친구들로 북적대자 무척 행복해하셨다. 할머니에게는 잉카^Anka 라는 털이 뻣뻣한 닥스훈트가 있었는데 가엾게도 나를 만난 지 얼마 안 되어 죽고 말았다. 하지만 엄마의 언니이자 뒤셀도르프에서 배우로 활동했던 힐데^Hilde 이모에게도 아모^Amor 라는 개가 있어서 나와 즐겁게 놀곤 했다.

독일에서는 야외활동을 할 기회가 너무 적어서 아쉬웠다. 페루, 특히 밀림에서 나는 끊임없이 밖을 쏘다녔다. 심지어 우리 집에는 벽도 없었다. 모든 일은 탁 트인 하늘 아래서 일어났다. 하지만 여기 독일에서는 주로 실내에서 생활했다. 학교 공부가 너무 바빠서 취미생활을 할 여유도 없었다. 스포츠나 다른 신체 활동도 별로 하지 않았다. 그래서 아모를 데리고 소택지로 산책을 가거나, 슈타른베르크 호수까지 이어지는 멋진 길을 걷거나, 버섯과 블루베리를 따거나, 집 뒤의 말 목장을 구경하는 등의 일이 무척 즐거웠다. 언젠가 외할머니와 나는 특별히 아름다운 포르치니버섯을 발견했다. 그것을 본 할머니는 갑자기 할 말을 잃었다. 저녁에 할머니는 내게 포르치니버섯을 그린 예쁜 수채화 액자를 건네주었다.

"네게 주는 선물이다. 네 엄마가 아빠를 따라 페루로 가기 전에 그린 거야. 오늘처럼 네 엄마와 둘이서 버섯을 따러 갔더랬지. 저녁에 마리아가 이러더구나. '엄마, 이 버섯은 도저히 못 자르겠어요. 먼저 그림부터 그릴래요!'"

할머니는 눈물을 글썽이다가 고개를 돌렸다. 나는 그림을 들여다봤다. 정말 멋진 그림이었다. 내가 처음 외할머니댁에 도착하고 며칠 뒤에 우리는 엄마의 무덤을 찾아갔었다. 하지만 이 그림을 마주한 순간에야 나는 할머니 역시 엄마의 죽음으로 얼마나 힘들었을지를 헤아릴 수 있었다.

"네 외할아버지는 네 엄마를 혼자 그 먼 곳으로 보내는 것을 전혀 달가워하지 않았단다. 하지만 마리아가 이러더구나. '이 남자라면 어디라도 따라가겠어요. 세상 끝까지라도요.'"

할머니는 입을 닫았다. 옛날 생각에 빠진 듯했다.

"세상 끝까지라도." 할머니는 낮은 소리로 그 말을 반복하고는 애써 감정을 추슬렀다. 그리고 나를 보며 미소를 지었다.

"사실 네가 이 집에서 나와 함께 살았으면 했어. 하지만 역시 너한테는 킬이 낫겠지. 여긴 가장 가까운 학교도 거리가 꽤 멀거든."

그 순간 힐데 이모가 방에 들어왔다. 이모는 같이 버섯 요리를 만들어 이웃에 사는 할머니 친구를 저녁 식사에 초대하지 않겠냐고 쾌활하게 물었다. 그 순간의 마법은 그렇게 깨졌다.

그 이후에도 나는 지비히하우젠을 종종 찾아가곤 했다. 외할머니와 함께 하는 시간은 행복했고 알프스 기슭에서 보낸 몇 주도 무척 즐거웠다. 생일 파티 등의 행사에서 나는 열한 명이나 되는 사촌들도 만나보았다. 처음에는 독일 하노버에 살다가 라어로 이사간 아빠의 삼촌네 가족도 알게 되어 좋았다. 친척이 많은 것은 좋은 일이었다. 그들은 모두 나를 가족으로 따뜻하게 받아주었다. 이렇게 독일에서 경험하고 탐구해야 할 것들이 많아지자, 나는 팡구아나에 가겠다는 계획을 점점 잊어갔다.

빠르게 시간이 흘러갔다. 낮에는 열심히 아비투어를 준비하고 새로 사귄 학교 친구들과 어울렸다. 그리고 밤에는 끊임없이 악몽을 꾸었다. 깜깜한 공간에서 벽을 따라 질주하는 꿈이었다. 나는 몸에 엔진이라도 단 듯이 굉장한 속도로 달리고 있었다. 꿈에서 낮게 으르렁대는 소리도 듣곤 했는데 이제는 그것이 아래로 추락할 때 들은 터빈 소리임을 안다. 이 꿈들은 사고 때 얻은 흉터처럼 오랫동안 나의 일부가 되었다. 자주 두통에 시달렸지만 나는 묵묵히 참았다. 내가 불평을 할 수나 있을까? 다른 사람들은 다 죽고 혼자 살았으니 두통쯤은 가뿐히 참아야 하는 것 아닐까? 내 생일 선물로 아빠는 다우림의 나비 표본을 보내주었다. 한번은 미놀타 카메라를 보내주어서 나는 뛸 듯이 기뻤다. 아빠와 나는 종종 편지를 주고받았고 둘 다 주로 '빠른 답장을 기다린다!'는 말로 편지를 마무리했다.

아비투어까지 남은 2년은 휙 지나갔다. 나는 우수한 성적으로 시험을 통과했다. 아빠는 내가 자랑스러웠는지, 독일에 직접 찾아오셨다. 그렇게 나는 페루를 떠난 지 2년하고도 엿새 만에 아빠와 재회했다.

공무원들을 다시 만나 우리의 운을 시험해볼 때가 되었다. 우리는 요란한 작별인사가 끝나고도 여러 대의 카메라를 향해 미소를 지은 다음에야 이동할 수 있었다.

다행히 운이 따라주어 우리의 민원을 뜻대로 처리할 수 있었다. 게다가 잡화점에 들렀다가 우연찮게 우리가 새로 취득한 토지에서 소를 방목하는 이웃을 만났다. 그와 모로가 둘이서 문제를 해결한 다음에 우리는 집으로 향했다.

그날 날이 어두워진 후에야 우리는 유야피치스의 마을로 돌아갈 수 있었다. 손을 뻗으면 별들이 잡힐 것 같은 하늘 아래서 우리는 파치테아강을 건넜다. 반대편 모데나 농장 밑에는 충실한 친구 차노가 우리를 기다리고 있었다. 피로 때문일까, 오늘의 성과 때문일까, 수많은 추억 때문일까, 다정한 사람들의 온기 때문일까……. 오늘 저녁에 모로를 뒤따라 초원을 지나면서 나는 날아갈 듯이 가뿐한 기분이 들었다. 과거에 이 길을 여러 차례 지나간 기억이 현재 그리고 미래와 뒤섞였다. 나는 앞으로도 수없이 팡구아나를 찾아갈 것이다. 나의 모든 발걸음은 부모님의 유산을 실현하기 위해 필요한 긴 과정의 일부처럼 느껴졌다. 어찌 됐든 여행의 끝에는 멋진 루푸나 나무가 우리를 기다리고 있고 그 밑에는 팡구아나의 오두막이 있다. 나는 이 곳을 반드시 지키고 다음 세대를 위해 보호할 것이다.

　문득 아빠가 이 길을 마지막으로 걸었을 때 어떤 기분이었을지 궁금해졌다. 한때는 더없이 행복했지만 나중에는 이루 말할 수 없는 외로움과 슬픔에 파묻혀 살아야 했던 이곳을 떠나게 돼 속이 후련했을까? 아니면 긴 여행 준비로 바쁜 와중에 이곳을 잠시 떠났다가 곧 돌아올 장소로 생각했을까? 나는 알 수 없다. 그리고 사고 직후에 잠시 머무른 이후, 아빠와 함께 팡구아나에 돌아온 적이 한 번도 없다는 사실이 무척이나 부자연스럽고 안타깝게 느껴졌다.

제17장 재회와 귀환

1974년 4월 12일, 아빠를 마중하러 함부르크 풀스뷔텔 공항으로 갔다. 둘만 있는 자리가 아니어서 우리의 재회는 다소 밋밋했다. 고모도 당연히 함께 왔고 2년 전에 프랑크푸르트에서 나를 환대해준 아빠의 친구들도 마중을 나왔다.

아쉽지만 이날에 대한 자세한 기억은 없다. 아빠가 싱싱한 아보카도와 망고를 가져왔으면 하고 바랐던 기억밖에 나지 않는다. 아빠는 킬에 있는 할머니 집에서 하루이틀쯤 묵고 함부르크로 향했다. 교수로 채용될 때 맺은 계약에 따라 그곳에서 학생들을 가르쳐야 했기 때문이다. 처음에는 연구소 숙소에서 지내다가 얼마 후 함부르크 외곽에 작은 연립주택을 구했다.

리마에 있을 때 아빠는 독일에 임시로 머무르다가 광구아나로 돌아올 예정이라고 말했다고 한다. 그런데 나중에 리마의 자연사 박물관 동료들에게 듣기로, 아빠는 리마에서 누구에게도 작별 인사를 하지 않은 채 어느 날 홀연히 떠났다. 그리고 다들 어찌된 영문인지 채 알기도 전에, 대학교에 있던 아빠의 자리는 젊은 동료에게로 넘어갔다. 당시에는 나도 잘 몰랐지만 아빠는 팡구아나를 자연보호지역으로 바꾸는 작업에 이미 착수해 농림부의 약속을 받아놓은 상태였다. 1970년대 초에 팡구아나는 이미 약 10평방킬로미터쯤 확대될 예정이었다. 하지만 그러다가 모든 절차가 갑자기 정체를 맞았다. 작성된 보고서들은 점점 더 두꺼워지기만 하는 파일 속으로 모습을 감췄다. 독일에 있으면서 그 일을 적극적으로 추진할 수는 없었기에, 모든 일은 물거품이 되고 말았다.

아빠가 페루로 다시 돌아가지 않은 이유는 알 수 없다. 일단 독일에 오니 더 이상 의욕이 생기지 않은 게 아닐까 싶다. 페루는 엄마와 함께해서 행복한 나라였다. 엄마 없이는 결코 옛날과 같을 수 없었다. 더구나 그곳의 모든 것이 아빠에게 엄마를 떠올리게 했으리라. 내가 독일에 온 첫해에 아빠가 팡구아나에서 보낸 편지에는 이렇게 씌어 있었다. "(…) 1975년쯤에 팡구아나를 둘러보러 다시 페루에 올 생각이야. 물론 지금 시점에서 확정된 건 아무것도 없지만 너도 여기 함께 왔다 가면 좋겠구나."

하지만 이후로는 말을 꺼내지 않아서 나도 아빠를 딱히 재촉하지 않았다.

그 무렵 아빠는 지구를 가로지르는 또 다른 여행을 앞두고 있었다. 1974년 8월 12일부터 19일까지 호주 캔버라에서 제16차 국제 조류 학회가 열릴 예정이었다. 몇 년 전부터 이 행사에 대한 기대감은 차곡차곡 쌓여왔다. 조류학자들에게는 큰 의미가 있는 이 유서 깊은 행사는 1884년에 처음 시작되어 4년마다 한 번씩 개최되었다. (하지만 처음에는 정기 행사가 아니었고 제2차 세계대전 기간과 그 직후에는 열리지 않았기 때문에 이번이 겨우 16차였다.) 처음에는 아마도 엄마가 참석할 예정이었을 것이다. 가족 중에 조류학자는 엄마였으니까. 하지만 엄마가 돌아가셨으니 당연히 아빠가 호주로 가야 했고 나도 아빠와 동행할 생각이었다. 아비투어를 무사히 마친 후 나는 여행을 떠날 생각에 잔뜩 들떠 있었다.

1974년 8월 5일에 드디어 아빠와 함께 출발해 프랑크푸르트, 봄베이(뭄바이의 옛 이름 – 옮긴이), 싱가포르를 거쳐 시드니에 도착했다. 그곳에서 캔버라로 이동했다. 물론 모래 해변과 시드니 인근을 먼저 둘러본 다음이었다. 어디로 여행을 가든 우리는 동물원과 식물원은 빠짐없이 방문했다.

나는 캔버라에서 뜻깊은 경험을 했다. 행사에 열심히 참가했고 엄마의 외국 동료들도 만났다. 학회뿐 아니라 도시의 신기하고 흥미로운 건축물과 아름다운 환경도 인상적이었다. 아빠는 학회에서 페루 다우림의 새소리를 주제로 발표를 했다. 아빠에게 이 여행은 휴가가 아니라 치밀하게 준비한 연구 계획의 일부였다. 그 때문에 우리는 닷새간 동해안을 따라 북쪽으로 이동했다. 카드웰 동쪽, 숲이 무성하고 사람이 살지 않는 힌친브룩섬에도 들러 야영을 하면서 새소리를 녹음했다. 아빠의 짐가방 속에는 당시만 해도 최신 기기였던 녹음기 나그라Ⅲ(오늘날의 기준에서는 무척이나 거추장스럽고 케케묵은 물건이지만)와 반사기가 들어 있었다. 티센 재단이 아빠에게 증정한 물건으로, 아빠와 엄마는 그것을 페루의 새 울음소리를 편집하는 데 사용했다. 아빠는 항상 동일한 장비로 녹음을 해야만 소리를 정확히 비교할 수 있다고 보았다. 새소리의 미묘한 변화를 확인하는 것이 아빠의 목표였기 때문이다. 아빠는 팡구아나와 어느 정도 유사점이 있는 호주 북동부, 뉴기니, 하와이 여러 섬의 다우림을 체계적으로 조사해 새소리 사이의 공통점이나 차이점을 찾을 계획이었다. 늘 '큰 그림'을 중시했던 아빠는 팡구아나 인근의 다우림만 파고드는 학자라는 이미지를 경계했다.

힌친브룩섬은, 우리가 그 섬에 머무를 때 필요한 생필품을 조달해준 카드웰 출신의 친절한 신사가 실수로 식기를 가져오지 않은 일 때문에 특히 내 기억에 선명히 남아 있다. 식사 도구가 없었던 우리는 주머니칼로 주위에 널린 코코넛 껍데기를 깎아 원시인이 쓸 법한 숟가락을 만들었다. 아빠는 뭐든 즉석에서 융통하는 재주가 있었다. 게다가 첫날부터 나는 안경을 깔고 앉아 렌즈를 부숴버렸다. 설상가상으로 비가 억수같이 쏟아졌는데 천막은 방수가 되지 않았고 모기떼가 우리를 덮쳤다.

호주에서 한 달을 보내고 뉴기니를 여행하며 4주 동안 새 울음소리를 비롯한 자료를 쉴 새 없이 수집한 다음, 우리는 피지섬을 거쳐 하와이로 갔다. 국제 날짜 변경선을 지난 덕에 우리는 이 여행에서 같은 날을 두 번 경험했다.

환상적인 카와이섬에서 나는 스무 살 생일을 맞았다. 아빠는 꽃과 양초로 예쁘게 꾸민 생일상을 준비해 나를 놀라게 했다. 내가 깊이 잠든 한밤중에 방을 살금살금 나와 준비한 모양이었다. 영원히 잊지 못할 특별한 생일이었다. 우리는 택시를 타고 섬 전체를 돌아본 다음 아열대 숲속을 걸었다. 아빠와 함께하는 여행은 참 좋았다. 나는 아빠와 같은 관심사를 공유할 수 있어서 기뻤다. 어쩌면 아빠는 그 몇 주 동안 엄마와 함께 여행하던 시절을 떠올렸을지도 모른다.

오랜 시간을 붙어 다니면서 우리는 다시 가까워졌다. 여행을 함께해보면 상대방과 앞으로도 잘 지낼 수 있을지 알 수 있다는데, 우리는 여행 중에 기막히게 잘 지냈던 것 같다.

10월 중순에 프랑크푸르트에 도착한 나는 대학생활이라는 인생의 새로운 장을 앞두고 있었다. 생물학 대신 문학과 미술을 전공으로 선택해야 하는 게 아닌지 1년 전부터 마음이 흔들렸지만, 결국 부모님의 뒤를 이어 동물학자가 되겠다는 어릴 적 꿈을 밀고 나가기로 결심했다. 아빠는 무척이나 기뻐했다. 내가 두 분의 업적을 이어가기를 기대한 것이다. 무엇보다 나는 팡구아나에 간절히 돌아가고 싶었다. 생물에 대한 사랑과 자연의 무한한 다양성 앞에서 느끼는 호기심과 경외감(이번 여행에서도 분명 이런 감정을 다시 느꼈다)은 어린 시절 부모님과 함께 숲의 신비를 탐험할 때와 다름없이 강렬했다. 나는 독일에서의 삶에도 잘 적응했지만, 일단 연구를 시작하면 페루로 돌아가서 살게 될 거라고 생각하고 있었다.

팡구아나로 돌아갈 기회는 논문 작업을 시작해야 했던 1977년에 처음 찾아왔다. 나는 아직 연구된 적 없는 새로운 주제가 필요했다. 그렇다면 팡구아나에서 연구하는 것보다 더 나은 선택이 있을까?

아빠와 상의했더니 나의 관심에 크게 기뻐했다. 팡구아나의 생물 연구는 오랫동안 아빠가 마음속으로 품고 있는 숙제였다. 옛날에 엄마와 아빠는 체계적인 생태계 조사 계획과 최대한 완전한 종 목록 작성 계획을 세웠다. 그 지역의 다우림에는 생명이 너무 풍부해서 여러 해가 지나도 연구는 일부밖에 진행되지 못했다. 무엇보다 주로 경계색을 지닌 나방에 대한 논문이 나왔을 뿐, 썩은 고기와 분뇨를 먹는 나비에 대한 연구는 거의 없었다고 했다. 그래서 나는 결심했다. '그래, 이것이 바로 내가 할 일이야.' 아빠를 비롯한 과학자들이 이미 팡구아나에서 다양한 나비를 채집했기에 내가 밑바닥부터 새로 시작할 필요는 없었다. 그리고 이런 나비는 비교적 쉽게 관찰하고 유인할 수 있어 내 논문 주제로 다루기에 적합해 보였다. 그리하여 우리 연구소에서 나비에 대한 새로운 연구가 시작되었다.

나로서는 마침내 팡구아나로 돌아가게 된 반가운 기회였다. 1977년 8월 초에, 혼자가 아니라 다른 학생 네 명과 함께 팡구아나로 출발했다. 우리는 오합지졸이나 다름없었다. 파충류와 양서류에 관심이 많은 아빠의 논문 제자와 제자의 남편, 아빠가 박사과정을 지도하는 안드레아스^{Andreas}가 나의 동행이었다. 안드레아스는 현재 양서류와 파충류 전문가로 슈투트가르트 자연사박물관에서 일하고 있다. 그는 숲속 연못에 서식하는 개구리의 생물 군집에 대한 논문을 쓰느라 팡구아나에 1년 정도 머물렀다. 그리고 아마존 다우림의 생물에 대해 알고 싶어 하는, 안드레아스와 친한 학생 한 명이 더 있었다.

리마에 도착했더니 이번에도 기자 무리가 나를 기다리고 있었다. 도저히 믿기지 않았다. 5년이나 페루를 떠나 있었으니 여기 사람들이 나를 다 잊었을 줄 알았다. 또다시 인터뷰 요청이 쇄도해 내 신경을 긁었다. 그래서 동료들과 함께 평화롭게 연구에 몰두할 수 있는 밀림으로 하루 빨리 출발하고 싶었다.

팡구아나에 다시 도착했을 때 얼마나 기뻤는지 모른다. 안타깝게도 지금은 더 이상 남아 있지 않지만, 당시에는 내가 부모님과 함께 살았던 낡은 본채에서 지낼 수 있었다. 본채 주위에는 작업실과 주방으로 쓰이는 오두막이 있고 조금 떨어진 곳에는 다른 숙소가 있었다. 벽도 없고 한쪽 면은 밀림에 인접한 숙소였지만 바람과 궂은 날씨만큼은 확실히 피할 수 있었다. 우리는 바닥에서 잠을 잤다. 모두를 수용하기에 충분한 공간이었다. 당시에 모로와 그 가족은 여전히 유야피치스 반대편의 강 하류에 자리 잡은 라 폰데로사(TV시리즈「보난자^{Bonanza}」에 나오는 농장 이름을 땄다)

농장에 살고 있었다. 나중에야 모로는 팡구아나로 이사해 손님 숙소 바로 맞은편 부지에 집을 지었다.

페루에 머무른 석 달 가운데 한 달은 팡구아나에서 지냈다. 나는 다양한 미끼를 이용하여 잡은 수많은 나비를 사진으로 남겼다. 당시에는 민가 근처와 숲 가장자리에 들쥐, 특히 가시쥐가 득시글거렸다. 모로의 도움을 받아 들쥐를 잡아 그 고기를 쓰거나, 도살된 가축의 고기를 주먹 크기로 잘라서 밖에 내놓으면 그 주위로 나비들이 모여들었다. 부패하기 시작할 무렵의 미끼가 나비를 가장 많이 유인했다. 커다란 모르포나비(주로 남미에 분포하는 나비류로, 빛을 받는 각도에 따라 날개의 색이 바뀐다 – 옮긴이)와, 날개 아래쪽에 아름다운 눈 무늬가 있는 손바닥 크기의 신비로운 올빼미나비가 특히 많았다. 발효 중인 과일이나 주스, 똥을 좋아하는 나비도 있었다. 가장 아름다운 나비는 옥외 화장실에서 잡았다. 어느 날 밤 화장실에 있다가 4센티미터 크기의 거대한 개미인 이술라isula(총알개미)에게 허벅지를 물렸다. 이술라에게 물린 상처는 엄청나게 아프고 자국은 며칠 동안 없어지지 않는다. 페루인들이 이 개미를 '24시간24horas'이라 부르는 이유는 그 시간 내내 고통을 받기 때문이다.

처음에는 내 고기 미끼가 이상하게 자꾸 사라진다 싶었는데 알고 보니 거북, 아르마딜로 등의 동물이 먹어치우는 것이었다. 썩어가는 고기는 거북들의 별미였으니 어쩌겠는가? 그래서 나는 고기 조각을 철망에 넣어 나무나 기둥에 묶어두었다. 그렇게 하니 거북들이 고기를 꿀꺽하는 것을 막는 동시에 '내' 나비들도 더 편하게 관찰할 수 있었다. 강둑에 있는 테이퍼의 똥오줌이나 안경카이만의 배설물에 우아하고 화려한 노랑, 하양, 주황의 나비들이 모여 앉은 모습은 늘 환상적이었다.

아빠의 논문 제자와 나는 어느 날 숲속에서 진드기 떼의 습격을 받은 적이 있다. 이 벌레들이 앉아 있던 덤불을 무심코 뜯은 게 화근이었다. 그것들은 우리에게 맹렬하게 덤벼들었다. 어찌해도 물리칠 방법이 없었다. 우리는 집으로 달려가 황급히 옷을 벗고 서로의 몸에서 조그만 해충들을 핀셋으로 떼어낸 다음 촛불에 던져 태워 죽였다.

한번은 논문 제자와 그 남편이 숲속 악어를 잡아 사진을 찍으려 했다. 하지만 논문 제자는 악어를 잡고 있는 남편의 손이 사진에 담기는 것을 원하지 않았다. 그래서 그 남편은 80센티미터 길이 악어의 주둥이와 꼬리를 놓고 다리만 붙잡고 있었다. 당연히 주둥이가 자유로워진 악어는 그의 팔을 꽉 물었다. 다행히 상처에 큰 염증이 생기지는 않았지만, 놀란 가슴을 쓸어내려야 했다.

당시에 광구아나의 집 주위에는 뱀이 많았는데 이웃사람이 보트롭스뱀에 물린 적이 있었다. 나와 함께 연구를 진행하던 한 학생이 그 이웃에게 항독혈청을 주사했다. 하지만 너무 많은 양을 주사하는 바람에 상처에 커다란 혹이 생기고 말았다. 항독혈청은 사실 무척 조심해서 다뤄야 한다. 알레르기가 있는 사람은 과민성 쇼크에 빠져 목숨을 잃을 수도 있기 때문이다. 뱀에 물린 상처가 큰 문제를 일으킬까 걱정하다 적정량을 초과한 것이었는데, 어쨌든 조심해서 나쁠 건 없었고 커다란 혹도 큰 문제를 일으키지 않은 채 사라졌다.

당시에 유야피치스는 마을이라기보다 파치테아강의 높은 강둑에 자리 잡은 오두막 촌락에 불과했다. 그래서 주중에는 일몰 후에도 조용하기만 했다. 하지만 토요일이면 먹고 마시고 춤추는 잔치가 열려 우리도 종종 놀러가곤 했다. 즐거운 시간은 왜 그리 빨리 지나가는 걸까?

리마에 있을 때 나는 친구 에디트의 부모님 댁에 머물렀다. 그 집 정원에 있는 방 한 칸에 욕실이 딸린 단층 별채는 늘 내 차지였다. 무척 쾌적한 방이었다. 리마에서 나는 리카르도팔마대학교의 특별 행사에 초대받기도 했다. 그 학교에서는 생물학과 학생들의 마지막 학기를 내 엄마의 이름을 딴 '프로모시온 76B 마리아 쾨프케Promoción 76B Maria Koepcke'라 불렀다. 내가 그곳에 내빈으로 초대받은 일은 물론 온갖 언론에 보도됐다. 여전히 인터뷰 요청은 밀려들었고 나의 페루 체류 사실은 신문에 연일 실렸다. 무엇보다 리마와 팡구아나를 오가다가 푸카이파를 지나갈 때면 과거가 나를 붙잡았다. 부모님과 친하게 지내던 지역 라디오 방송국 대표의 요청을 차마 거절하지 못하고 내 근황을 전했고, 그 내용은 라디오 프로그램에서 수차례 방송됐다.

그 무렵에 나는 구조 후 회복될 때까지 나를 집에서 돌봐준 야리나코차의 헌신적인 선교사들을 자주 방문했다. 그중 한 언어학자의 집에 초대 받았다. 멋진 저녁시간을 보내면서 나는 다시금 이 사람들에게 끈끈한 정을 느꼈다. 그런데 당황스럽게도 그 자리에서 원래 면식이 있던 한 여성이 내게 몇 번이나 이런 질문을 했다. "잘 지내요, 율리아네? 그러니까, 진짜 잘 지내고 있냐고요."

"그럼요." 나는 슬슬 짜증이 나기 시작했다. "잘 지내고 있어요!" 이 여자는 왜 자꾸 이런 질문을 하는 걸까?

가야 할 시간이 되자 그 여성이 나를 호텔까지 차로 데려다주었다. 헤어질 때 그는 내 손에 편지 한 통을 쥐어주며 말했다. "나중에 방에 들어가서 읽어봐요. 답장은 안 해도 되고요." 나는 어리둥절했다. 이 여자가 내게 어떤 편지를 썼을지 상상도 할 수 없었다. 하지만 약속한 대로 그날 저녁에 편지를 읽었다.

놀랍게도 그 여성은 1971년 12월 24일에 랜사 항공기 체크인 대기줄에서 바로 내 앞에 서 있었던 소년의 엄마였다. 나와 농담을 주고받으며 웃고 떠들던 그 소년도 다른 승객들처럼 목숨을 잃었다. 그는 편지에서 왜 자신의 아들이 아닌 나를 살려야 했냐며 오랫동안 하느님을 원망했다고 고백했다. 야리나코차의 선교 공동체에 속한 다른 사람들처럼 그도 그리스도교 전파에 인생을 바쳤지만 이런 의문은 그를 깊은 수렁에 빠뜨렸다. 결국 이 운명과 화해할 때까지 그는 오랫동안 고통을 받아야 했다.

그날 밤 늦게까지 잠을 이루지 못했다. 킬에서 한참을 살다온 지금, 다시 과거가 나를 괴롭히고 있었다. 왜 내가 아닌 그가 죽어야 했을까? 왜 엄마가 목숨을 잃고 내가 살았을까? 자연사박물관에서 일하는 엄마의 옛 동료는 최근에 내게 눈물을 글썽이며 이렇게 말했다. "사고 소식을 듣고 다들 이렇게 말했어요. '만약에 살아남는 사람이 있다면 그건 분명 박사님일 거예요. 밀림에서 생존하는 법을 가장 잘 아는 분이니까요.' 그런데 이런, 그분의 딸이었네요." 그럴 뜻은 없었겠지만, 그녀의 눈물과 체념이 담긴 '그런데 이런'이라는 표현에는 당시의 아빠가 그랬듯이 뭔가가 잘못된 것이 틀림없다는, 엉뚱한 사람이 죽었다는 믿음이 담겨 있었다. 내 엄마가 살아남았어야 하는데. 아니면 그 소년이나. 그 많은 사람들 중에 내가 살아야 할 이유는 없었다.

당시에 나는 스물셋이었다. 사고가 일어난 지 여섯 해가 지났다. 나는 팡구아나에 돌아와서 뛸 듯이 기뻤다. 하지만 아빠가 나를 독일로 보낸 것이 옳은 선택이었다는 생각을, 이곳에 와서 처음으로 하게 되었다. 독일에서는 사고와 거리를 둘 수 있었지만 여기서는 언제 어디서나 그 일을 떠올려야 했다. 그래도 살아 있는 동안 나는 계속 이곳으로 돌아올 것이다. 당시에도 나는 마음속 깊이 그 사실을 인식하고 있었다.

킬로 돌아간 나는 논문을 쓰기 위해 조사한 내용의 분석에 착수했다. 그렇게 즐겁게 논문을 쓰고 결국 연구를 성공적으로 마무리할 수 있었다. 나는 박사학위를 취득할 때까지 공부를 계속할 작정이었다. 공부는 팡구아나를 다시 찾아갈 좋은 구실이었다. 또다시 어떤 연구를 해야 할지 알 수 없었지만, 내게 팡구아나보다 더 적합한 연구 장소는 없었다. 그곳에 얽힌 슬픈 기억에도 불구하고 나는 늘 팡구아나가 그리웠다.

그 몇 년 사이 유야피치스 강변에 자리 잡은 부모님의 연구소에 찾아온 사람은 나 혼자가 아니었다. 아빠는 논문 제자와 박사 과정 학생들에게 연구 주제를 할당하고, 그들을 끊임없이 밀림 연구소로 보냈다. 초창기에 그랬듯이 다른 과학자들도 이미 진행 중이던 연구를 완성하거나 새 연구를 시작하기 위해 아빠의 동의 하에 이곳에 찾아왔다. 필요할 때마다 현장에서 방문객의 뒷바라지를 하는 사람은 모로가 유일했다. 놀랍게도 아빠는 함부르크에 자리를 잡은 후 그곳을 떠나지 않고서도 팡구니아의 운명에 계속 관여했다. 물론 함부르크에서도 아빠는 여기저기 탐험을 다녔다. 그럴 때마다 아빠의 조그만 연립주택은 내가 관리했다. 아빠는 페루에는 돌아가지 않았다.

나는 다시 페루에 갈 기회를 고대하고 있었다.『페루 열대우림에서 썩은 고기와 배설물을 먹고 사는 나비의 위장색에 나타나는 종 특이 무늬』라는 제목으로 논문을 완성한 1년 뒤에, 나는 넉 달간 몇몇 친구와 함께 내가 태어난 나라를 여행하며 몇 차례의 모험을 했다. 안데스를 넘어가는 여정은 특히 파란만장했다. 어느날 외딴 지역에서 오프로드 트럭 한 대가 우리에게 다가왔다. 승객 한 명은 머리를 손수건으로 싸맨 상태였다. 멈춰 서서 보니 손수건이 피로 흠뻑 젖어 있었다. 그들은 독일인인데 전날 밤에 낯선 사람들로부터 공격을 받았다고 했다. 구리, 은, 비스무트, 텅스텐을 캐는 광산 인근에서 한밤중에 누군가가 차를 쾅쾅 두드렸는데, 처음에는 당연히 문을 열지 않았다고 한다. 그러다 이내 기관총이 차를 때리기 시작했고, 급기야 한 남자가 목에 총상을 입은 것이었다. 혈관이나 성대가 찢기지는 않았지만 피가 펑펑 쏟아졌다. 심각한 부상을 입었지만 남자는 얼른 차 안으로 몸을 던져 계속되는 사격을 피해 도망쳤다고 했다.

당시에는 가해자가 누구였는지 알지 못했다. 아비마엘 구즈만 레이노소Abimael Guzmán Reynoso를 중심으로 하는 '센데로 루미노소 Sendero Luminoso(빛나는 길)'라는 테러 단체가 널리 세력을 얻은 이후, 페루가 오랫동안 여행 금지 국가로 바뀌면서 나는 비로소 이 사건의 의미를 이해할 수 있었다. 부상자와 직접 마주치고도 우리는 총격이 일어난 바로 그 지역으로 갈 수밖에 없었다. 야간에 특히 위험한 경로인 팅고 마리아와 푸카이파를 이동하면서 우리가 얼마나 긴장했었는지 아직도 기억이 생생하다. 운전사는 이렇게 말했다. "지금 차가 고장 나면 하느님께 자비를 구하는 수밖에 없어요." 그렇게 접근이 어려운 지역을, 특히나 밤에 자동차로 지나가는 것은 절대 권장되지 않던 시절이었다. 다행히 차가 잘 버텨줘서 우리는 이 위태위태한 길을 두려운 만남 없이 무사히 지나갈 수 있었다.

당시 페루는 암울한 시기를 겪고 있었다. 군사 독재가 끝나고 선거가 있는 해인 1980년에 아비마엘 구즈만[Abimael Guzmán]이 이 끄는 반정부단체는 온 나라에 무력 전쟁을 선포했다. 봄이 되자 그의 추종자들은 아야쿠초 인근의 작은 마을에서 투표함을 불태 웠다. 다음에는 경찰서와 마을을 표적으로 공격을 자행했다. 결 국 1982년 말에 정부는 비상사태를 선포하고 군부대를 피해 지 역으로 파견했다. 추종자들에게 '세계 혁명의 네 번째 장검'이라 불린 곤잘로[Gonzalo] 대통령은 절대복종을 요구했다. 그와 추종자 들은 원주민의 전통이나 재산권, 인권 따위는 전혀 개의치 않았 고, 자신들을 지지하지 않는 농민에게는 피비린내 나는 응징을 가했다. 억지로 그들을 지지한 농민들 역시 군의 가혹한 처우로 고통을 받아야 했다. 이런 상황은 여러 해 동안 지속되었다.

우리 일행은 여행 중에 이런 정치적 혼란의 먼 메아리만을 접 했을 뿐, 현실을 제대로 알지는 못했다. 반정부운동은 느리지만 서서히 나라 전체로 퍼져나갔고, 그 결과 오지에서는 이런 습격 이 심심찮게 일어났다. 내 부모님 역시 1950년 후반에 여행을 떠 났다가 (나는 그때 겨우 세 살이어서 고모, 할머니와 함께 리마에 남았다) 목숨을 잃을 뻔했다. 그때는 정치적인 이유가 아니라 안데스 거 주민 사이에 널리 퍼진 미신 때문에 일이 벌어졌다. 부모님은 안 데스에서 배낭을 지고 이동하다가 한갓진 장소에 천막을 치곤했 기에 평소에는 그런 문제를 겪지 않았다. 그러다 한번은 주민 중 에 스페인어를 하는 사람이 아무도 없고 유럽인이 한 번도 찾아 온 적 없는 듯한 마을에 이르렀다. 남자들은 들판에 일하러 가고 마을에는 여자들뿐이었다. 여자들은 부모님을 보고 피스타초pishtacos라고 여겼다. 전설에 따르면 피스타초는 인간의 형상을 하고 나타나는 불가사의한 악령으로, 금발 머리에 배낭을 메고 다닌다. 그리고 밤이 되면 몰래 사람들을 죽여 몸의 지방을 빨아먹는 존재였다. 외진 마을의 여자들은 부모님이 그런 존재라고 믿고, 공포에 질려 두 불청객을 다짜고짜 학교 건물에 밀어넣어 가둬버렸다. 그날 저녁에 마을로 돌아온 남자들은 곡괭이와 칼을 들고 부모님을 죽이려 했다.

다행히 그 마을에는 리마에서 교육을 받은 교사가 한 명 있었다. 교사는 부모님이 절대 피스타초가 아니고 누구도 해칠 생각이 없으니 그냥 살려주자고 주민들을 간신히 설득했다. 두 분은 학교 건물에서 하룻밤을 지내도록 허락받았지만, 다음 날 동이 트자마자 사람들의 미심쩍은 눈초리를 피해 허겁지겁 마을을 떠났다.

얼마 전만 해도 모로는 팡구아나 주위에 사는 주민 일부가 여전히 우리와 과학자 손님들을 피스타초로 믿는다고 내게 귀띔했다. 이 황당한 믿음을 일거에 없애기 위해 모로는 지역 라디오 방송국 '파치테아의 목소리La Voz del Pachitea'에 방송을 내보내자고 제안했다. 팡구아나가 무엇이고 추구하는 목적이 무엇인지 우리가 직접 잘 설명하자는 것이었다. 이후 내가 쓴 원고가 몇 주에 걸쳐 라디오에서 수차례 낭독되었고 덕분에 주민들은 우리의 대의를 잘 이해하게 되었다. 동시에 그 지역의 모든 이가 우리가 하는 일에 대해 알게 되었다. 젊은 시절에는 숲을 자원을 제공하는 곳으로만 인식했던 모로도 지금은 다우림 보존의 가장 열렬한 지지자가 되었다. 인근 마을 학교에서 학생들이 찾아올 때마다 모로는 열정적으로 숲을 소개했다. 그는 아이들에게 마치 성인에게 하듯 동식물의 특성을 상세히 설명하고 국가와 국민이 숲을 보호하는 것이 얼마나 중요한지를 강조했다.

1980년 11월에 킬에 돌아왔더니 슬픈 소식이 기다리고 있었다. 오랜 세월 고모와 함께 살았던 할머니가 돌아가신 것이었다. 내가 돌아온 다음 날에 우리는 할머니의 장례식을 치렀다.

얼마 지나지 않아 나는 다시 팡구아나에서 지낼 계획을 세웠다. 이번에는 1년 이상이 걸릴 터였다. 나를 팡구아나로 보내줄 적절한 논문 주제를 찾는 것이 관건이었다. 내 인생의 몇 년을 기꺼이 쏟아 부을 가치가 있는 흥미로운 주제여야 했다.

그리고 연구 대상에 대한 아빠의 제안에 나는 경악했다.

제18장 밤의 정령

"뭐라고요?" 나는 못마땅하여 되물었다. "박쥐라니요? 농담 마세요!"

포유류나 조류라면 무엇이든 기꺼이 연구할 마음이 있었지만, 박쥐는 절대 아니었다. 나는 이 밤의 정령들이 징그러웠다. 과연 박쥐에 조금이라도 귀엽거나 흥미로운 구석이 있을까?

"박쥐를 무시하지 마라." 아빠가 싱글거리며 대답했다. "매력 적인 동물이야. 모든 포유류를 통틀어 가장 재미난 동물이잖니? 더구나 팡구아나에는 박쥐가 지천이고."

나는 눈을 크게 떴다. 팡구아나의 박쥐라면 너무나 잘 기억한 다. 밤에 소 피를 빨아먹는 흡혈박쥐를 생각하면 몸서리가 쳐졌 다. 한번은 박쥐가 자고 있는 내 엄지발가락을 깨문 적도 있다.

나에게 박쥐는 도무지 매력적인 동물이 아니었다.

"사실 귀여운 축에 속하지는 않지. 하지만 잘 생각해봐. 너는 최초로 팡구아나의 박쥐에 대한 논문을 쓰는 학자가 되는 거야. 그리고 박쥐의 생태는 실로 매력적이잖아. 포유류이면서도 날 수 있고, 밤에 활동하면서 반향으로 위치를 파악하는 등 행동 양식이나 습성이 정말 특이하지. 내 말은 그냥 한번 생각해보라는 거야."

생각할수록 아빠의 주장에 강한 설득력이 있음을 느꼈다. 특히 박쥐의 다양한 먹이 습관과 보금자리 선택에 대해서는 팡구아나는 물론이고 아마존 일대의 페루에서도 전혀 연구된 적이 없었다. 다른 포유류에 비하면 그물로도 쉽게 잡을 수 있고 휴식을 취하는 모습을 쉽게 관찰할 수 있다는 장점도 있었다.

그래서 나는 미개척의 영역에 들어섰고 그 선택을 한 번도 후회한 적이 없다. 참고할 만한 문헌은 별로 없었고 그마저도 페루 인근 국가의 외진 지역을 대상으로 한 연구였다. 독일에서는 누가 이런 주제의 논문을 지도할 수 있을까?

여기저기서 뮌헨에 사는 남미 전문가인 에른스트 요세프 피트카우Ernst Josef Fittkau 교수를 추천했다. 그래서 그분을 찾아가 연구 제안서를 발표했더니 나를 박사과정 학생으로 받아주었다. 내 인생의 다음 몇 년은 이렇게 결정이 되었다. 1년 이상 팡구아나에 머무르면서 날아다니는 밤의 정령에 대한 연구에 매진한 다음 뮌헨으로 돌아와 논문을 쓰는 거다.

그래서 킬에 온 지 9년이 다 된 시점에 나는 고모의 집에서 나왔다. 내 짐은 상자에 넣어 임시로 보관시켰다. 페루에서 돌아온 후에 곧바로 뮌헨으로 이사할 작정이었기 때문이다. 1981년 8월에 리마로 가는 비행기를 타자 이루 말할 수 없이 행복했다. 아비투어와 졸업 논문을 마치고 이제 박사학위 논문을 써야 한다. 그 다음에는 앞으로 내 인생을 어디서 어떻게 펼칠지 자유롭게 결정할 수 있다.

팡구아나에서 지낸 처음 몇 주 동안은 동료와 함께였다. 킬 소재 한 대학교에서 조교수로 굴파리를 연구하는 미하엘Michael 이었다. 그는 이 나라와 사람들에 적응하기 위해 한 달 전부터 와 있었다. 희한하게도 미하엘에게는 불운이 늘 따라다녔다. 페루 여행을 하다가 세 번이나 소매치기를 당했고 한번은 그가 탄 버스의 차축이 부서졌다. 안데스 고산지대에서 원주민 오두막에 묵을 때는 쥐의 오줌 세례를 받기도 했다. 설상가상으로 이질에 걸려 지독한 설사에 시달리다가 몸무게가 15킬로그램 이상 빠지는 일도 겪었다. 리마에서 미하엘을 만났을 때 나는 그를 못 알아볼 뻔했다. 심하게 수척한 데다 턱수염이 무성하게 자라 있었다. 내가 비행기를 타고 유야피치스로 가는 사이, 그는 푸카이파에서 며칠 먼저 배를 타고 출발했다. 우리의 짐가방과 새 냉장고에 연료로 쓸 경유 한 통을 가지고 말이다. 경유를 구하러 다닐 때 나는 미하엘 때문에 환장할 지경이었다. 그는 통을 완벽하게 밀봉해야 한다고 고집했지만 페루에서는 너무 지나친 요구였다. 하지만 끈질기게 돌아다니며 결국 '완벽한 통'을 찾아낸 그는 무척 흡족해했다. 물론 나도 뿌듯했다.

떠나기 전에 그는 커다란 수박도 여덟 통이나 샀다. 이틀간의 보트 여행 치고는 준비가 과한 것 같아 나는 실소가 나왔다. 이미 골판지 상자, 병, 박스, 이런저런 기계류 등이 실려 있어 배에 남은 공간이 별로 없었는데도 미하엘은 고집을 부렸다. 하지만 사실 화물 중에 식품은 아무것도 없었다. 출발 하루 뒤에 미하엘의 배는 엔진 고장을 일으켰다. 다시 작동할 때까지 그는 파치테아 강둑에서 다른 승객들과 함께 며칠을 보내야 했다. 그때 수박이 요긴하게 쓰였고 승객들은 미하엘의 선견지명에 고마워했다.

팡구아나에서 그는 비탈길에 미끄러져 다치기도 했고, 머리에 엄청난 양의 새똥을 맞기도 했다. 그때 그는 큰 똥덩어리에 모인 흥미로운 파리떼를 조사하던 중이라 똥의 주인이 가까이 있음을 인식하지 못했다. 똥은 정확하게 그의 머리 바로 위에서 떨어졌다. 대형 왜가리의 일종인 넓은부리해오라기가 범인이었다. 다행히 이런 불운한 사건들이 큰 문제로 이어지지는 않았다. 그냥 우스운 해프닝일 뿐이어서 우리는 함께 많이 웃었다. 미하엘은 재속에 냄비를 묻어 맛있는 빵을 굽기도 했다. 다른 학자들처럼 그는 팡구아나의 풍부한 종 다양성, 특히 자신의 전문분야인 노랑굴파리의 다양성에 흥분했다. 아쉽게도 그는 얼마 후에 떠나야 했다.

미하엘이 떠난 후 나는 오로지 박쥐 연구에만 매진했다. 내 생활리듭까지 박쥐에 맞췄다는 뜻이다. 낮에는 박쥐의 잠자리를 찾아 속 빈 나무에 올라가거나 둑 밑을 살피고, 밤에는 숲으로 들어가 적절한 위치에 포획틀을 설치하고 상황을 확인했다. 칠흑같이 어두운 밤에 오실롯을 만나기도 했다. 밤에 홀로 활동해서 만나기가 매우 어려운 동물이었기에 나는 우리의 길이 엇갈리지 않아 다행이라 생각했다.

한번은 덩치 큰 동물이 다가오는 발자국 소리를 들었다. 꼼짝하지 않고 기다렸더니 테이퍼 한 마리가 덤불에서 튀어나와 내 앞에 섰다. 녀석도 나처럼 깜짝 놀라서 주둥이로 킁킁대며 내 체취를 탐색했다. 테이퍼 입장에서는 웬 이상한 동물이 어슬렁거리나 했을 것이다. 이 동물은 특히 새끼가 딸린 경우 사나워질 수 있기 때문에 나는 한참이나 움직일 엄두를 내지 못했다. 결국 내가 목청을 높여 고함을 질렀더니 테이퍼는 몸을 돌려 사라졌다.

다음 날 밤, 유야피치스에서 열린 파티가 끝나고 팡구아나로 돌아오는 길에 나는 믿을 수 없는 조우를 했다. 손전등 배터리가 간당간당해서 머리에 상자를 인 채 길을 본다기보다 더듬으며 앞으로 나아가고 있었다. 어둠 속에서 길을 조금 벗어나 강 쪽으로 내려가는 비탈길에 이르렀을 때, 내 옆에서 낮게 으르렁대는 소리가 들렸다. 아주 큰 개가 낼 법한 소리였다. 손전등으로 내 발밑의 작은 구덩이를 비췄지만 희미한 빛으로는 아무것도 분간할 수 없었다. 그 순간 낮게 으르렁대는 소리가 또 들려서 나는 어서 그곳을 빠져나가야겠다고 생각했다. 무사히 숙소로 돌아온 다음 날 그 지점에서 찢어발겨진 송아지 한 마리가 발견되었다. 사체의 상태를 보니 그 동물은 재규어였던 모양이다. 내가 녀석의 식사 시간을 방해했는지도 모른다. 손전등 빛이 강했다면 재규어의 얼굴을 바로 비출 뻔했다.

주로 밤에 나돌아다니는 생활에도 차츰 익숙해졌다. 동이 트기 전에는 반드시 일어나서 잠을 깬 새들이 잡히기 전에 박쥐 그물을 접어야 했다. 뾰족부리새는 특히 일찍 일어났는데, 나는 화살 모양의 혀를 지닌 그 가엾은 새들이 그물에 엉키기를 원하지 않았다. 그런 이른 아침 시간에 지면에 낀 안개는 모로의 목장과 들판에 흰 이불을 깔아놓은 듯 독특한 분위기를 연출했다. 안개가 드리우는 날이면 공기가 매우 쌀쌀하고 불쾌할 정도로 습해졌다. 대기 습도가 100퍼센트가 되면 이슬이 나무에 비처럼 떨어졌다.

미네랄이 풍부한 특별한 흙으로 덮인 숲속 연못이나 강둑에서 특히 많은 박쥐를 관찰할 수 있었다. 그중에는 박쥐가 떼를 지어 물을 마시는 곳도 있었다. 나는 박쥐를 더 자세히 관찰할 수 있게 모로에게 높은 단을 만들어달라고 부탁했다. 그곳에는 모기도 우글거렸지만 나는 엄마의 끈질긴 인내심을 떠올렸다. 관찰을 할 때 엄마는 눈에 땀이 들어가도 미동조차 하지 않았다.

유난히 어둡고 고요한 밤이면 밀림 깊은 곳에서 높고 가냘픈, 누구의 것인지 알 수 없는 휘파람 소리가 들려왔다. 이 세상의 것이 아닌 듯 침묵 속에 감도는 소리, 바로 툰시의 소리였다. 리마에 살던 시절, 어린 내가 툰시를 무서워할 때마다 알리다가 와서 달래주곤 했다. 밀림 한가운데서 손전등 불빛에만 의존하고 있는 순간, 나 홀로 이 선명한 소리를 듣고 있다는 사실에 어른이 된 지금도 소름이 쫙 끼쳤다. 그렇다 보니 페루와 주변 나라에서 툰시는 가장 어둡고 으스스한 밤에 울음소리로만 그 존재를 확인할 수 있는 '밀림의 정령'으로 인식된다. 전설에 따르면 툰시는 안식을 찾지 못한 채 한을 품고 떠도는 영혼이라고 한다. 그러나 툰시는 숲의 수호자이기 때문에 나무를 베거나 동물을 죽이는 등 숲을 파괴하는 사람만을 해친다는 설도 있다. 좀처럼 눈에 띄지 않지만, 사실 툰시는 인간에게 전혀 무해한 조그만 뻐꾸기다. 그래도 그 음침한 음색과 아주 깜깜한 밤에만 운다는 사실 때문에, 사람들은 툰시의 울음소리를 들으면 늘 두려워했다.

내가 박쥐에 대해 얻은 지식은 대부분 수없이 많은 밤을 세며 직접 체험한 데서 비롯된 것이다. 박쥐 중에는 잔뜩 찡그린 노인 얼굴에 툭 불거진 눈을 지닌 종류나 쪼그만 눈과 날카로운 송곳니를 지닌 흡혈 박쥐 등 유난히 못생긴 녀석들도 있지만, 알록달록한 여우 얼굴이나 재미있는 털색을 지닌 귀여운 종류도 있다. 어릴 때부터 나는 작든 크든, 위험하든 온순하든, 예쁘든 못생겼든 보이는 동물마다 가까이 다가가서 만지곤 했다. 심지어 동물원 우리 속의 검정 재규어를 쓰다듬은 적도 있다. 그 모습을 본 엄마는 기겁했다.

박쥐의 보드라운 털은 내게 새롭고 유쾌한 경험을 선사했다. 나는 박쥐를 쓰다듬는 것이 좋았지만 녀석들은 참아주지 않았다.

처음에는 만지려다 끊임없이 손을 물렸지만, 나중에는 녀석들의 억센 송곳니 맛을 보지 않고도 특수한 그물에서 꺼내는 요령을 차츰 터득했다. 쏘이면 못 견디게 아픈 커다란 야행성 말벌이 그물에 걸릴 때도 있었고 맹금류가 박쥐를 잡아먹으려 덤비기도 했다. 한번은 테이퍼 한 마리가 막무가내로 돌진해 그물을 찢고 지나가기도 했다. 박쥐들은 날카로운 송곳니와 강력한 턱으로 아주 두꺼운 장갑까지 뚫었다. 일단 이빨을 박아 넣으면 악착같이 물고 늘어지면서 더 힘을 주었다. 그래서 나는 물리지 않고 박쥐를 잡는 방식을 연구했다. 가운데 손가락을 박쥐 등에 대고 나머지 손가락으로 양 날개를 뒤로 젖히면 된다. 박쥐는 목 근육조직이 다소 두껍기 때문에 등 뒤의 물체를 깨물 만큼 고개가 돌아가지 않는다.

언젠가 흡혈 박쥐에게 물린 적도 있다. 그 일을 계기로 드라큘라에 대한 묘사가 순 엉터리라는 사실을 깨달았다. 고통 없이 피부를 뚫는 것은 박쥐의 송곳니가 아니라, 면도날처럼 날카로운 앞니다. 비밀은 박쥐의 침에 함유된 통증을 없애는 물질과 혈액 응고 방지 물질에 있다. 그런 성분 덕분에 먹잇감을 깨우지 않고도 철철 흐르는 피를 빨아 먹을 수 있는 것이다. 흡혈 박쥐에는 세 종류가 있다. 하나는 다양한 포유류의 피를 빼는 '보통 흡혈 박쥐'다. 다른 두 종류는 조류의 피만 먹는다. 닭장을 습격해 닭의 구부러진 다리 위 넓적다리 깃털이 시작되는 지점의 보드라운 피부를 문다. 피를 먹지 않는 박쥐들과 달리 흡혈 박쥐는 땅 위를 어슬렁대며 먹잇감을 따라다닌다. 팔뼈가 막대기 같아서 날개 피부를 완전히 접을 수 있기 때문에 가능한 일이다. 날개를 접은 채 엄지가 튀어 나온 손바닥으로 땅을 디디며 걷는다. 흡혈 박쥐는 무척 소심하고 아주 깜깜한 밤에만 활동하기 때문에 나도 걷는 모습을 직접 본 적은 없지만 그 모습을 훌륭하게 담은 영상들을 참고했다.

처음에는 혐오스럽기만 하던 박쥐에게 나는 금세 홀딱 빠졌다. 박쥐에 대한 깊은 관심은 지금까지도 간직하고 있다. 비밀에 싸인 이 야행성 동물에게는 지극히 흥미로운 요소가 많다. 이를테면 흡혈 박쥐는 유난히 사회적인 동물이다. 끈끈한 가족 집단을 이루어 생활하면서 서로 털고르기를 해주기도 하고, 암컷 박쥐가 먹이를 구하러 가면 다른 어미들이 새끼를 대신 돌봐주는 협동 문화도 있다. 하지만 박쥐를 다룰 때 위험이 없는 것은 아니다. 흡혈 박쥐는 공수병 등의 바이러스를 옮기기 때문이다. 그래서 나는 사전에 독일에서 공수병 접종을 마치고 왔다. 세 번째 추가 접종분은 내 엉덩이에 직접 놓아야 했다. 내가 내 몸에 주사를 놓는 느낌은 꽤 묘하지만 의사에게 설명을 들은 후라 어렵지 않았다.

박쥐 울음소리는 대부분 우리 귀에 들리지 않는 초음파 영역에 속한다. 하지만 특별한 도구인 '박쥐 탐지기'로 그 소리를 녹음하여 구분하는 것도 가능하다. 재미있는 것은 박쥐가 인간의 귀로 들을 수 있는 울음소리로도 의사소통을 한다는 사실이다. 시간이 흐르면서 나도 박쥐들의 울음소리가 지닌 스펙트럼을 잘 이해하게 되었다. 거기에 강가의 발사나무 꽃에 앉은 커다란 잎코박쥐의 울음소리를 들으며, 크림색의 거대한 꽃받침에서 꽃가루를 먹는 녀석들을 관찰하는 것은 정말 특별한 경험이었다. 팡구아나에 몇 종류가 있는 무화과나무 주위에 모이는 박쥐들도 있다. 인간의 입맛에는 맞지 않지만 이런 무화과는 케크로피아 열매(남미에 분포하는 장미목의 자웅이체 식물−옮긴이)와 더불어 과일을 먹는 박쥐들에게 중요한 영양 공급원이 된다. 노래와 춤, 팔뼈 피부 속의 주머니에서 분비되는 냄새 신호로 사랑의 분위기를 띄우는 수컷의 행동이 내게는 특히 인상적이었다. 사랑스런 암컷을 위해 그렇게까지 애를 쓰다니! 참 낭만적이다.

내가 팡구아나에서 확인한 박쥐는 총 52종류였다. 현재 지구에는 최소 53종의 박쥐가 존재한다고 알려져 있다. 유럽에는 박쥐가 단 27종 밖에 없다는 사실을 감안하면, 당시 2제곱킬로미터 이하였던 팡구아나에는 상당히 다양한 종이 서식하는 셈이었다.

나중에 리마 공항에서 독일로 돌아가려고 줄을 서 있다가 짐가방에 넣어두었던 박쥐 탐지기를 도둑맞았다. 가방이 너무 불룩해서 한쪽이 살짝 열려 있었던 모양이다. 도둑에게는 그 정도로 충분했으리라. 하지만 그 기계는 잡음만 나오는 쓸모없는 물건이었을 것이다. 그 도둑이나 나나 지지리 운이 없기는 마찬가지였다.

미하엘이 떠난 후에 내게 새 동료가 생겼다. 아빠를 통해 팡구아나에 대해 알게 된 오스트리아 출신 박사과정 학생 만프레드Manfred는 꼬박 1년을 머물며, 안드레아스도 이미 연구한 바 있는 숲속 커다란 연못에 서식하는 개구리의 생식 생물학을 연구했다. 나는 만프레드와도 잘 지냈다. 우리는 새로 지은 집에 함께 머물렀다. 부모님이 살던 오두막이, 우리의 옛 사무실 오두막과 주방으로 쓰이던 오두막처럼 무너져버렸기 때문이다. 새 집에도 벽이 없어 우리는 마루에 매트리스를 깔고 모기장을 치고 잤다. 매트리스를 각각 숲을 면한 구석 쪽에 배치했더니 강 쪽에서 폭풍이 불어와도 젖지 않았다. 책장 두 개가 가려주는 안쪽에 자리를 잡으니 더 편안했다. 나중에 나는 야자나무 가지로 지붕을 엮은 이 오두막의 다락방으로 매트리스를 옮겼다. 비가 올 때 특히 아늑한 곳이었다. 후드득 쏟아지는 빗소리를 들으며 단잠을 잘 수 있었다. 나는 대체로 한밤중이 지나고 새벽 두 시쯤에 숲에서 나와 강에서 몸을 씻고 침대로 갔지만, 자기 전에 촛불을 켜놓고 늘 뭔가를 읽었다.

연못에 사는 개구리들이 대개 야행성이었기에 만프레드 역시 어두울 때 밖으로 나갔다. 하지만 우리 둘은 서로 하는 일이 달라 따로 움직였다. 낮 시간에는 관찰하고 수집한 자료를 검토하고, 밤에는 일지를 쓰고 데이터를 정리했다. 나는 잡은 박쥐를 한 마리씩 천 봉지에 넣어뒀다가 대부분 잡은 위치에 그대로 풀어주었다. 박쥐의 식습관을 확인하기 위해 배설물을 수집하고 털에 붙은 이파리 louse fly 도 채취했다. 박쥐의 이파리는 특별한 기생충이어서, 이에 대한 데이터도 내 논문에 포함시키고 싶었다.

요리 역시 우리의 일상이었다. 나는 늘 아침 일찍 요리를 시작해야 했다. 화롯불로는 모든 음식을 준비하기까지 시간이 한참이나 걸렸기 때문이다. 저녁이 되면 점심 때 먹고 남은 음식을 모로의 엄마 리다의 집에 가져가서 나눠먹었다. 리다는 지금까지도 모데나 가족의 기둥이나 다름없는 강인하고 재간 있고 다정한 여성이다. 리다는 우리를 열심히 도왔고 나를 따뜻하게 환영했으며 우리가 팡구아나에 없을 때는 그곳으로 찾아오는 손님들을 돌보았다. 리다와 팡구아나는 떼려야 뗄 수 없이 엮여 있고, 나는 지금까지도 그를 친근하게 '이모'라 부른다. 내가 논문을 위해 머무를 당시, 리다는 우리 본부 근처에서 모로의 다른 가족들과 함께 살았고 모로는 여전히 유야피치스 반대편의 폰데로사에 살았다.

당시에 나는 팡구아나가 유난히 아름답고, 과거 어느 때보다 더 아름답다고 생각했다. 지금은 찾아보기 힘든 박쥐와 다른 동물도 많았다. 하늘에 상아색 빛이 가득하고 눈부신 별들이 총총한 달밤도 좋았다. 전기불이 없는 지역에서만 감상할 수 있는 환상적인 풍경이었다. 오늘날까지도 팡구아나에서 볼 수 있는 가장 인상적인 광경은 찬란하고 광대한 은하수의 고리다. 독일에서는 도시의 조명 때문에 은하수가 희미하게조차 보이지 않는다.

나는 그런 밤의 하얀 달빛 속에서도 낮처럼 용감하게 이동하곤 했다. 그러다 한번은 큰일을 당할 뻔했다. 탐험을 떠났다가 집으로 돌아오는 중이었는데, 숲에서 나왔더니 달빛이 너무 환해서 손전등을 꺼버렸다. 그 순간 내 앞에서 뭔가가 몸을 꼿꼿이 세웠다. 보트롭스가 코앞에서 당장이라도 나를 물 듯이 위협했다. 온 몸이 얼어붙었다. 그런 대치 상태에서는 매우 적절한, 본능적인 반응이었다. 꼼짝 않고 서 있으면 뱀은 기척을 감지하지 못하기 때문이다. 어쨌거나 내가 조심성이 없었다. 사실 그 어디쯤에 뱀이 있다는 사실을 알고 있었는데 그곳에 가다니. 보트롭스는 한 장소에 머무르는 경향이 있는데 나는 달빛 때문에 미처 그 생각을 하지 못했다. 뱀이 화가 난 것 같아 나는 마음을 가다듬고 조심스럽게 천천히 물러났다. 그러자 뱀은 소리 없이 숲으로 들어가버렸다.

그것이 나와 보트롭스의 첫 만남은 아니었다. 부모님과 함께 밀림에 살던 1969년에도 비슷한 경험을 했다. 어느 날 키 작은 야자나무 주위를 무릎으로 기며 천천히 돌던 나는 미세한 움직임을 감지했다. 코앞에서 약 15센티미터 거리에 보트롭스가 보였다. 녀석은 이미 혀를 날름거리며 당장 내 얼굴을 물 듯이 위협했다. 실제로 물렸다면 치명적인 결과가 생길 수 있었다.

팡구아나에서의 삶에는 많은 제약이 따랐다. (당시에는 지금보다 훨씬 더 했다.) 빨래는 강에서 손으로 했는데 우기에는 여간 곤란한 일이 아니었다. 공기가 너무 축축하고 끈끈해서 빨래에 곰팡이가 피고 만프레드와 내 발가락에는 무좀이 생겼다. 흠뻑 젖었거나 물에 잠긴 숲에서는 늘 고무 부츠를 신고 다녀야 했기 때문에 피할 도리가 없었다. 유야피치스강이 불어나면 물이 차고 탁해졌다. 그러면 날마다 샤워를 하는 것이 불가능했다. 그럼에도 우리는 그럭저럭 버텨냈다.

만프레드와 나는 유야피치스의 모든 주민들과 금방 친해져 편한 사이가 되었다. 밀림에서는 생일 때마다 거하게 잔치를 벌였고 우리는 대부분 참석했다. 유야피치스와 인근 마을의 잔칫날마다 파차망카pachamanca가 빠지지 않았다. 케추아 원주민 말인 '파차망카'는 '흙구덩이 요리'라는 뜻이다. 땅에 구덩이를 파고 불에 달군 돌을 바닥에 깐 다음 바나나 잎 사이사이에 양념한 고기, 허브, 채소 등의 다양한 재료를 넣고 구덩이를 다시 덮는다. 파차망카의 크기에 따라 한두 시간을 기다려 요리가 완성되면 사람들이 모두 모인 자리에서 개봉한다.

뛰어난 요리사인 모로는 이 요리를 완벽하게 해냈다. 그래서 큰 잔치가 있을 때마다 그는 파차망카를 준비해달라는 요청을 받았다. 내 생일에 우리는 모로의 장인 장모가 사는 야나야킬로 마을에서 그 요리를 준비하기로 했다. 모로와 그의 양가 가족은 나를 위해 거대한 파차망카와 새벽 다섯 시까지 유흥이 이어지는 떠들썩한 파티를 준비해주었다. 유야피치스와 야나야킬로 주민을 비롯한 인근 지역 사람들이 잔뜩 몰려와 100상자가 넘는 맥주를 비웠다. 밀림 비행기를 운행하는 파일럿도 한 사람 들러 맥주를 맘껏 즐겼다. 생일을 맞은 주인공이 음식과 음료 값을 지불하는 것이 전통이어서 내 학비에 큰 구멍이 났지만 나는 별로 개의

치 않았다. 행복한 사람들 가운데 가장 행복한 사람은 나였다.

그날 이후로 모데나 일가는 나를 가족처럼 대했다. 그들 모두에게서 나는 밀림의 주민과 생활 방식에 대해 많은 것을 배웠다. 나는 이미 다우림에 익숙했고 그 안에서 혼자 11일을 버티기도 했지만, 그 무렵에야 밀림에 대한 내 지식이 한층 더 깊어진 기분이 들었다. 요리는 꽤 재미있을 뿐 아니라, 푸카이파에서 모든 식료품을 조달하는 쪽보다 항상 실용적이고 저렴했다. 물론 가끔씩 식품을 사올 필요는 있었고 식재료를 구하러 도시 나들이를 하는 것도 즐거웠다. 그 시절에는 푸카이파에 전동차가 전혀 없었기 때문에 지금처럼 경적소리가 귀를 찢을 듯한 생지옥이 아니었다. 한편 도로에는 아직 아스팔트가 깔리지 않아 우기에는 너무 질퍽질퍽했다. 걷다 보면 끊임없이 미끄러지고 신발 밑창에 진흙 덩어리가 달라붙어 발걸음이 무거워지기 일쑤였다.

푸카이파에서는 모로의 큰누나 루스Luz의 집에 묵었다. 그녀의 남편은 페트로페루라는 석유회사에 다녔고 두 사람 소유의 아름다운 집에는 에어컨까지 있었다. 이후에는 부모님의 친구인 에스칼란테Escalante 자매에게 신세를 졌다. 그들에게는 밀림을 오갈 수 있는 비행기를 소유한 직물 도매상 친척이 있었다. 지금도 나는 푸카이파에 갈 때마다 그 자매를 방문한다.

지금도 팡구아나까지 가기가 얼마나 힘든지를 생각하면, 그 시절에 그곳에서 푸카이파, 심지어 리마까지 가려면 얼마나 큰 인내심과 모험심이 필요했을지 쉽게 짐작할 수 있다. 상당한 위험을 무릅써야 했지만 당시에는 밀림에서 연결 항공편을 제공하는 소형 비행기(일부는 사유 비행기)가 많았다. 지금 생각해보면 내가 추락사고를 겪은 뒤에도 겁도 없이 그런 고물 비행기를 타고 다녔다는 사실이 놀라울 따름이다. 너무 무모했던 것 같다. 단일 엔진 경비행기를 타고 50분간 푸카이파와 유야피치스 마을 사이를 오가면서 눈도 깜짝하지 않았다.

한번은 돌아오는 길에 비행기가 심하게 요동을 치자 조종사가 끊임없이 십자성호를 그어댔던 기억이 난다. 그는 유야피치스에 착륙하기 전에 몇 안 되는 승객(곧 우리)에게 정말로 거기에 내려야겠는지, 아니면 차라리 푸에르토 잉카에 착륙하겠는지를 물었다. 푸에르토 잉카에는 제대로 된 활주로가 있었지만 유야피치스에서는 풀밭에 착륙을 해야 했다. 과거에는 착륙하던 경비행기가 소나 말을 피하지 못하고 충돌하는 일이 발생하기도 했다. 그 조종사는 긴장하여 땀을 뻘뻘 흘렸지만 승객들은 전부 유야피치스 행을 고집했다. 푸에르토 잉카에서 히치하이킹할 차를 언제까지고 기다리고 싶은 사람은 아무도 없었으니까.

비행 내내 한 여자는 양손으로 내 바짓가랑이를 붙잡고 있었고 어린 여자아이는 바닥에 자꾸만 구토를 했다. 비행기가 마침내 단단한 바닥에 내려앉아 초원 끝에 멈추자, 신경과민에 걸린 조종사는 우리를 곧바로 내보내며 죽어도 더 이상은 이동하지 않고 그냥 집에 돌아가겠다고 선언했다. 사실 가장 두려워할 이유가 있는 사람은 나였기에 실소가 나왔다.

또 한번은 아비오카라는 아주 이상한 스페인 비행기를 탔다. 프로펠러의 폭이 넓은 20인승 비행기였다. 우리는 외벽에 등을 대고 나무로 만든 벤치에 앉았다. 가운데 복도에는 돼지 여러 마리가 타고 있었는데, 비행이 본격적으로 시작되기 전부터 멀미를 하기 시작했다. 승객들은 열린 머리 위 선반에 산채로 다리가 묶인 닭을 던져 넣었다. 좌석벨트는 당연히 없었다. 마치 시내를 운행하는 전차에서처럼 비행 중에 안내원이 돌아다니며 요금을 걷고, 우리 손에 표 한 쪽을 쥐어주었다. 옆에 앉아 있던 여성은 내게 이렇게 말했다. "나는 배보다는 비행기를 타는 게 차라리 나아요. 수영을 못 하거든요." 내가 보기에는 참 우스운 말이었다. 비행기가 잘못됐을 때 그 여자가 하늘을 날 수 있는 것도 아니지 않은가. 내가 무슨 일을 겪었는지는 그 여자에게 말하지 않는 편이 나을 듯했다.

지금도 내게 비행은 쉬운 일이 아닌데 당시에는 왜 그 모든 것이 두렵다기보다 재미있게 느껴졌는지 알 수 없다. 그저 속 편한 이십 대였기 때문인지도 모른다. 어찌됐든 페루 밀림 속에서 보낸 이 열정의 시기에 나는 그곳의 삶에 완벽히 적응했다. 어릴 때부터 스페인어를 배웠지만 그제야 완벽하게 익혀 꿈까지 스페인어로 꾸게 되었다. 늘 간직해온 페루와 다우림에 대한 사랑이 더 깊고 충만해졌다.

우리의 식사는 내가 리다에게서 배운 것과 별로 다르지 않은 지극히 소박한 요리가 주를 이루었다. 가축을 잡아야 할 때가 되면 만프레드와 내가 찾아가서 도왔다. 덕분에 나는 동물의 살점을 잘라서 이용하는 법과 돼지, 송아지, 닭, 오리, 강에 사는 물고기의 여러 부위로 페루식의 맛난 요리를 만드는 법을 금방 배울 수 있었다. 사냥감은 물론, 야자와 다양한 숲속 나무에서 딴 토종 과일도 많았다. 리다는 우리에게 커다란 황소개구리, 거북, 딱정벌레 유충을 원주민식으로 요리해주기도 했다. 덕분에 나도 카이만 꼬리, 아르마딜로, 주머니쥐를 요리하고 훈제하는 법을 배웠다. 놀랍게도 지독한 냄새를 풍기는 유대류(발육이 불완전한 새끼를 낳아 육아낭에서 키우는 포유류 – 옮긴이)까지 요리하여 먹을 수 있었다.

리다와 모로에게서 나는 밀림에서 구할 수 있는 천연 약제는 무엇인지, 어떤 나무 수액을 어떤 용도로 사용해야 하는지도 배웠다. 이를 테면 클로브 오일은 충치에 좋고, 새빨간 송진은 각종 상처 치료에 도움이 된다. 이런 식으로 나는 이 나라의 풍습에 익숙해지는 동시에 다른 식으로는 먹을 일이 없을 온갖 식재료를 맛보았다. 물론 지금은 자연 보호를 위해 그런 고기를 절대 입에 대지 않지만, 당시의 내게는 모든 것이 신기할 따름이었다. 이웃 주민들과 똑같이 살아보고 싶은 마음도 있었고 단순히 호기심에서 시도할 때도 있었다.

모로의 엄마는 내게 원주민의 조리법과 더불어 자신의 고향인 포수소의 숲에 사는 독일계 주민들의 요리도 가르쳐주었다. 바나나, 건포도로 만든 과자인 슈트루델Strudel 과 카사바, 옥수수 등

다양한 재료를 넣은 크뇌델Knödel 수프 등이 그 예다. 하지만 그 것들은 리마에서 모로의 누이들이 방문할 때만 준비하는 특별한 음식이었다. 그럴 때 리다는 평소보다 훨씬 더 정성껏 요리했다. 물론 크리스마스, 부활절, 세례 요한 탄신일, 6월 24일의 산 후 안 축제(밀림에서 하지는 독특한 전통 행사가 있는 날이다) 등도 특별 한 날이다. 그때는 모든 주부들이 자부심을 담아 바나나 이파리 로 만든 작은 주머니에 강황밥, 삶아서 다진 닭고기, 블랙 올리 브, 완숙 달걀을 넣은 요리인 후아네스juanes를 준비했다. 이는 바 닷가 사람들에게는 알려지지 않은 전형적인 밀림의 먹거리다. 나 중에 독일로 돌아간 나는 전기레인지에 적응하느라 애를 먹었다. 장작난로나 활활 타는 불 위에서 요리하는 데 워낙 익숙했기 때 문이다.

내 논문 지도 교수인 피트카우 교수가 독일인 동료 두 명과 함 께 팡구아나로 나를 찾아온 일도 기억에 또렷하다. 물론 내게는 무척 뿌듯하고 의미 있는 사건이었다. 내가 그간 수집한 자료는 논문 한 편쯤은 우습게 채우고, 평생을 써먹을 수 있을 만큼 방대 한 분량이었다. 그는 내 자료를 주제에 맞게 적절히 압축하는 데 많은 도움을 주었다. 피트카우 교수는 축축하고 딱딱한 나무 장 작에 불을 피우는 데도 선수였다. 그는 엄청난 인내심의 소유자 였다. 매캐한 연기 한가운데 서서 아무 불평 없이 그을린 잉걸불 을 냄비 뚜껑으로 부채질해 기어이 불을 피워냈다. 비가 억수같이 쏟아질 때도 연구 중인 각다귀 유충이 사는 개울을 찾아 숲에 들어가는 그의 연구 열정 역시 무척이나 인상적이었다. 피트카우 교수는 선인장을 채취해 집에서 키웠는데, 나무 선인장을 손에 넣으려고 개울과 연못 위에 드리워진 썩은 나뭇가지에 몸을 사리지 않고 올라가기도 했다. 뭔가를 이루고자 할 때 절대 물러서는 법이 없다는 점은 내 부모님과 비슷했다. 그분과 함께라면 못할 일이 없었다.

에른스트 요세프 피트카우 교수는 뮌헨 바바리안 자연사박물관장을 겸임했다. 몇 달 뒤 그곳에서 소규모 연구팀이 우리 연구소를 방문했다. 그 일 외에는, 그리고 영국 기자 무리가 매복하고 있다가 갑자기 나타나 한 주 동안 우리 주위를 맴돌며 내게 질문 공세를 퍼부은 것 외에는 조용하게 1년이 흘러갔다. 나는 지역 주민들, 특히 모로네 가족과 즐겨 어울렸다. 그렇다 보니 나도 모르는 사이 밀림에서 쓰는 스페인어 억양을 따라 하고 있었다. 그 때문에 해안 쪽으로 가면 '차라피타^{charapita}'라 불리며 놀림을 당했다. '치라피타'는 젊은 아마존 원주민 여자를 정겹게 부르는 지역 방언이었다. 어느 것 하나 놓치고 싶지 않은 경험들이었다. 내 인생에서 가장 찬란한 시절이었던 그때를 돌이켜보면 지금도 그립기만 하다.

다우림에 대한 나의 경외감은 논문을 쓰던 그 시절에 진정으로 깊어졌다. 과거에는 흥미롭고 새롭고 아름다운 것을 전부 찾았다고 생각했지만, 이제는 이 세계에 대해 아직도 깊이 파고들지는 못했다는 사실을 알고 있다. 청소년기에 나는 무엇을 보든 기뻐하고 감탄했지만 그때는 제3자 또는 부모님의 '일부'였을 뿐이다. 항상 부모님을 따라다녔지만 수동적인 존재에 불과했다. 논문 작업을 시작하고 나서야 나는 내 영혼과 에너지를 팡구아나를 둘러싼 자연을 탐구하는 데 오롯이 쏟아 부으며, 다우림과 그 구조에 대해 충분한 시간을 들여 연구할 수 있었다.

그 결과 녹색 우주가 이제야 내게 그 비밀을 파고들도록 허락했다는 특별한 감정을 느꼈다. 참으로 대단한 깨달음이다. 처음에는 숲속에 들어가도 아무것도 보이지 않는다. 밀림에 처음 발을 들이는 많은 이들이 비슷한 경험을 한다. 주위에는 오로지 무성한 녹색 식물뿐이다. 그곳에 사는 수많은 동물들이 환경에 완벽하게 적응했기 때문이다. 나뭇잎에는 색깔이 거의 비슷한 손톱만 한 개구리들이 앉아 있지만 잎을 한참 들여다봐야 그 존재를 알아챌 수 있다. 메뚜기, 날벌레, 거미도 나무 껍질이나 가지의 일부처럼 보인다. 뱀은 나뭇가지에 가만히 누워 잔가지로 위장하거나 땅에 흩어진 낙엽 속으로 완벽하게 '자취를 감출 수' 있다. 밀림에 익숙하지 않은 사람은 그런 미묘함을 알아채지 못한다. 하지만 일단 이 세계에 들어오면 귀신같이 알아보는 방법을 배울 수 있다. 눈을 가린 막이 벗겨지면 자신을 둘러싼 수많은 생명의 존재를 깨닫게 된다. 그야말로 벅찬 깨달음이다.

내 부모님, 특히 엄마가 이런 풍성함을 얼마나 강렬하게 느꼈을지 이제는 알 것 같다. 나 역시도 모든 감각을 동원해 초목과 야생동물의 무한한 다양성, 적응 방식, 섬세한 차이와 변화를 드러내는 자연의 놀라운 색채, 나를 망토처럼 감싸며 오늘날까지도 기쁨을 주는 소리, 냄새, 녹색과 노란색의 황혼, 숲속의 따스한 습기를 받아들인다. 그리하면 아주 친숙하지만 늘 신선한 낯섦을 안겨주는 모든 생물의 강력한 에너지 속으로 뛰어드는 듯한 기분이 든다. 생물을 연구하는 과학자들이 열대우림이라는 서식지에 대해 그렇게까지 매력을 느끼는 이유는 바로 이 끝없는 재발견 때문이다. 40년 동안이나 탐구했지만 아직도 완전히 이해하지 못한 팡구아나는 내게 특히 그렇다.

사고 후 내가 인간 세상으로 돌아갈 수 있게 도운 것은 바로 이 밀림, 이 숲의 은밀한 영혼이다. 그것은 1년 반에 걸친 연구 과제를 진행 중인 지금에야 내게 모습을 드러냈다. 이제야 나는 추락 사고 후 비가 쏟아지는 밀림에서 절망에 빠진 채 한없이 외로운 밤을 보내던 시간을 진정으로 이해할 수 있다. 당시에 나는 살아남을 수 있다면 내 삶을 자연과 인간을 섬기는 의미 있는 대의에 바치겠다고 결심했다. 이제 성인이 되어 연구 기지에 돌아와 부모님 없이 내 스스로 부여한 연구 과제를 완수하자, 갑자기 모든 것이 뚜렷해졌다. 나의 임무에는 이름이 있다. 바로 팡구아나라는 이름이다.

제19장 미래를 위한 노력

떠난 지 1년 6개월 만인 1983년 2월에 독일로 돌아왔다. 대부분의 시간을 밀림에서 보낸 다음이었다. 내게는 지극히 의미 있는 나날들이었다. 성인이 된 후, 내 인생이 중요한 전환점을 맞은 장소로 되돌아간 셈이었으니까. 연구자로 일하면서 나만의 방식으로 아마존 다우림의 서식지를 탐구했다. 밀림에서 살아남기 위한 기적의 몸부림 이후 10년 이상이 지난 시점에 나는 밀림과 훨씬 깊은 관계를 맺었다. 내 인생이 밀림과 불가사의한 인연으로 얽혀 있다는 암시를 준 추락사고 후 이어진 11일간의 여정이 일종의 시작이었다면, 박쥐를 연구한 18개월은 내게 밀림의 비밀에 대한 성숙하고 깊이 있는 통찰을 안겨주었다.

독일에서는 이사와 새로운 시작이 나를 기다리고 있었다. 킬에서의 시간은 끝이 났고 짐도 이미 싸둔 상태였다. 나는 논문 지도 교수가 있는 뮌헨으로 이사했다. 도착 후 처음 몇 주 동안은 지비 히하우젠에서 외할머니와 함께 지냈다. 하지만 그 집은 뮌헨 도심과의 거리가 너무 멀어서 곧 노이하우젠에 작은 아파트를 구했다.

루드비히막시밀리안대학교에서 박사학위에 필요한 과목을 이수했다. 그리고 바바리안 자연사박물관에서 시간제 근무자로 일하면서 팡구아나에서 수집한 풍부한 자료를 분석했다.

자연사박물관에서 만난 많은 동료들 가운데 내게 특히 열심히 구애한 남자가 있었다. 기생 맵시벌을 연구하는 학자로 항상 내게 필요한 조언을 해주는 사람이었다. 무엇보다 그는 나를 늘 웃게 해주었다. 게다가 밥도 자주 사주었다. 알고 보니 우리는 서로 많은 공통점이 있었지만, 그 사실을 깨닫기도 전에 이미 사랑에 빠져 있었다.

독일에 돌아온 이듬해에 생각해 보니 연구를 완성하려면 팡구아나에 다시 가야 할 것 같았다. 1984년 여름 3개월 동안 에리히는 페루에 가 있던 내게 정성스런 편지를 보냈다. 강의 시작에 맞춰서 뮌헨에 돌아온 9월 이후로 나는 그를 더 자주 만났다. 자연사박물관 업무 때문에 거의 매일 만나다시피 했다.

3년 후 『페루 저지대 열대우림에 서식하는 박쥐 종의 생태학적 분리』라는 제목의 논문을 완성하고 구두시문도 끝났다. 그 무렵 때마침 자연사박물관에 도서관장 자리가 났다. 내 관심과 자격에 들어맞는 일자리 같아 얼른 지원했다. 책을 대단히 사랑하는 사람으로서 나는 지금까지도 그 특별한 동물학 도서관에서 일하고 있다. 유럽에서는 규모가 가장 큰 곳 중 하나로, 여기서 일하면서 나는 팡구아나를 위한 노력과 일 사이의 완벽한 균형점을 찾을 수 있었다.

1989년에 에리히와 나는 엄마의 무덤이 있는 아우프키르헨에서 결혼했다. 남편은 처음부터 페루, 특히 팡구아나에 관심이 많았지만 직접 가볼 기회는 없었다고 했다. 하필 그 무렵에는 페루에 가는 것이 무척 위험해졌다. 내가 1980년에 페루에 갔다가 처음 접했던 센데로 루미노소가 페루를 혼란과 폭력이 가득한 나라로 바꿔버린 탓이었다. 리마는 비교적 안전했지만 외진 곳을 여행하는 것은 자제해야 했다. 지역 주민은 물론이고 관광객, 과학자를 비롯한 외국인들 중에도 무참히 살해된 사람이 허다했다.

그런 시기에도 연구소를 수호하려 노력한 모로의 헌신이 없었다면 우리는 틀림없이 팡구아나를 잃었을 것이다. 내가 그랬듯이 모로는 팡구아나를 자신에게 맡겨진 일종의 유산으로 보고, 내 부모님이 오래전에 시작한 일을 계속 이어가겠다는 소망과 의무감을 가지고 있었다. 그사이 아빠의 동의를 얻어 모로는 팡구아나 구역 안으로 이사를 왔다. 아빠의 허락하에 연구소를 이용하는 과학자 손님들을 더욱 충실히 돕기 위해서였다. 독일로 돌아온 후에도 아빠는 모로와 정기적으로 연락하면서 편지로 지시를 내렸고, 그에게 보수를 지급했다. 그런데 팡구아나의 사람들에게 시련이 닥치고 있었다.

센데로 루미노소는 유야피치스에까지 손을 뻗지는 못했지만, 스페인 침입자의 손에 처형된 잉카 황실의 후계자에게서 이름을 따온 '투팍 아마루 혁명운동Movimiento Revolucionario Tupac Amaru'은 달랐다. 이 단체는 센데로 루미노소와 확실히 거리를 두고 공식적으로 원주민의 권리를 지지했지만, 그럼에도 대의에 반역한다고 의심되는 아사닌카 원주민 부족에 피의 복수를 자행했다. 팡구아나는 본래 아사닌카의 영역에 속했기 때문에, 당연히 그런 대립 상황에 큰 영향을 받았다. 투팍 아마루의 조직원들은 안데스 동쪽 다우림의 주민들에게 일종의 세금을 징수했고 푸에르토 잉카와 다른 밀림 도시 주위의 작은 마을에서도 사람들을 위협했다. 이 과정에서 수많은 이들이 목숨을 잃었고, 그 단체의 지도자들이 1년 반 동안 유야피치스의 마을에 진을 치는 바람에 지역 주민들은 도탄에 빠졌다. 모로는 그 험난한 시절에 팡구아나의 숲을 보호하고 누구도 그곳을 함부로 차지하지 못하게 막았다. 내가 모로와 그 가족에게 늘 감사해야 하는 이유다.

논문 작업을 위해 페루에 머무는 동안, 나는 팡구아나를 자연보호지역으로 지정하려던 아빠의 뜻을 이어받으려 노력했지만 이렇다 할 성과가 없었다. 그래도 그 현장에 대한 제1선매권(우선 구입권)은 인정받을 수 있었다. 비록 공식 서류는 없었지만 부모님은 그 땅을 이전 소유자로부터 합법적으로 구매했다. 하지만 그 지역의 누구도 팡구아나 땅에 대해 공식 문서를 발급해줄 수 없었다. 그러더니 느닷없이 모든 토지는 국가 소유이며 개인은 농지로 사용할 때만 토지를 취득할 수 있다는 정부 발표가 나왔다.

그래서 모로와 나는 이차럼 한구석에 코코아를 심어야 하나 고민했다. 다행히도 그럴 필요는 없었다. 1980년대 후반에 갑자기 그 지역 전체가 분할되더니 정부 조사원들이 땅을 재분배하기 시작했다. 센데로 루미노소 때문에 여행이 너무 위험해서 나는 페루에 갈 엄두도 낼 수 없었다. 더구나 그때는 한창 논문을 쓰는 중이었다. 이럴 때 팡구아나를 계속 지키려면 어떻게 해야 할까?

이런 위태로운 상황에 모로의 아내 네리는 팡구아나 땅을 임시로 자신의 명의로 바꾸자고 제안했다. 팡구아나에 귀한 목재가 얼마나 풍부한지 알고 숲에 눈독을 들이는 이웃들이 있었기 때문이다. 이에 맞서 우리 친구들은 소중한 나무들, 특히 우리의 아름다운 루푸나 나무를 꿋꿋이 지켰고, 필요하면 '몸싸움'도 서슴지 않았다. 당시 모로는 숲을 베어 값비싼 목재를 팔아치우고 땅을 목초지로 바꾸는 대신, 멀리 있는 독일 사람을 위해 숲을 지키는 그를 이해하지 못하는 이웃들에게 들들 볶여야 했다. 하지만 그사이 모로는 팡구아나의 가치를 깊이 이해하고 있었다. 모로와 그 가족이 없었다면 팡구아나는 절대 지금까지 존재할 수 없었을 것이다.

몇 해 동안 페루 여행은 생각조차 할 수 없는 위험 시국이 이어지자, 뮌헨이 나와 남편의 생활의 중심이 되었다. 우리는 이탈리아, 그리스, 스페인 등 내가 잘 알지 못하는 지역으로 종종 휴가를 떠났다. 뒤늦게 알게 된 유럽이 나는 무척 마음에 들었다. 당시에 나는 언론의 접근을 막고 인터뷰도 거부했다. 사고 이야기를 하고 또 하는 것만큼 지긋지긋한 일이 없었다. 내가 태어난 나라 페루가 못 견디게 그리울 때도 있었지만, 그런 감정마저도 마음 한구석으로 밀쳐두었다. 나는 잘 지내고 있었다. 마침내 내게도 가정이 생겼고 거처로 얻은 전셋집은 밀림에서의 집과는 판이하게 달랐다. 지붕 테라스의 풍성한 식물만이 내 마음이 어디로 향하는지를 암시했다. 한번은 지붕 수리를 하러 온 폴란드인 인부가 집주인에게 우리가 가꾼 푸르른 식물을 칭찬했다. 나중에 집주인은 내 남편에게 정말 안됐다는 듯이 이렇게 말했다. "나도 이해해요. 아내랑 다투고 나면 정글이 필요하죠."

14년의 공백 후에 다우림과 팡구아나에 돌아가라며 나를 부추긴 것은 결국 베르너 헤어조크의 전화였다. 사고의 아픔을 극복하는 데 이 여행이 얼마나 중요한 역할을 했는지는 이미 앞에서 설명했다. 그에 못지않게 중요한 두 번째 의미는 마침내 팡구아나와 모로, 그의 가족을 다시 만났다는 사실이다. 내가 연구소, 숲, 주민에 대한 책임을 질 시간이 돌아온 것이다. 그것은 그 사이 여든넷의 고령이 된 아빠에게 여전히 으뜸가는 대의였다. 그때까지도 아빠는 모로에게 상세한 편지를 보내며 모든 일을 직접 챙겼다. 지금껏 '세뇨르señor'였던 모로의 호칭은 언젠가부터 아빠의 편지에서 '존경하는 친구'라는 의미의 '에스티마도 아미고estimado amigo'고 바뀌었다. 아빠는 팡구아나와 관련된 주제에 관심을 보이는 학생과 예비 박사들에게 늘 조언을 아끼지 않았다. 그리고 페루에서 지내던 시절부터 연구한 결과들을 끊임없이 검토하고 분석했다. 은퇴 후에도 한 주에 한 번은 함부르크의 동물학 연구소를 방문해 파충류 분야에도 기여했다.

아빠에게는 아직도 많은 계획이 있었다. 내가 십 대였을 때부터 입버릇처럼 언급하던 인간의 생활 유형에 대한 책과 더불어 본인의 자서전 집필도 시작했다. 그 책들의 첫 장을 완성한 후 아빠는 페루로 떠날 일이 생겨 원고 집필을 미루어야 했다. 이렇게 온갖 프로젝트를 벌여놓은 상태에서 아빠는 갑자기 중병을 얻어 2000년에 세상을 떠났다.

그 후로 나는 부모님이 남긴 과업을 이어받고 아주 오래전에 진행했어야 할 연구를 계속하기로 결심했다. 남편이 처음부터 나를 성심껏 도와준 것이 큰 힘이 되었다. 베르너 헤어조크의 다큐멘터리를 계기로, 남편은 내 운명을 결정하고 사고 후의 삶까지 확실히 정해준 장소를 처음 찾았지만 그 이후로 팡구아나에 대한 강한 열정에 사로잡혔다.

첫 단계로 우리는 모로를 공식 관리자이자 나의 지역 대리인으로 임명하고 그 사실을 문서로 남겼다. 오랜 세월 모로는 공식적인 위임 없이 팡구아나를 관리해왔지만, 이제 그는 인근 주민이나 지방 정부에 대해 이전과는 완전히 다른 지위를 갖게 되어 팡구아나의 대의를 과거보다 훨씬 잘 대변할 수 있게 되었다. 숲을 개발하지 않고 탐구하겠다는 부모님의 목표를 낯설어하는 지역 주민이 여전히 많지만, 모로의 노력은 어느 정도 결실을 맺었다.

지난 30년 동안 페루에서는 자연에 대한 인식의 변화가 일어났다. 요즘은 학교에서 '환경 교육'이라는 과목을 가르치다 보니, 그 교육의 일환으로 학생들을 이끌고 우리 연구소를 방문하는 교사가 많이 늘었다. 또 잘 자라지도 못할 소를 키우기 위해 다우림을 베고 목초지를 조성하는 행태는 옳지 못하다는 개념도 '느리지만 분명히' 확산하고 있다. 그사이 조림 사업도 활발히 진행되고 숲의 파괴를 막는 데 앞장서는 환경 전문가들도 나타났다.

유야피치스 마을 협의회도 연구소를 찾아와 우리가 그곳에서 하는 일에 대해 현장에서 설명을 듣고 싶어 했다. 그들은 직접 확인한 사실에 감탄했고, 모로가 그곳에서 이룬 업적에 대해 상세히 알게 되었다. 알고 보니 모로는 탁월한 밀림 안내자였다. 어린 시절부터 온갖 동식물의 생태를 훤히 꿰고 있었던 데다 자연 보호의 개념도 확실히 받아들인 덕분이었다. 아이들에게 숲에 대해 열정적이고 재미있게 설명하는 모로의 모습을 처음으로 보고 내가 얼마나 뿌듯했는지 모른다. 과학자들도 쉴 새 없이 팡구아나를 찾아왔다. 학교에서는 학생들을 보내 유럽과 세계 각국에서 온 과학자들이 그곳에서 무슨 일을 하는지 배우게 했다.

지역 주민의 이해와 이웃들의 동의는 우리 일에 무척이나 중요한 요소다. 우리가 팡구아나에 작은 낙원을 만든다 해도 그 주위의 다우림이 전부 파괴된다면 무슨 의미가 있을까?

무분별한 개발을 완전히 막으려면 페루뿐 아니라 유럽에도 우리의 협력자가 있어야 한다는 사실을 나는 일찍부터 깨달았다. 우리에게는 개인의 역량을 크게 뛰어 넘는 자원이 필요했다. 농림부에서 빛바랜 파일을 확인하면서 나는 그 사실을 더 분명히 인식하게 됐다. 아빠가 이 목표를 위한 노력을 시작한 1970년대에 만들어진 파일이었다.

자연보호지역 지정에 반대하는 사람들은 대체로 팡구아나의 규모가 너무 작다고 주장했다. 그래서 우리는 토지를 취득하고 연구소를 넓혀 규모를 확대해야 했다. 그러려면 혼자서는 마련할 수 없는 액수의 돈이 필요했다. 하지만 해결책은 전혀 보이지 않았다.

내 인생에는 자주 있는 일이지만 굉장한 기회는 저절로 열렸다. 독일에서 가장 큰 친환경 제빵 업체 호프피스테라이 Hofpfisterei 의 소유주인 마가레타 Margaretha 와 지그프리트 슈토커 Siegfried Stocker 부부는 내가 동료 교수 에른스트 게르하르트 부르마이스터 Ernst-Gerhard Burmeister 와 함께 뮌헨의 학술지 『아비조 Aviso 』에 기고한 글을 통해 팡구아나에 대해 알게 됐다. 호프피스테라이 홍보를 위해 예술 엽서를 만들고 팡구아나에서 그림을 그린 적도 있는 화가 리타 뮐바우어 Rita Mühlbauer 의 전시회 행사가 자연사박물관에서 열린 것을 계기로 나는 그들 부부를 우연히 만났다. 그때 지그프리트 슈토커는 내게 그 기사를 읽으면서 자연스럽게 팡구아나 관련 사업에 동참하고 싶다는 생각을 하게 되었다고 말했다.

절차상의 문제 때문에 한참 후에 우리는 진정한 동업 관계를 맺었고, 이후 지금까지 잘 이어오고 있다. 우선 시간을 두고 나와 서서히 친분을 쌓은 슈토커 부부는 팡구아나 후원의 이해득실을 철저히 가늠했다. 하지만 결국에는 내 꿈이 이루어졌다. 2008년에 지그프리트와 마르가레타 슈토커는 화전으로 위협받는 지역을 추가로 매입해 팡구아나를 후원하는 동시에, 장기적으로 연구소의 규모를 확대하기 위해 필요한 기부금 지급을 약속했다.

놀라운 파트너십이었다. 내 부모님은 이 분야의 진정한 선구자였지만 슈토커 부부도 그에 못지않았다. 1970년대 초에 순수하게 친환경 제빵 사업을 한다는 것은 누가 봐도 위험 부담이 큰 시도였다. 빵의 재료를 친환경적으로 재배하고 일체의 화학 첨가제를 포기하는 등 지속가능성에 집중한 비즈니스모델을 세움으로써 그들은 시대를 크게 앞섰다. 사회 구성원 대부분이 환경에 대한 개념을 갖고 있지 못했던 시대에 이미 생태적 맥락에 대해 깊이 고민한 내 아빠와 비슷했다. 슈토커가 지원을 결정한 덕분에 팡구아나는 마침내 큰 발걸음을 내디딜 수 있었다.

페루의 환경정책도 우리에게 좋은 쪽으로 일부 바뀌었다. 본래 자연보호는 농업부의 소관이었지만 2009년부터 신설된 환경부가 맡게 되었다. 이런 조직개편으로 사유지나 좁은 땅뙈기도 보호지역으로 분류하는 것이 가능해졌다. 물론 이것은 모든 작업을 처음부터 다시 시작해야 한다는 걸 의미했다. 하지만 내가 보기에 같은 절차를 훨씬 더 꼼꼼하게 처리한다고 나쁠 것은 없었다. 그사이 고마운 후원자들 덕분에 186헥타르의 땅을 700헥타르로 넓힐 수 있었기 때문이다. 다시 조사를 마친 그 땅이 최대한 빨리 자연보호지역으로 바뀌기를 바랄 뿐이다. 그러면 땅을 보존하기 위한 우리의 노력은 지방 정부는 물론 인근 주민들 사이에서도 새로이 공식적인 지위를 얻게 된다.

팡구아나는 좀 더 보호받을 필요가 있다. 불행히도 여전히 근 시안적 이익을 추구하는 이들이 많기 때문이다. 팡구아나에는 많은 동물이 살지만 안타깝게도 그 동물들을 사냥감으로만 생각하는 사람들도 있다. 우리가 보기에는 너무 어리석은 생각이다. 귀중한 목재가 풍부한 우리의 다우림에서 마호가니 나무를 찾겠다며 들쑤시고 다니는 사람들도 있다. 이들은 원하는 나무를 찾으면 소유주를 구슬려 50달러도 안 되는 헐값에 구입한 다음 그 가격의 몇 배의 이윤을 남기고 다시 팔아먹는다. 그런 나무가 목재 상인의 구미를 당길 만한 크기로 성장하려면 100년 이상이 걸리지만, 결국 유럽에 가면 기껏해야 창문 가로대로 끝나는 운명을 맞을 뿐이다. 원주민들이 마법의 힘을 가졌다고 믿는 멋진 루푸나 나무마저도 합판 신세가 된다.

모로의 헌신 덕분에 오랜 세월 동안 우리는 소중한 동식물을 지켜낼 수 있었다. 마침내 팡구아나가 공식적으로 자연보호지역의 지위를 획득하자 모로도 일하기가 한결 수월해졌다. 몇 킬로미터 거리 내의 원주민 이웃들 역시 우리의 목표를 이해하고 팡구아나의 경계를 존중하기로 했다. 그들을 우리의 계획에 포함시켜 각종 우려를 해소해주고 모든 사업에 동참시켜야만, 결국 모든 당사자에게 이익이 될 수 있다. 이제는 많은 사람들이 숲이 한번 파괴되면 되살리는 데 수백 년이 걸린다는 사실을 이해하게 되었다.

기후가 변하고 강물이 말라가고 있다. 젊은 사람일수록 그런 현실을 더 자주 목격하게 될 것이다. 하지만 나는 우리가 그런 상황에 큰 변화를 가져올 수 있다고 확신한다. 팡구아나는 이미 모범적인 연구기지로 자리매김했다. 틀림없이 자연보호지역으로서도 같은 위상을 차지하게 될 것이다. 꼭 광대한 규모의 국립공원이어야 할 필요는 없다. 좁은 지역 역시 나름의 중요성이 있다. 물론 우리는 앞으로도 꾸준히 팡구아나의 영역을 넓히기 위해 노력할 것이다.

나는 지금 다시 짐을 싸고 있다. 이번 팡구아나 방문을 마무리할 때가 됐다. 이제 푸카이파로 돌아가 안데스 너머 리마로 가야한다. 페루 환경부에서 매우 중요한 회의가 기다리고 있다. 그곳에서 우리의 목표에 한 걸음 더 다가갈 수 있기를 고대한다.

모든 것은 이 밀림에서 시작됐다. 생사를 건 기나긴 여정 중에 나는 만물과 완전히 새로운 관계를 맺었다. 어떤 것도, 어떤 생명도 그냥 주어진 것으로 받아들여서는 안 된다는 사실을 배웠다. 그때 이후로 나는 매일을 마지막 날처럼 살고 있다. 그 말은 부모님의 원칙처럼, 그날의 다툼을 밤까지 품고 가지 않겠다는 의미이기도 하다. 자연에 대한 경외감은 어릴 때부터 이미 내 가슴에 각인되었다. 부모님은 나를 가르치지 않았다. 자연을 존중하는 마음을 자연스럽게 전해주었을 뿐이다. 지금 생각하면 그것이야말로 부모님이 남긴 가장 값진 유산이다.

지나간 옛 시절이 현재를 만들었다. 현재도 같은 방식으로 미래를 형성한다. 다우림은 헤아릴 수 없이 다양한 면모를 지녔기에, 인간은 수십 년을 연구해도 그 구성 요소의 극히 일부만을 이해할 수 있을 뿐이다. 팡구아나가 연구의 대상이 된지 반세기가 지났지만, 아직도 밝히지 못한 비밀이 무한하다. 쓰러진 나무 몸통 하나를 몇 주 동안 연구해 새로운 곤충 수백 종을 발견한 동료도 있다. 팡구아나를 자연보호지역으로 지정한 것은 시작일 뿐, 내게는 더 큰 꿈이 있다. 그중 하나는 언젠가 우리 연구소에서 밀림의 하늘을 뒤덮은 나무들을 연구하는 것이다.

지금 우리가 이룬 성과를, 팡구아나가 오랜 세월 온전히 보존됐다는 사실을, 이 일대가 크게 확대됐고 앞으로도 꾸준히 성장할 거라는 사실을, 그리고 전 세계 수많은 과학자가 매년 이곳을 찾아와 다우림의 신비를 파헤치기 위해 각자의 역할을 다하는 모습을 내 부모님이 본다면 어떻게 생각할지 궁금하다. 틀림없이 무척 기뻐할 것이다. 나는 부모님의 유산을 오롯이 계승했고 미래에 더 많은 기대를 걸고 있다. 비행기에서 추락한 나를 받아들여 구해주고 내게 많은 것을 선사한 다우림의 미래는, 인류와 우리의 기후 그리고 지구라는 행성의 미래이기도 하다. 나처럼 숲과 긴밀히 연결된 사람은 다우림의 존속을 위해 절대 노력을 멈추지 않을 것이다.

감사의 말

다우림의 무한한 다양성을 사랑하는 법을 가르쳐준 부모님 덕분에 나는 그 안에서 살아남을 수 있었다.

나의 새 삶은 분명 밀림에서 11일 가까이 버틴 나를 발견하여 구조한 다섯 명의 나무꾼 덕분에 얻게 된 것이다. 특히 나를 인간 세상으로 데려다 준 마르시오 리베라와 아만도 페라이라에게 특별한 감사를 전한다.

나를 정성껏 돌보아 빨리 회복할 수 있게 도와준 야리나코차 여름 언어연구소의 박사들과 그 가족들에게 감사드린다. 그들의 헌신적인 보살핌은 앞으로도 절대 잊지 못할 것이다.

에디트 뇌딩과 개비 헤닝스의 가족, 리마에서 나를 도와준 여러 친구들이 아니었다면 추락사고 이후의 삶에 그렇게 빨리 적응할 수 없었을 것이다.

코둘라 고모는 내가 독일에서 학교생활에 적응하는 데 큰 도움을 주었다. 고모 덕분에 나는 정다운 새 가족을 다시 찾았다고 느꼈다.

페루의 모데나 가족, 그중에서도 모로와 그의 모친 리다 부인, 아내 네리, 누이인 루즈, 폴라, 지나는 언제나 내게 도움을 아끼지 않았고 나를 가족처럼 대해주었다. 40년이 지난 지금까지 팡구아나를 지켜준 그들에게 깊이 감사한다.

어릴 때부터 우리 가족의 절친한 친구였던 리마의 알뢴 라멜은 항상 내 옆에서 든든한 지원군이 되어 주었다. 곤란한 일이 생길 때마다 나를 구해주었고 내가 관료제의 미로를 헤쳐 나가는 데도 큰 도움을 주었다.

뮌헨에서 박쥐에 대한 논문을 지도해준 에른스트 요세프 피트카우 교수에게 감사드린다. 그분이 아니었으면 내가 팡구아나 다우림으로 돌아가 연구에 매진하기 어려웠을 것이다.

베르너 헤어조크 감독은 나를 기억 속 장소로 이끌어주었다. 오늘날 내가 내 운명과 대중의 반응을 훨씬 더 차분하고 대범하게 받아들이게 된 것은 그의 섬세한 영화 덕분이다.

팡구아나를 아낌없이 후원해 준 지그프리트와 마가레타 슈토커 부부에게 특별히 감사드린다. 그들의 오랜 후원이 없었다면 팡구아나를 자연보호지역으로 바꾸겠다는 계획을 실현하지 못했을 것이다.

뮌헨 아리아드네 출판사의 대리인 크리스티네 프로슈케, 말릭 베어라크의 베티나 펠트베크와 그녀의 동료들은 나의 오래된 경험을 책으로 내겠다는 결심에 용기와 힘을 주었다. 베아테 리지에르트의 뛰어나고 감각적인 작업이 없었다면 이 책은 결코 세상에 나올 수 없었을 것이다. 편집자 가브리엘 에른스트는 독일어 원고를 최종적으로 완벽하게 교정해주었다.

다우림에 대한 열정을 공유한 남편 에리히는 내 힘의 원천이다. 그의 열정적인 격려와 인내 덕분에 나는 포기하지 않을 수 있었다. 에리히에게 사랑과 고마움을 담아 감사의 인사를 전한다.

삶, 용기 그리고 밀림에서 내가 배운 것들

내가 하늘에서 떨어졌을 때

초판 1쇄 인쇄 2019년 9월 10일
초판 1쇄 발행 2019년 9월 20일

지은이 율리아네 쾨프케
옮긴이 김효정
펴낸이 유정연

편집장 장보금
책임편집 장보금 **기획편집** 백지선 신성식 조현주 김수진 김경애 **디자인** 안수진 김소진
마케팅 임충진 임우열 이다영 **제작** 임정호

펴낸곳 흐름출판(주) **출판등록** 제313-2003-199호(2003년 5월 28일)
주소 서울시 마포구 월드컵북로5길 48-9(서교동)
전화 (02)325-4944 **팩스** (02)325-4945 **이메일** book@hbooks.co.kr
홈페이지 http://www.hbooks.co.kr **블로그** blog.naver.com/nextwave7
출력·인쇄·제본 (주)상지사 **용지** 월드페이퍼(주) **후가공** (주)이지앤비(특허 제10-1081185호)

ISBN 978-89-6596-339-4 03800

• 이 책 내용의 전부 또는 일부를 사용하려면 반드시 저작권자와 흐름출판의 서면 동의를 받아야 합니다.
• 흐름출판은 독자 여러분의 투고를 기다리고 있습니다. 원고가 있으신 분은 book@hbooks.co.kr로 간
  단한 개요와 취지, 연락처 등을 보내주세요. 머뭇거리지 말고 문을 두드리세요.
• 파손된 책은 구입하신 서점에서 교환해드리며 책값은 뒤표지에 있습니다.

이 도서의 국립중앙도서관 출판시도서목록(CIP)은 e-CIP홈페이지(http://www.nl.go.kr/ecip)와 국가자료공동목록시스템
(http://www.nl.go.kr/kolisnet)에서 이용하실 수 있습니다.(CIP제어번호: CIP2019031100)